HISTOIRES ÉMOUVANTES

Conseil, typographie et stéréotypie de Crété.

HISTOIRES
ÉMOUVANTES

PAR

CHARLES BARBARA

LES JUMEAUX — UNE LEÇON DE MUSIQUE
VIEILLE HISTOIRE — LE RIDEAU
EXTRAITS DES RAPPORTS D'UN AGENT DE POLICE
UNE CHANTEUSE DES RUES
HÉLOÏSE — LES DOULEURS D'UN NOM
LE BILLET DE MILLE FRANCS

PARIS

MICHEL LÉVY FRÈRES, LIBRAIRES-ÉDITEURS,
RUE VIVIENNE, 2 BIS
—
1856

LES JUMEAUX

En proie à une curiosité indomptable, bien jeune, j'assistai à une exécution publique. Je me sentis à la fois épouvanté et heureux, en songeant que je n'aurais jamais à craindre un sort pareil. Qu'en savais-je cependant ?

Qui peut prévoir quel sera le dénoûment du drame de sa vie et dire : « *Je mourrai ici ou là, d'un accident ou d'une maladie, en tel temps, en telle occurrence ?* »

Dans un détachement absolu de la terre, n'aspirant plus qu'à mourir, uniquement en vue d'obéir aux instances de mon défenseur, je raconte succinctement ma vie. Si jamais cela est lu, je défie quelque homme que ce soit de dire : « Cela n'est pas la vérité. »

Cependant, moi, j'en suis encore à comprendre comment j'ai pu être confondu avec les derniers scélérats. A mon enfance, à mes actions, à ma droiture incessante, quand j'oppose le supplice ignominieux auquel je suis

1.

condamné, mes idées se troublent ; il me semble être
le jouet d'un horrible cauchemar, et il ne faut rien
moins qu'une tension excessive d'esprit pour me convaincre que je veille...

Mon père était serrurier dans une ville de province.
Un moment, il employa jusqu'à douze ouvriers. Il avait
deux filles, âgées, l'une de huit, l'autre de neuf ans,
quand ma mère, après être restée dix années stérile,
devint enceinte de nouveau et mit au monde, dans la
même heure, mon frère Théodore et moi.

Nés tous deux, au dire du médecin, dans les condi-
tions d'une longue viabilité, nous offrîmes tout d'abord
la particularité d'une ressemblance si extraordinaire,
que notre mère elle-même, dans le principe, devait
parfois, pour nous distinguer l'un de l'autre, recourir à
un petit signe que j'avais au cou.

En grandissant, nous ne cessâmes point d'avoir la
même taille, la même nuance de cheveux, le même
teint, les mêmes yeux, les mêmes traits, le même timbre de voix, de telle sorte que les gens qui ignoraient
que j'eusse un frère et le rencontraient dans un endroit,
quand ils venaient de me voir dans un autre, me
croyaient doué d'ubiquité. Chose non moins notable,
cette ressemblance ne s'arrêtait pas à l'épiderme. Nous
avions un caractère, une sensibilité et des goûts semblables. Ce qui faisait pleurer mon frère appelait les
larmes dans mes yeux, et ce qui lui plaisait me causait
du plaisir. A la pension, au collége, nous faisions preuve
d'une égale mémoire, d'une égale vivacité de compré-

hension. Si mon frère était le premier, je ne manquais jamais à être le second, quand nous n'étions pas *ex æquo*. La solennité des prix était un jour de triomphe dont mon frère et moi avions une mesure pleine. Nous nous aimions à ne pas pouvoir nous quitter un seul instant.

Cette ressemblance, quelque merveilleuse qu'elle paraisse, n'est pas après tout chose nouvelle. Si rien n'est moins rare dans une famille, voire parmi des étrangers, que deux visages semblables au point de prêter à des méprises, il n'arrive pas moins fréquemment de rencontrer des natures pourvues d'analogies telles, qu'il est permis, eu égard à nos sens imparfaits, de dire, comme on le disait de nous : VOICI DEUX NATURES IDENTIQUES.

Vivant de la même vie, sous l'empire constant des mêmes impressions, de notre identité il résultait qu'à un moment donné une pensée identique traversait le cerveau de l'un et de l'autre. Entre mille faits, j'en citerai un caractéristique.

Notre père était un homme fantasque et emporté à l'excès, que son humeur despotique isolait au sein de sa famille, où il régnait sans contradiction. Il essuyait, sans dire le mot, les plus dures contrariétés au dehors, et venait les ressasser et éclater contre elles dans son intérieur. Il fallait que notre mère subît les scènes qu'il n'avait point osé faire à qui de droit, et assumât les douleurs de l'orgueil blessé du despote ; car il n'était pas tranquille qu'il n'eût, en quelque sorte, transvasé

ses ennuis, de son cerveau dans l'âme de la pauvre
femme, à moins toutefois qu'il n'eût un prétexte de dé-
verser sa colère sur nos reins. Il nous battait : cela entrait dans son système d'élever les enfants. Mais, selon
son humeur, il nous rompait de coups pour un fétu de
paille, ou nous délivrait quittance, au moyen d'une
simple menace, pour des méfaits réellement punissa-
bles. Nous en avions une peur excessive. Nous étions
sur le qui-vive, tant que nous le savions à la maison. Il
se vêtissait chez lui d'une manière qui nous l'eût fait
reconnaître d'aussi loin que peut porter la vue. Sa calotte rouge, sa redingote bleue en loques, son tablier
vert suffisaient à nous mettre en fuite. Qu'il eût, outre
cela, la tête penchée et les bras croisés sur la poitrine,
nous étions du même coup convaincus qu'il cherchait
une victime.

La maison, dont nous occupions le rez-de-chaussée,
se composait de deux corps de bâtiment séparés par
une cour immense. Les logements de la famille étaient
situés sur la rue. Au fond de la cour, se trouvaient les
ateliers et des hangars.

Un jour de sortie, je musais dans les ateliers. J'avais
laissé Théodore sur le devant occupé à colorier des
estampes. Je savais mon père absent. Une idée burlesque me passa subitement par la tête. J'endossai la
veste trouée d'un apprenti, je nouai à mon cou une
cravate rouge, je me coiffai d'un chapeau bossué et
défoncé, je fixai, à l'aide d'une épingle, un mouchoir
au fond de mon pantalon, et, sous ce travestissement

dont les ouvriers riaient à cœur-joie, je sortis dans la
cour avec l'intention d'aller trouver mon frère.

Je n'eus pas fait trois pas, que je m'arrêtai comme
frappé de la foudre. Levant les yeux, j'aperçus la terrible calotte rouge de mon père qui, la tête penchée,
les bras croisés sur la poitrine, venait droit à ma rencontre. Un frisson glacial courut jusqu'au fond de mes
os. La tête me tourna. Peu s'en fallut que je ne me
trouvasse mal. J'eus de la présence d'esprit tout juste
pour faire volte-face et songer à m'enfuir.

Je fus de nouveau arrêté par des éclats de rire qui
retentirent à l'égal du tonnerre derrière moi et dans
l'atelier. Interdit, je me retournai et m'aperçus que
celui, qu'au premier aspect j'avais pris pour mon père,
n'était autre que mon frère Théodore qui, au moment
même où je me travestissais, mettait la calotte rouge,
la redingote bleue, le tablier vert, et venait à moi
comme j'allais à lui. L'accès d'hilarité qui s'empara de
Théodore et de moi se concevra sans peine. Drapés
dans nos haillons, nous nous mîmes à jouer la pantomime. Théodore contrefaisait à s'y méprendre les
allures paternelles, tandis que moi je me préoccupais
des poses tragi-comiques de Frédéric Lemaître, dans
l'*Auberge des Adrets*. Les ouvriers, jeunes et vieux, faisaient cercle autour de nous et prenaient un très-vif
plaisir à ce spectacle gratis.

Mais une apparition, cette fois, réellement foudroyante, troubla tout à coup la parade et glaça le
sang dans nos veines. Notre père effectif venait de dé-

boucher à l'extrémité de la cour. La terreur dans l'âme, nous prîmes notre vol comme des oies sauvages effarouchées par un coup de fusil. Mon père, se jetant sur une corde à nœuds, fut en un clin d'œil sur nos traces. La maison avait plusieurs escaliers qui se correspondaient. Jouant des jambes à perdre haleine, semant notre chemin des diverses parties de notre déguisement, nous montâmes, nous descendîmes, pour remonter et redescendre, jusqu'à ce que notre père, harassé de fatigue, jugea à propos de se reposer, après nous avoir administré quelques coups de corde.

Ces accidents, et bien d'autres du même genre, n'empêchaient pas que nous ne fussions heureux de vivre. A cette heure encore, je ne puis songer à cela sans que mes yeux se mouillent. Que je voudrais revenir à ce temps, où je tendais les reins pour recevoir les coups destinés à mon frère, et où Théodore faisait de même pour moi! Oh! que *la couleur du ciel et des arbres* était belle, combien vite étaient oubliées les peines et les larmes! Combien les perspectives de l'avenir étaient brillantes et joyeuses! Qu'il nous en coûtait peu alors de nous avouer coupables, quand nous étions innocents, pour appeler sur nous la colère paternelle prête à fondre sur notre mère ou sur l'une de nos sœurs! Nous supportions d'autant plus stoïquement les douleurs de la correction que nous étions plus convaincus de ne pas l'avoir méritée. Moins en témoignage de cela que pour aider à connaître ma sœur aînée qui, dans la suite, devait se montrer à mon égard plusieurs fois si cruelle, je rapporterai une autre anecdote.

Nous n'avions pas treize ans. Ma sœur aînée, Augustine, en avait plus de vingt. C'était une assez belle personne, mais froide et intéressée. Elle ne nous aimait pas. A son gré, nous eussions pu nous dispenser de naître et de venir rogner sa part d'héritage. Au rebours de Sophie, sa cadette, qui intercédait pour nous quand on nous battait, elle regardait les coups pleuvoir sur nos épaules d'un air impassible. La sœur de ma mère, vieille fille qui vivait de notre vie et nous aimait tendrement, était parfois scandalisée de cette indifférence. Mon père s'occupait à la marier, par l'entremise du parrain de Théodore, à un épicier de Paris. Elle n'en avait pas moins des relations avec un jeune clerc de notaire qu'elle avait rencontré dans une maison où nous allions le dimanche jouer au loto. Elle eut l'imprudence de lui donner des rendez-vous dans la cour même de notre maison. A des jours marqués, elle allait, vers la nuit, entr'ouvrir la porte bâtarde de la porte cochère. Le jeune homme se glissait au fond de la cour, sous un hangar où ma sœur ne tardait pas à le rejoindre.

Un soir, notre père, qui avait affaire dans l'atelier, entendit remuer en passant près du hangar. Il plongea ses yeux dans l'obscurité et aperçut des formes confuses. N'obtenant pas de réponse à sa phrase interrogative, il pénétra sous la remise ; tout aussitôt, les formes s'animèrent et disparurent comme des ombres. Sa myopie l'empêcha de distinguer nettement des silhouettes qu'il eût parfaitement reconnues avec des yeux ordinaires. Il se hâta d'aller à l'atelier prendre l'outil dont il avait besoin, et revint sur le devant avec l'intention formelle de tirer la chose au clair.

La famille était au complet : ma sœur Augustine venait d'entrer toute pâle et hors d'haleine. Mon père voulut absolument connaître le ou les délinquants. D'un ton et d'un air qui présageaient un orage, il nous passait en revue, s'arrêtait devant chacun de nous et disait : « Est-ce toi ? » Les négations qu'il recevait irritaient encore son despotisme. On devinait qu'il allait éclater. Ma sœur Augustine tremblait de tous ses membres. Bien que mon père n'eût point coutume de la battre, elle le savait capable, dans un accès de fureur, de la frapper aussi bien que nous. Précisément, il paraissait avoir des soupçons sur elle, et lui lançait des regards obliques tout à fait inquiétants. Elle rougissait, pâlissait, s'appuyait contre une chaise et semblait sur le point de perdre connaissance. Nous vîmes l'instant où sa contenance allait la trahir. Sans bien comprendre de quoi il s'agissait, sinon d'être battu, Théodore et moi, au moment où mon père s'avançait vers Augustine, la menace à la bouche et en levant le bras, nous nous élançâmes, sans nous être entendus, et nous nous écriâmes en même temps : « Père, c'est moi ! » Nous fûmes littéralement mis à la question, au moyen du fouet et de la corde. Mon père doutait de la vérité de notre assertion ; il nous rouait de coups en vue de

nous arracher l'aveu du mensonge. Mais nous tînmes
bon jusqu'au bout, malgré d'atroces douleurs. On jugera de la violence avec laquelle il nous frappait, quand
on saura que nous fûmes contraints de garder le lit
trois jours, et que nous portâmes près de quatre mois
la marque de ses coups. Eh bien, pendant qu'on nous
battait ainsi, pendant que ma mère, ma tante et ma
sœur Sophie pleuraient et suppliaient notre bourreau,
Augustine profitait de cela pour réparer le désordre de
sa toilette et se regarder dans la glace..... Quelques
semaines plus tard, mon père la mariait avec l'épicier
de Paris, en lui assurant par contrat une somme de dix
mille francs qui furent payés trois mois après le mariage.

Je pourrais dire que pour moi se termine ici la jeunesse, c'est-à-dire l'âge de l'insouciance et des joies absolues. Les mirages qui nous souriaient à l'horizon et
nous berçaient d'heureux rêves, se transformèrent tout à
coup en nuages sinistres. Vers cette époque, la prospérité de notre père, jusqu'alors croissante, commença à
chanceler. Ébloui par les chances qui ne discontinuaient
pas de lui être favorables, il ne se borna plus aux bé-
néfices de son état, il voulut décupler rapidement son
bien par des spéculations. Il acheta des terrains et y
fit élever des constructions coûteuses. Quelques succès
l'enhardirent. Il se jeta corps et âme dans ce genre de
commerce et usa sans ménagement du crédit dont il
jouissait. Mais la plupart des bâtisses n'étaient pas
achevées, que les propriétés subirent soudainement

une forte dépréciation. Les entrepreneurs le poussèrent l'épée dans les reins. Pour les satisfaire, il fut contraint de vendre à perte. Le malheur voulut qu'en ce
même temps un notaire, auquel il avait confié des
fonds, disparût en laissant un déficit considérable. La
fortune qu'il avait mis vingt ans à édifier croulait en
un clin d'œil, fatalement, comme une ville sous l'effort
d'un tremblement de terre. Au milieu de ces désastres,
ma pauvre mère qui, depuis nombre d'années, étouffait sous le poids de l'humeur irascible de son mari,
fut sans force sous cette avalanche de nouvelles douleurs et succomba. Sa mort fut, pour ainsi parler, le
glas de la ruine de notre maison. Mon père, en proie à
un immense désespoir, se livra pieds et poings liés à
ce qu'il appelait le destin. Après s'être entrevu un
moment l'un des riches propriétaires de l'endroit, il ne
put résister à la honte de se voir ranger au nombre des
faillis. Je ne l'écris pas sans être affecté douloureusement, des gens de la campagne le trouvèrent un matin
noyé dans une mare profonde, située non loin de la
ville. Les créanciers firent naturellement main basse sur
son actif qui, partagé au prorata de leurs créances, leur
donna à peine vingt-cinq pour cent. Notre mère s'était
mariée sous le régime de la communauté. Ma vieille
tante, ma sœur Sophie, mon frère et moi, n'avions plus
devant nous qu'un chemin tout assombri des horreurs
de la misère. Heureusement, nous ne fûmes point
abandonnés de notre famille. Voici quel fut le sort de
chacun de nous.

A Paris, nous avions encore une tante maternelle qui tenait, dans un quartier riche, un magasin de confiseur. L'excellente femme prit à cœur de venir en aide à notre infortune. Non contente de prendre ma sœur Sophie chez elle, en qualité de demoiselle de comptoir, elle fit, de son propre mouvement, une pension viagère de trois cents francs à sa sœur, notre vieille tante Thérèse, et décida, non sans mal, sa nièce Augustine à en faire autant de son côté. Le parrain de Théodore, commerçant estimé de Paris, ne se montra pas moins généreux. Il se chargea avec empressement de l'avenir de son filleul. Charmé de sa figure ouverte et intelligente, et prévenu en sa faveur par le succès qu'il obtenait dans ses classes, il se résolut, en attendant, à lui faire continuer ses études et le mit, à cet effet, interne au collége *Louis le Grand*. Je fus le plus mal partagé. Ma sœur Augustine et mon beau-frère voulurent bien me recevoir chez eux, avec l'intention de m'apprendre le commerce de l'épicerie. L'amertume déborde de mon âme au seul souvenir des tourments dont je fus accablé durant le rapide séjour que je fis dans cet intérieur plus glacial mille fois que mon cachot.

Sans compter le pain trempé de larmes dont on me nourrissait, et les brutalités froides de mon beau-frère, j'étais encore incessamment en butte à l'humeur acariâtre de ma sœur. Jamais nègre n'eut des maîtres plus exigeants et plus féroces que les miens. Je faisais mes commissions au pas de course, j'en revenais en

sueur, et cependant ils trouvaient toujours que j'avais
mis trop de temps. Si l'un ou l'autre me surprenait
mâchant une graine de café rôti ou un pruneau, j'étais
impitoyablement mis au pain sec et privé de vin. L'art
de peser était notamment pour moi une source perpétuelle de supplices. D'ordinaire, dominé par une probité instinctive, je pesais juste et oubliais de jeter la
marchandise dans la balance et de l'en retirer adroitement avant que le plateau ne remontât. Je ne saurais
dire en quel vocabulaire mon beau-frère et ma sœur
puisaient les injures grossières qu'ils me lançaient alors
au visage. Mais, si je poussais l'oubli jusqu'à donner la
forte pesée, oh! je pouvais être sûr de recevoir, fût-ce
trois heures, voire une demi-journée après, deux ou trois
coups de pied à me casser la jambe. Tour à tour, *je
volais mon pain, je ne valais pas la corde pour me pendre,* quand mon beau-frère ne s'écriait pas : *Tu mour-
ras sur l'échafaud!* Cet homme, si mauvais qu'il fût,
ne pensait pas certainement prophétiser si vrai. Je ne
discontinuais pas d'avoir la peur dans l'âme, d'être
ahuri. De tous ces mauvais traitements, il résultait que
j'avais des distractions inconcevables, et que j'arri-
vais en quelque sorte à justifier leurs procédés à
mon égard. Ils décidèrent enfin, dans les profondeurs
de leur jugement, que j'étais incapable d'exercer leur
honnête commerce. Je fus placé en apprentissage
chez un homme qui fabriquait des treillages en fer.

Quoique bien jeune encore, ce que j'avais souffert
m'avait hâtivement mûri. Je comprenais déjà que Ro-

binson dans son île, aux prises avec la nécessité, n'était
pas plus abandonné que je ne l'étais, moi, au milieu du
monde. Libre d'un joug odieux, ressaisi par l'espérance, je me sentais renaître. Je travaillais comme
peu d'enfants travaillent. Tout entier à la passion de me
suffire et d'être indépendant, j'étais actif, infatigable,
je sollicitais les conseils avec âpreté, je les recueillais
comme des perles, et je devinais, à force d'attention,
ce qu'on dédaignait de m'apprendre. Ma facilité à
concevoir, mon adresse de main, mon énergie me va-
laient l'amitié et les encouragements de mon patron.

En ce même temps, Théodore, aiguillonné par des
idées analogues aux miennes, justifiait les sacrifices
de son parrain et en devenait l'orgueil, en se maintenant parmi les élèves les plus distingués du collége. Je
le voyais de loin en loin, le dimanche, chez ma tante
Thérèse, qui, malgré la modicité de son revenu viager,
s'était installée à Paris pour être près de nous. Notre
affection mutuelle n'avait rien perdu de sa vivacité. Si
j'étais heureux de son habit de collégien, il ne rougissait
ni de ma veste, ni de mes mains noires. Il me disait que
parfois, sur les bancs, il s'étonnait de ne pas me voir
à ses côtés, et qu'il souhaitait alors d'être ouvrier pour
vivre de ma vie. Nous étions toujours si bien semblables que nous cherchions vainement à expliquer la différence de nos destinées. Au reste, j'étais sûr de ses
sentiments et confondu en lui à ce point que je me
sentais tout aussi fier de ce qu'il était, que si j'eusse
été en sa place. Nous étions vraiment une âme en

deux, comparable à une petite rivière, sur laquelle
nous fûmes tant de fois bercés en notre enfance, qui,
pour se bifurquer et creuser deux lits, ne cesse pas
d'avoir une source unique, et n'en reste pas moins la
même eau.

Je passe sur ces années de ma vie aussi rapidement
qu'elles passèrent en effet pour moi, car elles furent
sinon heureuses, du moins tranquilles. Je gagnais ma
vie et Théodore allait sortir du collége. Le commerçant,
libéral en raison des éloges qu'il recevait de son filleul,
avait voulu qu'il fût initié aux arts d'agrément et aux
exercices du corps. Théodore dessinait, était musicien
et jouait de la flûte, savait faire des armes, monter à
cheval et nager. Il n'était pas seulement fort instruit,
il avait encore l'extérieur le plus attrayant. On pouvait
déjà constater bien des dissemblances entre nous. S'il
était toujours impossible à l'œil le moins exercé de se
méprendre sur notre commune origine, toutefois, il
est certain que mon frère était bien mieux développé
que moi. Avec des épaules plus larges, des bras plus
solides, des mains plus fortes, j'avais des jambes plus
grêles que les siennes. Au lieu de marcher droit et
cambré comme lui, je penchais la poitrine en avant et
mes reins tendaient de plus en plus à s'arrondir. J'ajouterai que le feu de la forge, la limaille de fer et le hâle,
m'avaient singulièrement bruni le visage. Puis, ses
habits avaient une coupe que n'avaient pas les miens, et
cela seul eût suffi à nous différencier notablement.

Ni enorgueilli, ni ambitieux, pour avoir fait de brillantes études, Théodore obéit, comme à des ordres, aux désirs de son parrain. Il accepta, dans la maison, une place de commis, avec des appointements minimes, qui, grâce à son zèle, montèrent bientôt à douze cents francs. Il faisait d'ailleurs partie intégrante de la famille. Il mangeait à la table du patron, s'entendait appeler *mon fils* par la mère, causait musique et dessin avec leur fille unique, Hortense, qui le traitait en frère, en attendant qu'elle vît en lui un fiancé.

Dans nos entrevues du dimanche, plus que jamais unis dans un même avenir, nous nous promenions en imagination à travers les perspectives nouvelles d'heureux jours qui s'ouvraient devant nous. Il me prêtait un capital, je m'établissais; et tous deux, séparés un temps par le hasard, à la tête d'un commerce d'une prospérité égale, nous recommencions à redescendre la vie côte à côte, comme aux beaux jours de notre enfance. Éblouissantes illusions, en quelque sorte destinées uniquement à éclairer les profondeurs de l'abîme où devait s'éteindre si misérablement mon existence !

Sans nous aimer moins profondément, mon frère avait ses amis, et moi j'avais les miens. On sait quelle est la vie des jeunes gens de l'âge que nous avions. Si, communément, aujourd'hui, on ne trouve point mauvais qu'un jeune homme aille au café ou au bal, on absout volontiers l'ouvrier qui fréquente les cabarets et les barrières. D'ailleurs, nous n'usions de ces plaisirs

que modérément, et avions déjà, l'un et l'autre, un
frein aux désordres où l'ardeur de notre tempérament
pouvait nous entraîner. Il semblait écrit que les événements de notre vie dussent perpétuellement se dérouler à l'imitation de deux chaînes parallèles.

Comme pendant à mon frère qui, assuré des dispositions de son parrain, laissait développer en lui le
germe d'une affection durable pour Hortense, je m'é-
prenais de la sœur d'un de mes camarades d'atelier.
On ne pouvait pas plus l'aimer que je ne faisais. A cette
heure, où j'évoque sa touchante et pâle image, tout
mon corps frissonne d'émotion. L'amour, en se révé-
lant à moi, élargissait ma vie et lui marquait un but.
Il était un centre autour duquel roulaient amoureusement toutes mes pensées. Ah! je l'atteste, si ma
fiancée ne fût pas morte, l'amour m'affermissait pour
jamais en ce chemin droit dont je n'avais point encore
dévié. Probablement, sans efforts, sans luttes, mes
actions se succédaient au sein d'une atmosphère de
simplicité et d'honneur, et peut-être ne soupçonnais-
je jamais même l'occasion de choir. Elle ne devait pas
vivre. A peine l'avais-je entrevue, qu'un sort féroce
s'apprêtait à me l'arracher. Bien qu'elle fût d'une
constitution frêle et que, depuis peu, elle eût des
spasmes fréquents, personne ne se doutait encore que
son mal fût incurable et touchât à cette crise qui dé-
termine un acheminement rapide vers la mort. Toujours plus passionné à mesure que je la connaissais
mieux, après dix-huit mois de fréquentation, j'adressai

une demande formelle à sa famille. Il me fut répondu qu'on ne nous marierait que quand j'aurais accompli le pèlerinage habituel de l'ouvrier à travers la France. Je partis plein d'enthousiasme, non sans avoir embrassé mon frère et baisé avec amour le front de celle que je regardais déjà comme ma femme.

Mais, las, que mon expression est languissante, et rebelle à rendre ce que je sens, et qu'il me paraît froid, au chagrin qui envahit mon âme, d'égrener, à l'instar d'un teneur de livres, ceci, cela, cette chose, cette autre chose encore. Je voudrais tout dire d'un trait, d'un éclair, car il est UN le sentiment qui me comble et me pénètre..... J'allai de ville en ville, je me fis recevoir compagnon. Je me souviens. A cause de mon courage, de ma promptitude à rendre service, de ma probité, on me donna un surnom. Dans les ateliers, sur mon livret, on ne m'appela plus que Joseph, *dit le Glorieux.* Encore qu'on ait trouvé, dans cette épithète à double sens un motif de plus pour m'accabler, je m'en réjouis, puisqu'elle doit épargner une flétrissure à mon nom de famille, et à mon frère, le désespoir de connaître ma mort infâme. Je n'étais pas au tiers de mon voyage que des nouvelles alarmantes me frappèrent au cœur. La santé de ma fiancée donnait les plus vives inquiétudes. Troublé, indécis, me demandant si je devais marcher en avant ou retourner sur mes pas, j'appris, par une seconde lettre attendue un mois au milieu de transes mortelles, qu'on désespérait de sa vie. Je fus bien vite de retour.

Je ne pouvais pas croire à mon malheur. Je comptais
la sauver par la toute-puissance de ma passion. En
l'apercevant, je fus frappé de sa blancheur et de l'éclat
extraordinaire de ses yeux. Je ne quittai plus sa
chambre. Plusieurs semaines, je vécus en de poignantes alternatives. Elle allait mieux un moment
pour bientôt retomber, et ainsi jusqu'au jour où je ne
discontinuai plus de la voir dépérir. J'étouffais d'angoisses ; je sortais pour verser des flots de larmes. Les
convulsions de son agonie achevèrent de m'écraser.
Oh! vraiment, si j'avais un corps robuste, moralement
j'agonisais aussi. Et plût à Dieu que je fusse mort en
même temps qu'elle! Un pressentiment affreux m'entrait dans la chair comme un poignard empoisonné :
celui qu'avec cet ange s'envolait pour moi toute espérance de bonheur et de repos en ce monde...

Ma douleur insondable suivit le cours de toutes les
douleurs : elle s'épuisa d'elle-même et mes larmes ta-
rirent. Insensiblement, mon chagrin tourna à l'amertume et me combla d'une sorte de tristesse voluptueuse.
Les charmes de ma fiancée reçurent de l'absence des
perfections toutes nouvelles. Je me sentis tristement
fier d'avoir eu l'amour d'une femme à qui je ne con-
cevais pas de seconde, et je serrai son image chérie en
un coin secret de mon âme, avec une religion orgueil-
leuse. Il était cependant des heures où la vie m'était
insupportable. Le besoin de parler d'*elle* et d'entendre,
n'eût-ce été que le murmure d'une voix amie, me dé-

vorait. Précisément je ne voyais plus que rarement
mon frère, absorbé, d'une part, par les devoirs de sa
place, de l'autre, par des plaisirs qui accouraient en
quelque sorte au-devant de lui. J'eus parfois le triste
courage de chercher dans l'ivresse un allégement à
mon désespoir : je n'y puisai qu'une souffrance de
plus, celle d'avoir honte de moi-même. C'est dans
l'un de ces jours funèbres où mon âme, triste jusqu'à
la mort, souhaitait de n'être plus, que je fis la rencontre d'une femme, au souvenir de laquelle, jusque
sur l'échafaud, le rouge me montera au visage et le
mépris de moi-même me déchirera la poitrine.

Un samedi soir, — comment oublierais-je ce détail?
l'abîme s'entr'ouvrait, — je revenais de mon atelier
assez tard, à cause de la paye. Enseveli dans les idées
les plus sombres, je traversais la rue Sainte-Anne.
Je n'étais plus qu'à quelques pas de mon garni.
J'entendis tout à coup le bruit d'une respiration
haletante et le frôlement d'une robe. Je me retournai. Une femme me saisit le bras, disant d'une voix
essoufflée : « Faites comme si j'étais avec vous ou
je suis perdue ! » Ignorant de quoi il était question,
mais ému par ce cri de détresse, j'accédai à cette
prière. Trois pas plus loin, un homme, armé d'un
gourdin, nous rejoignit et s'obstina à nous regarder
avec une telle affectation que je fus sur le point de lui
adresser la parole. La femme m'en détourna en me
serrant le poignet de ses doigts crispés et en balbutiant
des banalités familières. L'inconnu, décontenancé par

le calme de notre attitude et notre indifférence à son
endroit, s'éloigna bientôt avec un déplaisir marqué.
J'attendais l'explication de cette scène. La femme, toujours à mon bras, commençait à me regarder sous le
nez et à rire. Enfin, elle me dit : « Je l'ai échappé
belle! sans vous, j'en avais au moins pour trois mois. »
Je compris que j'avais affaire à une fille et qu'il s'agissait d'une contravention de police.

A sa porte, sans arrière-pensée, je voulus continuer
mon chemin. Elle m'arrêta. « Je suis seule, me dit-
elle. Vous ne montez pas vous reposer un instant? »
Il n'y avait dans son accent ni dans son air rien d'im-
pudique. Malgré cela, j'eus spontanément de la répugnance. Puis, j'hésitai. Je sentis ensuite l'aiguillon
d'une curiosité très-vive. Le ton de franchise dont elle
renouvela son invitation me fit craindre de passer à
ses yeux pour un niais. Je la suivis. A la lumière, j'a-
perçus une femme encore jeune et dont le visage avait
une lointaine ressemblance avec celui de la pauvre fille
que je pleurais. Cette remarque raviva subitement mes
blessures et faillit me faire éclater en larmes. Elle
me questionna. « Qu'avez-vous? me demanda-t-elle
avec intérêt; vous ne paraissez pas gai. » Le croira-
t-on? mon cœur était si gros, j'avais tant de peine à y
contenir les douleurs qui le gonflaient, que je saisis
avec une sorte de joie cette occasion d'en épancher le
trop-plein. A ces oreilles, qui ne pouvaient conduire
qu'à une âme de fange, je ne balançai pas à faire entendre le récit du plus saint amour qui fut jamais. A

ma grande surprise, je vis des larmes dans ses yeux.
« Pauvre garçon ! » dit-elle. J'éprouvai du soulage-
ment. Elle ajouta : « Vos larmes ne la feront pas revenir. Il faut n'y plus penser. » Nous fûmes un instant
sans rien dire. Sous le regard de cette femme qui s'en-
hardissait jusqu'à me dévisager, l'émotion me gagnait.
Soudainement, d'une voix dont le timbre accrut encore
mon trouble, elle me dit, toujours les yeux sur moi :
« Vous êtes joli garçon, savez-vous? vous me plaisez.
Je n'ai pas d'amant, voulez-vous être le mien? » Je la
considérai avec un mélange d'étonnement et d'effroi.
Cette déclaration à brûle-pourpoint détermina une lutte
pénible en mon âme. Je comprenais vaguement la gravité de la réponse que j'allais faire. Tour à tour, le
oui et le non erraient sur mes lèvres. Ma seule indécision était une infamie, et je devais en être châtié. Ah !
le moral se fêle encore plus aisément que le verre ne
se brise. Si l'homme en pouvait connaître toute la fra-
gilité, la moindre oscillation l'épouvanterait. Mon incertitude trompa cette fille. Elle crut que j'hésitais par
timidité. Forte de ma faiblesse, elle vint s'asseoir sur
mes genoux. Je me réveillai le lendemain chez elle. Et
qu'à cet aveu on ne rejette pas ces confessions avec
dégoût. J'ai dit la faute ; qu'on connaisse le supplice.
Il commençait le premier jour pour ne finir qu'au
terme de ma vie.

Un sentiment m'avait longtemps poursuivi que je
n'avais jamais énergiquement combattu pour ne l'avoir
pas cru susceptible de se réaliser. Quand j'apercevais,

au théâtre, une actrice qu'on applaudissait pour son effronterie ou, au bal, une fille dont la danse scandaleuse provoquait l'enthousiasme, je ne manquais pas de sentir, au fond de moi-même, comme un désir d'être aimé de l'une de ces femmes. Or, tandis que ce souhait méprisable se réalisait en partie de la manière la plus inattendue, d'où vient que j'étais triste, oppressé, honteux, que j'eusse voulu me cacher et ensevelir ma liaison dans un secret impénétrable ? Et toutes ces mesures préventives contre moi-même, à l'aide desquelles j'essayais de me faire illusion ! Je ne mettais jamais le pied dans sa chambre. Au cas d'une partie de campagne, je ne souffrais pas qu'elle dépensât un centime ; je prétendais supporter seul la dépense. J'épuisais ma bourse en vue de lui plaire, et je n'eusse pas voulu recevoir d'elle une épingle. Elle comprenait mes scrupules, cependant, et s'appliquait à les ménager. Ce n'était point assez : vingt fois, je pris la résolution de ne plus la revoir. C'est que, dans la confusion de mes idées, je pressentais qu'il n'existe, pour un *honnête* homme, aucun motif capable de sanctionner des relations de ce genre. C'est que ma conscience, dont j'entamais l'intégrité, se révoltait et se défendait à me faire mal. Je marchais, pour ainsi dire, courbé en deux sous mon propre mépris ; je souffrais d'autant plus que, malgré des précautions incessantes, mes camarades d'atelier avaient découvert ma passion et y faisaient parfois allusion en termes blessants.

Je rencontrai, un matin, mon frère qui semblait

faire sentinelle dans la rue de l'Ancienne-Comédie.
Avant de l'accoster, je ne pus résister à la jouissance
de marcher dans son ombre et de le manger des yeux.
A mon retour de voyage, j'avais trouvé Théodore caissier dans la maison de son parrain, avec des appointements élevés. Il me saisit les mains précipitamment.
« Je suis heureux de te voir, me dit-il. — Que fais-tu
là? — J'attends mes témoins. » A mon étonnement,
il répondit : « Un monsieur m'a insulté : je lui ai envoyé deux de mes amis; il faut qu'il me fasse des excuses ou qu'il se batte. » Je lui demandai le sujet de
la querelle. Théodore me fit attendre sa réponse. Enfin, il me raconta d'un ton de gêne qu'il était amoureux.
Je l'interrompis pour m'écrier : « Et Hortense? — Je
l'aime toujours autant, répondit-il. L'autre n'est qu'un
caprice, une passion de hasard. Elle est vraiment adorable, mon ami, entretenue, il est vrai, mais elle a si
bon cœur! Je l'ai enlevée à un fat qui en est fou. Hier,
au bal, dans un accès de jalousie, il m'a accusé de
vivre à ses dépens... » A mesure que Théodore parlait,
des réflexions cruelles affluaient à mon esprit. Je ne
pouvais assez m'extasier à cette conformité de destin.
Au moment où je me liais avec une fille de joie, il fallait que mon frère fît la connaissance d'une femme
qui ne valait guère mieux. Je ne comprenais pas comment Théodore aimât à la fois deux femmes, quand,
moi, si ma fiancée eût vécu, j'en avais la conviction, je
n'eusse jamais eu d'autre amour. « Après cela, pensai-
je, les mœurs des gens au milieu desquels il vit ex-

pliquent sa conduite, si elles ne la justifient pas. »
Toujours est-il que je ne me sentis pas le courage de
l'attrister par des observations. Ses témoins lui appor-
tèrent bientôt, non pas seulement des excuses écrites
dans les termes les plus humbles, mais encore une invitation à déjeuner de la part de l'offenseur. Tout en
m'enorgueillissant, à part moi, de la fermeté de mon
frère, je songeai que, parmi mes camarades, l'ouvrier
assez faible pour exprimer de telles excuses serait tenu
pour le plus lâche des hommes. Théodore, sans hésitation, me présenta à ses amis comme un autre lui-
même. Ceux-ci me marquèrent aussitôt de l'amitié et
voulurent à toute force m'emmener avec eux. Je sortis
de table, la tête légèrement exaltée. Je ne m'en rendis
pas moins chez mon patron avec l'intention d'y travailler jusqu'au soir.

Quand j'arrivai, il pouvait être deux heures et demie.
Les ouvriers attendaient dans la cour le coup de cloche
du travail. Les uns, couchés tout de leur long sur le
sol, au soleil, dormaient ou fumaient; les autres, ac-
croupis contre le mur ou accoudés sur la terre, causaient et riaient. Mon entrée occasionna un silence dont
je me sentis froissé. J'en surpris quelques-uns qui se
regardaient d'un air d'intelligence. J'avais subi vingt
fois les mêmes mortifications sans y prendre garde. En
ce moment, sous l'empire de je ne sais quelle irritabilité nerveuse, je fus pris d'impatience et levai hardiment les yeux sur un groupe plus provoquant que les
autres. Tous baissèrent la tête, à l'exception d'un seul,

qui soutint mon regard avec une intrépidité menaçante. Je marchai à sa rencontre. « Pourquoi me regardez-vous ainsi? » lui dis-je. Il se leva et me regarda avec des yeux plus grands encore, d'un air méprisant. J'étais près de me ruer sur lui. Un camarade détourna la querelle au moyen d'un mot : « Voyons, Joseph, dit-il, s'il te regarde ainsi, c'est qu'apparemment il te trouve bien. » Un ouvrier grand et robuste, d'environ quarante-cinq ans, qui passait pour encourager les désordres de sa fille et en profiter, eut l'imprudence de raviver la dispute. « Le fait est, dit-il, qu'on ne voit pas tous les jours d'aussi joli poisson. » Toute ma colère, sur le point de s'éteindre, se réveilla contre cet homme. Je répliquai : « Comme on pourrait dire, en parlant de vous, qu'on en voit rarement d'aussi vieux et d'aussi laid. » L'éclat de rire que provoqua ma réplique exaspéra cet ouvrier. Il était d'ailleurs d'une humeur violente. Laissant l'allusion pour le mot cru, il me lança l'épithète la plus grossière qu'on puisse adresser à un homme, injure ignoble sous laquelle, en langue des halles, on flétrit le soureneur de filles, celui qui vit de leurs infâmes amours. Le sang, par tous ses canaux, monta de ma poitrine à ma tête avec une rapidité de fusée. Il me sembla que le globe de mes yeux partait comme des balles et que mes tempes allaient éclater. Les muscles tendus à se rompre, les poings crispés : « Rétractez-vous ! » m'écriai-je avec désespoir et près de fondre en larmes. Au lieu de me répondre, non moins furieux que moi, il se mit en garde. On se

2

rangea en cercle autour de nous. La lutte était égale.
Si mon adversaire avait des forces supérieures aux
miennes, j'étais bien plus lesté que lui. Je me vengeais
par le nombre des coups de la violence des siens. Il
faiblissait que je ne ressentais pas encore de fatigue.
La crainte d'être vaincu par moi redoubla sa rage. A
un moment, se ramassant en pelote et prenant son
élan, il bondit comme la pierre d'une fronde. Comptant sur ma résistance, il ne touchait plus la terre. Mais
je fis un mouvement de côté, il trouva le vide et
tomba. Il lui fut impossible de se relever. Il s'était
cassé la jambe.

Cette rixe et l'accident qui s'ensuivit furent diversement appréciés aux alentours. La femme et la fille
du blessé allèrent se plaindre chez le commissaire de
police, qui s'empressa de dresser procès-verbal. Je fus
traduit devant le tribunal de police correctionnelle sous
la prévention d'avoir fait des blessures volontaires ayant
occasionné une incapacité de travail. La plupart des
témoins que je fis citer, soit malveillance, soit timidité, s'embarrassèrent dans leurs témoignages. Les
mieux disposés affirmèrent qu'ils me croyaient ivre.
Mon patron seul fit une déclaration brève en ma faveur.
Le ministère public ne s'en obstina pas moins à établir
un parallèle entre la vie d'un homme âgé, d'une *con-*
duite irréprochable, unique soutien d'une nombreuse fa-
mille, et celle d'un ouvrier de mœurs perdues, qui ne
rougissait pas de vivre en concubinage avec une fille
publique. Mon avocat, dont ma cause était le début,

parla longuement, mais sans réussir à se faire écouter. Je fus condamné à un mois de prison, quinze francs d'amende et cinquante francs de dommages-intérêts.

Je ne saurais dire quelle colère souleva en moi ce châtiment que j'étais fondé à croire injuste. Depuis je ne sais plus combien de jours, en butte à toutes sortes d'insultes, je faisais preuve d'une longanimité sans exemple. Cela me semblait d'autant plus méritoire que j'avais plus de mal à modérer l'ardeur de mon sang. La patience m'avait tout à coup manqué au plus grossier des outrages. A une rétractation que je demandais, mon adversaire avait répondu par une provocation. Il était de beaucoup plus robuste que moi. Je n'avais réussi à égaliser nos forces qu'en lassant sa vigueur. On ne pouvait attribuer l'accident qu'au hasard, sinon à sa maladresse. Pourquoi me condamnait-on ? Parce que j'avais des rapports avec une fille ! Ma conscience m'a-vertissait assez combien c'était honteux. Mais qu'on me dise en quoi cela touchait aux suites de la querelle ? Évidemment, dans les balances où le juge pèse les ac-tions d'autrui, le préjugé pèse plus que le crime. J'en conçus pour la puissance que la loi donne à l'homme une terreur profonde. Mieux vaudrait être aux prises avec les vagues de la mer que tomber aux mains de la justice humaine. Au sentiment de révolte qui grondait en ma poitrine, je me sentais aussi fou que si j'eusse essayé d'abattre les murs de ma cellule à coups de tête.

Je sortis de prison misanthrope. Mon patron, d'une sévérité inflexible dès qu'il s'agissait de probité et d'in-

térêt, était fort coulant sur le reste. Ne jugeant pas
mon cas pendable, il ne fit aucune difficulté à me reprendre chez lui. Toutefois : « Vous jetez un mauvais
coton, me dit-il. Il en est des gens qui ont une fois affaire
avec la justice comme de ceux qui tentent de se suici-
der ; on affirme qu'ils recommencent toujours et finis-
sent fatalement par là. M'est avis que vous ferez bien
de redoubler de surveillance sur vous-même et de rompre avec votre fille perdue, ou il vous arrivera malheur. »
Ces conseils prophétiques répondaient à mes sentiments ; mais sans m'en apercevoir, je m'étais excessivement attaché à cette femme. J'avais beau me raisonner,
combattre en moi son souvenir à outrance, mes souffrances intolérables, dès que je cessais de la voir, me
ramenaient toujours vers elle. Il m'arriva fréquemment
de lui signifier qu'elle choisît de rompre avec moi ou
de renoncer à son métier ignoble. En réalité, avec la
volonté ferme de me complaire, elle m'énumérait tant
de formalités à remplir, tant d'obstacles à vaincre, que
j'avais la conviction d'exiger une chose à peu près impossible. Je me bornais alors à la quereller, à la voir
moins souvent, à tâcher, par un redoublement de précautions, qu'on ne me soupçonnât pas d'avoir renoué
avec elle, et enfin à dire chaque fois, en la quittant :
Je ne la reverrai plus. Près de neuf mois se passèrent
au milieu de ces tiraillements cruels. Je prenais déjà
pour de la tranquillité ce calme sinistre qui précède les
catastrophes. Dans le nuage de lâcheté où je m'endor-
mais s'amassait la foudre qui allait consommer ma

ruine. A dire vrai, en me rappelant mes incertitudes et mes luttes d'alors, il me semble que, dans nos actions capitales, nous ne sommes maîtres que des premières, et que, ces premières une fois commises, la fatalité enchaîne les autres.

Il n'était pas rare que, vers les fins de mois, mon patron, qui tenait ses livres lui-même, me donnât une marque de confiance exceptionnelle en m'envoyant toucher des factures. Une après-dînée, il me confia un mandat à vue de trois cents francs, payable chez un propriétaire qui demeurait aux environs de Chaillot. Il me recommanda de ne pas perdre de temps, parce qu'il avait beaucoup à payer le lendemain. La longueur de la course, puis l'obligation où je fus d'attendre quelque temps le signataire du billet, firent que je ne m'en retournai qu'assez tard. J'avais sur moi deux billets de banque de cent francs fixés dans une poche de côté à l'aide d'une épingle, et cent francs en or soigneusement enveloppés dans l'un de mes goussets. Par rapport aux sommes que j'avais déjà touchées, cet argent était peu de chose. Bien que je marchasse la tête penchée, de l'air d'un homme porteur d'un trésor, mes préoccupations étaient ailleurs. Je traversais les Champs-Élysées à la hauteur du rond-point. J'entendis prononcer mon nom ; je tressaillis. Levant les yeux, j'aperçus ma maîtresse en compagnie de deux femmes et de trois hommes. Vraiment honteux de la rencontrer, je lui fis un accueil glacial et la quittai brusquement. Elle

2.

courut après moi. « Tu es jaloux, me dit-elle, et tu as
tort. Cet homme me fait la cour, mais il ne m'est rien.»
Je n'avais point d'abord les sentiments qu'elle me prêtait. Je la fuyais par crainte d'être vu avec elle. De ce
qu'ils étaient trois femmes et trois cavaliers, je n'avais
donc tiré aucune conséquence. Mais son insinuation
me bouleversa, la fumée de la jalousie me monta subitement au cerveau. Elle me dit encore que ces femmes étaient d'anciennes connaissances qui, la rencon-
trant le matin même, l'avaient décidée à passer la
journée avec elles, et ajouta qu'il ne tenait qu'à moi
d'être de la promenade. Je tournai les yeux du côté de
l'homme qui prétendait au cœur de ma maîtresse : il
était bien mieux vêtu que moi, quoique d'une manière
un peu débraillée; il me toisait d'un air de supériorité
et de mépris qui me blessa cruellement et m'inspira
une résolution contraire à la plus vulgaire prudence. Me
disant que mon patron n'avait que faire de son argent
d'ici au lendemain et que les excuses ne me manque-
raient pas pour justifier mon retard, j'obéis en aveugle
à la main qui m'entraînait...

J'étais, du reste, taciturne et dans un état d'esprit
voisin de la désolation. Je n'entrai qu'à contre-cœur
dans un cabaret de barrière. Je refusai d'abord de boire.
Les gens avec qui je me trouvais m'inspiraient sinon
de la défiance, du moins une aversion profonde. Ils
étaient d'une gaieté folle et emplissaient l'établissement
de leurs éclats de rire et de leurs chansons. Ma présence ne semblait nullement gêner l'individu qui avait

éveillé ma jalousie. Il prenait ma maîtresse à bras-le-
corps et l'embrassait devant moi. La faible résistance
qu'elle opposait à ces hardiesses me jeta par degré
dans une sourde irritation. Je crus voir qu'elle encou-
rageait les prétentions de mon rival, et je fus saisi d'un
chagrin violent. Déterminé bientôt à prendre le dessus
et à me séparer d'elle irrévocablement, je bus sous le
prétexte de me donner du courage, quand ce n'était
qu'en vue de m'étourdir. Je ne cessai plus de vider
mon verre qui se trouvait constamment plein. Insensiblement l'ivresse me gagna. De mes lèvres ne s'échappaient plus que des divagations. J'avais la tête pesante,
j'étais incapable de me tenir debout. Je finis par perdre la mémoire et jusqu'au sentiment de ma propre
existence. Aussi le lendemain, quand j'ouvris les yeux,
essayai-je d'abord vainement de m'expliquer comment
je me trouvais couché dans la chambre de ma maîtresse.

Mais à peine me fut-il permis de rassembler deux souvenirs que je sautai à terre et fus d'un bond à mes vêtements qui gisaient sur une chaise. Je plongeai la main
dans ma poche de côté. Rien! Je visitai rapidement
mes goussets. Rien! Avec des gestes saccadés et fébriles,
j'explorai toutes mes poches, je tournai et retournai mes
habits. Rien! Rien! Je sentis à mon front et à mon visage de grosses gouttes de sueur filtrer au travers de ma
chair. Une hypothèse électrisa mon esprit. Je me tournai vers ma maîtresse. A demi dressée sur son lit, immobile comme un bloc de marbre, elle me regardait

avec des yeux démesurément ouverts. Simultanément
sortirent de nos gorges serrées une demande et une
réponse qui ressemblaient à deux cris de désespoir.
« Qu'y a-t-il? fit-elle. — L'argent de mon patron? »
m'écriai-je. Je devins pâle de sa pâleur, et m'épouvan-
tai du visage épouvanté qu'elle eut. Notre attitude ré-
ciproque suffit à nous révéler la vérité dans toute son
horreur. Cette femme, sans le vouloir, m'avait, à sa
douleur inexprimable, attiré dans un guet-apens.

Muet et morne, tandis que, sur une chaise, je tenais
dans mes mains ma tête qui travaillait à se fendre, elle
s'habilla à la hâte et sortit. Je ne sais pas combien de
temps elle resta dehors. Tout ce temps, je restai immobile, plongé dans une sorte d'engourdissement douloureux. Je flottais entre la vie et la mort, j'avais des
visions lugubres, je me sentais crouler dans un gouffre.
Je ne bougeai qu'au retour de ma maîtresse. J'accrochai mes yeux sur elle. Sa vue centupla mes tortures.
Elle était blanche à faire peur, pantelante, elle se traînait plutôt qu'elle ne marchait, elle pouvait à peine se
soutenir, elle n'osait plus m'envisager. Une partie de
la journée, elle avait vainement couru à la recherche
de ses amies de la veille. A plus forte raison n'avait-
elle pu découvrir la trace de ceux qui m'avaient dé-
pouillé. On ne saurait concevoir qu'approximativement
l'état dans lequel était cette malheureuse. L'inventaire
de sa chambre et de ses tiroirs la jeta en proie au délire
de la douleur. A l'exemple de la plupart de ses pareilles, elle manquait d'économie et d'ordre. Une grande

partie de ses robes et de son linge était engagée. Ses
bijoux, ses bagues, sa montre, sa chaîne moitié argent
et moitié cuivre, n'avaient pas en somme une valeur
intrinsèque de vingt-cinq francs. Quant à ses meubles,
dont elle pouvait disposer, puisqu'elle payait son loyer
d'avance chaque semaine, elle n'en eût pas obtenu
plus de cent francs d'un brocanteur. Elle savait bien,
en outre, qu'elle m'occasionnait trop de dépenses pour
qu'il fût raisonnable de me supposer des épargnes...
Tout à coup le mot *voleur* éclata dans ma cervelle
comme un coup de pistolet et me fit bondir. Je pris la
fuite. Je ne réussis à me calmer un peu qu'après avoir
écrit à mon frère de se trouver le soir même, à la nuit,
chez ma tante Thérèse.

« Mon frère m'aime autant que je l'aime, me disais
je. Il est prêt à mourir pour moi, comme je suis prêt à
le faire pour lui. Ce qu'il a m'appartient, il serait odieux
d'en douter. Il est logé, nourri, et il touche deux cents
francs par mois : *il doit avoir de l'argent de côté.* Au
pis aller, supposons qu'il n'en ait pas ; il lui sera toujours possible de demander une avance à son parrain. »
Comme les gens qui souhaitent quelque chose avec
passion, j'épuisais toutes les hypothèses susceptibles de
m'être contraires, et, en mettant les choses au pire, je
n'entrevoyais pas même la possibilité d'un échec. J'ou
bliais que les événements trompent presque toujours
nos prévisions, si profondes et si subtiles qu'elles soient.
On est tout surpris, à l'heure du dénoûment, de voir
surgir une objection à laquelle on n'avait point songé.

L'air profondément désolé et honteux dont mon frère
vint à moi me jeta tout d'abord dans un grand trouble.
J'examinai son visage avec stupeur. Pâle et défait, avec
des yeux rougis par des larmes récentes, il baissait la
tête et semblait craindre de rencontrer mes regards. La
négligence de sa toilette me frappa ensuite. Je lui sautai au cou. Il reçut mes caresses sans me les rendre et
éclata en sanglots. Tenaillé par l'anxiété, je lui demandai ce qu'il avait. Quelques instants il laissa voir les
marques du plus violent chagrin. Je le suppliai d'avoir
compassion de moi. Il me raconta, d'une voix entre-
coupée de larmes, une histoire, oh ! une histoire, c'é-
tait à mourir sur place, plus horrible encore que la
mienne. Sa passion pour la fille entretenue au sujet de
laquelle il avait failli se battre l'avait entraîné à commettre une action vraiment blâmable. Je l'ai entendu
dire, rien n'est plus coûteux qu'une maîtresse qui ne
trafique point de ses faveurs. Encore qu'il ne lui donnât
pas d'argent d'ordinaire, elle n'en était pas moins pour
lui une cause de ruine. Des appointements doubles des
siens n'eussent pas suffi aux menus frais des super-
fluités, telles que voitures, spectacles, parties de campagne, toilettes, qui ne sont pour ces femmes que le
nécessaire. Il s'était encore endetté pour des sommes
assez fortes. Cette fille lui avait tourné la tête à force
de beauté et de coquetterie. Elle n'apparaissait pas
dans un bal, qu'elle ne fût aussitôt entourée de courti-
sans et assaillie des offres les plus brillantes. Mon pauvre frère l'aimait à en être fou, à en avoir le vertige.

Une jalousie effrénée lui donnait l'impatience de la pos-
séder seule. Elle consentit, dans une heure de générosité, à ne plus puiser l'or dans toutes les bourses et à
borner son luxe aux ressources de mon frère. La gêne
ne tarda pas à se faire sentir. Elle poussa l'abnégation
jusqu'à faire de l'argent avec une partie de ses bijoux
et de ses robes. Mais son sacrifice, auquel elle n'entre-
voyait plus de terme, ne tint pas devant les appréhen-
sions d'une fin de mois. Elle avait des billets à payer,
elle devait trois termes dans sa maison, il lui fallait de
la toilette, etc., etc. « A moins de mille francs sur-le-
champ, dit-elle un jour, je me trouverai demain sur la
paille. » C'était pour mon malheureux frère un ordre
d'apporter cette somme ou de ne plus revenir. En proie
au désespoir, il passa toute une nuit à chercher la solution d'un problème impossible, et finalement se résolut à une action dont sa passion frénétique lui cachait
l'indignité.

Depuis près de trois ans que Théodore était caissier,
son parrain, qui avait en lui une confiance sans bornes,
avait à peine parcouru les livres deux ou trois fois. Mon
frère, dans sa fièvre, calcula qu'il lui serait facile de
distraire mille francs de la caisse et de les y remettre
en moins de six mois, sans qu'on s'en aperçût. D'ailleurs, en admettant une découverte prématurée du déficit, les prétextes affluaient à son esprit pour en donner
des raisons acceptables. Il avait été trompé dans tous
ses calculs. D'une part, la femme prit les mille francs
et disparut ; de l'autre, vers le même temps, son par-

rain, qui était désœuvré, eut la fantaisie de constater
l'état de la caisse et des livres. Théodore était absent.
La surprise du patron à la fin de son travail, l'impatience avec laquelle il attendit le retour de son filleul et
l'air mystérieux dont il l'appela dans son cabinet furent
parfaitement remarqués des commis. La scène fut longue et terrible. Mon frère, incapable de soutenir un
mensonge, avoua tout. La honte et le remords le jetèrent aux genoux de son parrain. Des sanglots plein
la gorge, le visage ruisselant de larmes, il le supplia
longtemps de ne pas être sans pitié. *Il montra qu'il
comprenait l'étendue de sa faute ; il jura qu'aucun châtiment n'approcherait de celui que le souvenir de son
action lui infligerait perpétuellement.* L'indignation et
la colère de son parrain s'apaisèrent peu à peu devant
la sincérité et la profondeur de ce repentir. Il voulut
bien ne pas le chasser et tenir son déshonneur secret ;
seulement, après avoir réfléchi un moment, il lui dit de
l'air d'un juge : « Vous comprenez, monsieur, que vous
ne pouvez plus rester à votre poste. Vous ne devez plus
être que ce que vous étiez en entrant ici, un simple
commis aux appointements de mille francs. Vous ces-
serez, jusqu'à nouvel ordre, de manger à ma table et
de passer vos soirées chez moi. Voyez si cela vous
convient. » Théodore tout en larmes ajouta : « J'ai à la
fois perdu mon avenir et empoisonné pour toujours ma
vie. J'étais presque l'égal de mon parrain, et me voilà
redescendu au dernier rang. Pour comble de honte,
mes camarades, qui ont de vagues soupçons, me mar-

quent du mépris et s'éloignent de moi. Ils ne parviendront pas d'ailleurs à me mépriser autant que je le fais moi-même. Plaise à Dieu que j'aie la force de supporter une aussi horrible existence ! Je pourrai obtenir mon pardon d'autrui, mais je ne l'obtiendrai jamais de ma conscience. »

Haletant, foudroyé, j'écoutais mon frère et je m'oubliais. Quand il eut fini, deux désespoirs au lieu d'un me lacéraient et me rouaient. J'étais saisi d'épouvante à l'aspect de ces deux destinées qui s'obstinaient à se dérouler parallèlement. Je commençais à me croire voué au malheur, et je pensais que mon frère l'était sans doute aussi, et cette idée attisait encore le foyer qui me brûlait la poitrine. Théodore songea à me demander ce que je lui voulais. Il était au moins inutile d'ajouter mes souffrances aux siennes. Je lui répondis que je l'avais fait venir simplement parce que j'éprouvais le besoin de le voir. J'essayai de relever son courage, et je le quittai. J'étais déjà la proie d'une nouvelle espérance.

En deux enjambées je fus dans la rue où demeurait ma sœur Augustine. La boutique était fermée. Pour avoir une idée de ma nuit, il faudrait supposer une chose impossible, un homme, par exemple, suspendu douze heures par les ongles au-dessus d'un gouffre de quatre cents pieds. Au matin, je me précipitai dans la boutique de ma sœur. L'établissement s'était à ce point agrandi que deux garçons étaient devenus nécessaires. Ma sœur était au marché avec sa bonne ; son mari dor-

3

mait encore. A l'heure où j'y retournai, mon beau-
frère me dit que sa femme était en visite chez une voisine malade. L'aiguillon de mille guêpes me piquait le
cœur. Enfin je joignis Augustine. Il était midi passé. Je
la priai de venir avec son mari dans l'arrière-boutique.
Là, d'une voix altérée par l'angoisse, je leur racontai
succinctement ce qui m'arrivait. Je n'omis qu'une
chose : la condition honteuse de ma maîtresse. A peine
eus-je dit que les trois cents francs de mon patron m'a-
vaient été volés, que ma sœur s'écria : « C'est un mensonge ! » De blanc je devins rouge. « Augustine, dis-je
avec une colère contenue, je n'ai jamais menti qu'une
fois, et tu devrais te rappeler à quelle occasion. » Ce
fut au tour de ma sœur à rougir. Mais elle se remit
promptement. « Je croyais que c'était Théodore, balbutia-t-elle. Peu importe ! Qu'est-ce que tu veux ? —
Que vous me prêtiez trois cents francs. — Nous ne les
avons pas. — Songez-y, dis-je avec une énergie où il y
avait de la peur et des larmes, il s'agit pour moi de la
prison et d'un déshonneur qui rejaillira sur vous ! —
Tous nos fonds sont placés, répondit froidement ma
sœur ; nous n'avons pas cent francs à la maison. — Vous
n'emprunteriez pas pour me sauver de l'infamie ! m'é-
criai-je les poings sur mes tempes. — Repassé dans
quelques jours, nous verrons à te faire cinquante francs.
— C'est trois cents francs qu'il me faut, et tout de
suite ! — Oh ! alors, va les chercher ailleurs. » Je doute
qu'un homme, quel qu'il soit, puisse jamais avoir autant d'éloquence, de chaleur et d'âme que j'en eus,

moi, durant les deux heures qui suivirent. J'eusse réussi
à convaincre et à faire pleurer un tigre. Mais il est des
parents à côté de qui les hyènes auraient des entrailles.
Autant eût valu m'adresser aux ossements d'un sépulcre.
Son mari, moins impitoyable qu'elle, se laissait toucher
par mon désespoir. Elle figea sa pitié d'un regard. Je fus
sur le point de lui rappeler qu'elle avait eu dix mille
francs de mon père, quand nous n'en avions pas eu un
sou. Je compris, à son visage, que je ne ferais que l'irriter inutilement. D'ailleurs, une espérance ne s'éva-
nouissait pas plutôt en moi, qu'une nouvelle y re-
naissait.

J'avais perdu un temps précieux. Il était peut-être
déjà trop tard. Je courus chez celle de mes tantes qui
tenait le magasin de confiseur. Je la connaissais à
peine ; mais elle avait la réputation d'être sensible et
généreuse. Admirez le génie du malheur, quand il a
juré d'écraser un homme ! En entrant dans la boutique,
j'appris *la plus désastreuse nouvelle* : ma tante et ma
sœur étaient absentes ; elles étaient parties la veille
même pour assister aux noces d'un parent éloigné qui
demeurait dans l'Aube ; elles ne reviendraient pas avant
trois semaines au plus tôt. A ce dernier coup, je fus
pris d'une terreur comparable à celle de celui qui se
noie. L'esprit voisin de l'égarement, je fis en quelque
sorte le tour de moi-même, espérant encore découvrir
une corde à laquelle je pourrais m'accrocher. Si je me
fusse senti coupable, je n'eusse pas balancé à recourir
au suicide. Mais mourir quand une accusation de vol

pesait sur moi, c'était me condamner moi-même, cela
était impossible. J'allai chez mon maître ; j'eusse dû
commencer par là.

« Ah ! vous voilà, fit-il d'un ton goguenard ; je
vous croyais mort. Votre signalement est déjà chez le
commissaire de police. » Je manquais d'air, j'étouffais,
mes genoux se choquaient l'un contre l'autre. Forcé de
reprendre haleine à chaque syllabe, du ton d'un
homme qui bégaye, je lui appris le vol dont j'avais été
victime. « Certes, dit-il, vous avez mis du temps à
m'apporter cette étrange nouvelle. » Je justifiai mon
retard par les démarches que j'avais faites en vue de
parfaire la somme qui m'avait été volée. « Me rap-
portez-vous au moins mon argent ? me demanda-t-il.
— Non, dis-je ; mais je viens vous offrir de travailler
sans toucher un centime jusqu'à concurrence de trois
cents francs. » Cet homme, d'ailleurs, plein de probité,
je l'ai dit, était féroce dès qu'il était question d'intérêt.
« Peuh ! marché de dupe, s'écria-t-il ; vous pouvez
tomber malade et mourir. Qui me payera alors ? D'ailleurs, reprit-il, qui me dit que vous n'avez pas mangé
cet argent ? Vous vivez avec une fille. Je vous ai prévenu. » Je parlai de mon tort comme d'un crime et
lui jurai de renoncer pour jamais à cette créature. « Il
fallait venir tout de suite, fit-il avec impatience. Maintenant il est trop tard. Vous êtes cause que j'ai eu un
billet protesté. C'est un crédit de trois mille francs que
vous me faites perdre. Puis, je donnerais un bel
exemple à mes ouvriers ! Ce qui est fait est fait. Allez

voir le commissaire. Faites-lui votre déposition. »

Dans l'ignorance du piége qu'il me tendait, et d'ailleurs ne songeant pas à fuir, j'allai le lendemain chez l'officier de police. Au préalable, il me demanda mon nom. Je le lui dis. Il lut un papier qui était sur son bureau. « Vous arrivez à propos, me dit-il ; j'allais vour faire chercher. » Il reprit, après avoir parcouru de nouveau le papier : « Vous vivez avec une fille. Vous avez volé trois cents francs à votre maître. » Je m'élevai avec énergie contre cette accusation. Il m'écouta volontiers. A la suite d'un assez long interrogatoire, il fit comparaître ma maîtresse devant lui, et nous confronta. Les explications que nous lui fournîmes l'un et l'autre ne lui parurent sans doute pas satisfaisantes, car il nous annonça qu'il se voyait dans la nécessité de nous maintenir en état d'arrestation. Je fus conduit entre deux agents au dépôt de la Préfecture...

Je compris que je n'avais plus qu'à me recommander à la miséricorde de Dieu. J'étais pris dans un engrenage qui me semblait à moi ce que la meule du moulin est au grain de blé. Plongé dans une sorte de prostration léthargique, j'obéissais en machine aux gens au pouvoir desquels j'étais. Je n'avais plus de larmes dans le corps ; mes fibres étaient détendues et molles ; ma faculté de souffrir même était comme usée. J'eus pourtant un moment de réveil et d'espoir. Ce fut quand un avocat, nommé d'office, vint me visiter dans ma prison. Il m'invita à lui conter mon affaire. Assis sur un banc, les jambes croisées l'une sur l'autre, les yeux fermés,

il ne cessa pas, pendant que je parlai, d'agiter les
pouces circulairement en sens inverse. Il m'interrompit
enfin, pour me dire, en clignant de l'œil, d'un air nar-
quois : « Oui, oui, je vois ce que c'est. Loin d'être l'auteur du vol dont on nous accuse, nous soutenons qu'on
nous a volé. Ça n'est pas neuf, mais ça réussit encore
quelquefois. Il y a espoir. » Le visage de cet homme
ne respirait que la sordidité. Il était déjà vieux et entièrement chauve. Sa lèvre inférieure formait une
saillie en cuvette où son nez rouge, long et mobile
comme une trompe, semblait guetter deux ou trois
dents noires. Son gros œil bleu pâle, à fleur de tête,
et ses oreilles plates, comparables à des coquilles
d'huîtres, achevaient d'en faire un personnage de cauchemar. Eh bien ! à cette heure je l'envisageai avec
cet enthousiasme qui doit transporter une sainte à la
vue d'un archange. « Sauvez-moi ! m'écriai-je, et ma
reconnaissance sera éternelle ! — Hom ! fit-il, avez-
vous des parents ou des amis ? » Sous la menace du
plus cruel supplice, je n'eusse pas nommé mon frère.
« Non, monsieur, dis-je. — Avez-vous de l'argent ? »
A mon embarras, il se hâta d'ajouter : « Ce n'est pas
que je vous en demande. Mon dévouement est gratuit.
Votre affaire n'est pas mauvaise. Nous obtiendrons le
minimum. »

Je retombai dans un morne accablement.

De l'instruction du juge, de mon entrevue avec mon
défenseur, il résulta que le jour des assises me surprit livré aux plus sinistres prévisions. Or, j'en ai ac-

quis la triste expérience, le mal qu'on pressent arrive plutôt que le bien qu'on souhaite. D'ailleurs, après avoir entendu le réquisitoire du procureur général et la réplique de mon avocat, j'avoue que si j'eusse été juré, mon esprit eût été fort perplexe. Vingt arguments se dressaient contre moi. *J'étais un suppôt de mauvais lieux.* J'avais pour concubine une fille publique. Ce n'était pas la première fois que je m'asseyais sur le banc des accusés. J'avais déjà subi une condamnation pour avoir, dans ma fièvre de faire le mal, brisé la jambe *d'un père de famille respectable.* Je ne pouvais m'en tenir là. Le mal engendre le mal. *Une fois engagé sur l'échelle du crime, il faut descendre tous les échelons.* Quand on vit dans le désordre, quand on n'a plus d'autres lois que ses mauvaises passions, les ressources ne tardent pas à manquer, on a recours au vol. C'est ce que j'avais fait. Le surnom de *Glorieux* que j'avais reçu dans les ateliers n'indiquait-il pas en moi cette vanité excessive qui pousse à tous les crimes? A une première faute j'avais trouvé des juges indulgents. Je n'avais point été touché de cette magnanimité de la justice. Par la récidive, je semblais avoir hâte de prouver que j'étais incorrigible. On ne saurait, sans péril pour la société, ménager ses infatigables ennemis. Il fallait une répression sévère, etc., etc. Que pouvait répondre à cela un homme qui ne m'avait pas écouté? Rien, sinon des mensonges ou des lieux communs rebutants. En effet, il raconta une vie qui n'était point la mienne, et se jeta dans des considérations banales qui ne se rapportaient nullement à moi. Ce fut avec une stupéfaction voisine du désespoir que je l'entendis, lui, mon défenseur, déclarer que du reste *j'avouais noblement ma faute*, et que j'en marquais un profond repentir. Au lieu d'invoquer l'impartialité de la justice, il me recommandait comme un coupable à la pitié des juges. J'eus envie de me lever et de me défendre moi-même. La honte et la douleur me clouèrent sur mon banc. Je m'entendis condamner, et des circonstances atténuantes furent admises, à cinq années *de prison et à dix ans de surveillance*. Ma maîtresse, ou du moins la femme qui l'avait été, car elle ne l'était plus, fut acquittée.

Jouet incessant des ruses de je ne sais quelle puissance, il ne suffisait pas que je fusse déchiré de blessures, il fallait encore que je vécusse avec mes plaies. Mon cœur n'était pas plutôt comblé de souffrances et près de déborder, qu'une main invisible y pratiquait, pour ainsi dire, une incision par où il se désemplissait. Ainsi, à force de souffrir, j'en étais venu à croire que je ne pouvais pas être plus malheureux, et, à cette croyance, j'étais résigné. Je n'en devais pas moins acquérir la certitude qu'il n'est pas d'homme si malheureux qui ne puisse le devenir davantage. A l'exemple de beaucoup de gens, j'avais jusqu'alors nagé entre le bien et le mal, non parce que j'étais foncièrement vicieux, mais par peur de devenir un saint. Je présumais qu'une fois le pied dans la voie des scrupules, on ne

peut plus retourner en arrière, et que, d'exigence en
exigence, on arrive à une perfection relative qui exclut
tout bonheur. Sans me douter qu'en cet état on puise
un calme qui supplée largement aux joies méprisables
qu'on perd, j'étais actuellement résolu à dépouiller le
vieil homme, et cela avec d'autant plus d'âpreté, que,
comparable au maladroit qui casse tout ce qu'il touche, il semblait que je fusse incapable de remuer sans
faire mal. J'ajouterai que la disproportion révoltante
entre ma faute et le châtiment qu'on m'infligeait,
m'inspirait des sentiments de victime et me causait
une sorte de volupté âcre. Sous l'influence d'une
exaltation de martyr, j'éprouvais le besoin impérieux
de ne pas justifier à l'avenir même l'apparence d'un reproche. Ma destinée, il est vrai, devait en décider autrement. Toujours est-il que ces dispositions me
rendaient la vie de prison supportable. Je fatiguais
graduellement la haine de mes compagnons de capti-
vité qui cessaient de prétendre à faire mon éducation et
à m'élever jusqu'à eux. Par mon assiduité au travail et
ma soumission au despotisme des règlements, j'évitais
les punitions et gagnais la bienveillance de mes gar-
diens. Aux lettres et à l'argent que m'avait adressés ma
maîtresse, j'avais opposé inflexiblement le refus et le
silence. Elle n'existait plus pour moi. S'il m'eût été
possible d'avoir des nouvelles de mon frère et de le savoir heureux, j'eusse joui d'une tranquillité profonde...

Mon amour pour Théodore s'était accru en raison de
la vivacité et de la profondeur de mes chagrins. Il était

l'unique fil qui m'attachât encore à la vie. Vers la fin
de ma détention, mon désir de le voir avait la violence
d'une passion irrésistible. J'attendis l'heure de ma dé-
livrance dans un état d'impatience dévorante, et je
l'entendis sonner avec une ineffable joie. Interné dans
le département du Loiret, après avoir reçu ma feuille
de route, au risque d'être puni pour dévier de mon
itinéraire, je marchai sans retard vers Paris. Mon des-
sein n'était pas d'aborder mon frère ; je voulais simplement, en passant, me rassasier de sa vue. Je rôdai à
la nuit autour de la maison où il demeurait. Le hasard
me favorisa. Je le vis bientôt sortir, et mon pauvre cœur
battit violemment. Combien il m'en coûta de ne pas
lui sauter au cou ! Je ne me contins que par un effort
suprême. Je le suivis avec mille précautions. Dès qu'il
passait au droit d'un magasin éclairé, je le regardais de
tous mes yeux. Il était pâle et amaigri, et semblait absorbé dans des pensées tristes. J'eusse donné de bon
cœur les jours qui me restaient à vivre pour connaître le
sujet de ses préoccupations... Tout à coup il s'arrêta
devant la montre d'un marchand d'estampes. Un bec de
gaz donnait en plein sur son visage et me permettait de
le considérer à ma soif. Ce n'était rien encore. Ses
yeux tombèrent sur un objet qui lui causa une émotion
puissante, du moins je le jugeai ainsi à la contraction
subite de ses traits et à la persistance de ses regards
dans la même direction. A n'en pouvoir douter, j'a-
perçus même deux grosses larmes rouler dans ses yeux
et glisser sur sa joue. Remué jusqu'au fond de l'âme,

il me fallut savoir sur-le-champ le secret de ces larmes.
Je m'approchai de l'étalage. Je fus suffoqué par un
bonheur infini. Toutes mes douleurs s'évanouirent
dans cette impression inénarrable. J'acquérais la conviction que ce qui faisait pleurer mon frère était précisément mon souvenir. La gravure qui l'émouvait si
profondément représentait deux beaux enfants, blonds
et bouclés, d'une ressemblance merveilleuse. Notre
mère l'avait achetée jadis et l'avait accrochée au pied de
notre lit, si bien que le matin, en nous éveillant, la
première chose qui frappait nos yeux était les enfants
de cette estampe. Combien de fois, Théodore et moi,
n'étions-nous pas restés en contemplation devant ces
deux gracieuses figures! Ma jeunesse tout entière était
dans cette image. Je me revoyais dans les bras de ma
mère, et je sentais ses caresses sur ma joue. Je ne fus
plus maître de moi. Sans savoir comment, je me trouvai auprès de mon frère : « Théodore ! » dis-je d'une
voix éteinte. Il se retourna. Nous tombâmes dans les
bras l'un de l'autre. Nos deux âmes se confondirent
dans une étreinte longue et passionnée...

Mon pauvre frère, à force d'être inquiet de moi, ne
vivait plus. J'eus le frisson en apprenant qu'il avait fait
des démarches pour avoir de mes nouvelles. Chose
aussi singulière qu'heureuse, ma sœur Augustine ne
lui avait point raconté mon aventure. La peur qu'elle
devait avoir des reproches et de la colère de Théodore
m'explique aujourd'hui son silence. J'en fus réduit à
noyer ma vie dans des fables et à le rassurer sur mon

compte au moyen de mensonges que le but innocentait à mes yeux. Il n'avait pas de motif pour être aussi discret. J'entrevis avec transport qu'il marchait rapidement à une complète réhabilitation et qu'il pouvait de nouveau tout espérer de l'avenir. Il était parvenu à rembourser intégralement son parrain. Celui-ci lui rendait sensiblement son estime et son affection. Il exigeait que son filleul recommençât de manger à sa table et de passer les soirées avec sa femme et sa fille. Il était évident qu'il n'avait point abandonné son projet de le marier avec Hortense, et de lui donner son établissement en dot. Par malheur, Théodore ne trouvait pas aussi aisément grâce devant sa propre conscience. Le remords de sa faute ne s'affaiblissait que lentement. En outre, ceux des commis qui en avaient été témoins, ne manquaient jamais, par jalousie, l'occasion d'y faire allusion et de la lui rappeler. L'un d'eux, entre autres, qui avait été sous-officier dans un régiment de ligne, se conduisait en ennemi impitoyable. Querelleur, fanfaron, bien que réellement brave jusqu'à l'intrépidité, il avait toujours à la bouche quelque épigramme qui tournait à l'insulte. Théodore était impatient d'une telle existence; il voulait à tout prix imposer silence à ces railleurs et se relever à ses propres yeux en s'exposant avec préméditation à un danger adéquat à une expiation décisive. Malgré mon désir de connaître le plan qu'il roulait dans sa tête, il me marqua la volonté de ne pas être présentement plus explicite. En revanche, il me promit de m'écrire. Prétextant les exigences de

ma condition d'ouvrier, je lui donnai cette adresse :
M. Joseph, poste restante à Beaugency. Nous allâmes ensuite chez notre tante Thérèse. La bonne vieille, qui
m'avait cru mort, faillit mourir de joie dès qu'elle
m'aperçut. Elle me couvrit de caresses et de larmes, en-
tremêlées de reproches où éclatait la vivacité de sa
tendresse pour moi. Je partis le lendemain pour le
lieu de mon internement. J'emportais avec moi une provision de jouissances capable de suffire à bien des
jours.

Il est d'autant plus malaisé au malheureux soumis à
la surveillance d'ensevelir son passé que l'endroit où il
séjourne a moins d'habitants. Trop de gens connaissent
son secret. En supposant ceux à qui il a affaire incapables d'une indiscrétion, ses allées et venues périodiques
dans les bureaux de la mairie ou de la préfecture finis-
sent toujours par le trahir. Après avoir subi plusieurs
fois, dans les ateliers, la honte d'entendre dire à mes
camarades qu'ils ne voulaient pas travailler à côté d'un
repris de justice, et celle d'être ignominieusement con-
gédié par des maîtres, je tâchai, en vue de m'épargner
ces affronts, à gagner ma vie par un commerce quelconque. Mais j'usai dans le colportage les quelques
ressources qui me restaient. Je me fusse fait scrupule,
en ce moment, de m'adresser à Théodore, qui se pri-
vait du nécessaire afin d'éteindre plus tôt ses dettes. A
tous mes malheurs, je joignis alors celui de faire la
connaissance d'un misérable qui devait apporter sa
part d'influence dans mon horrible destinée et me

perdre irrévocablement. Cet homme, Piémontais d'origine, nommé Feretti, était un industriel d'une espèce singulière. Il possédait sept ou huit orgues de Barbarie qu'il louait à ses compatriotes ou à des gens tels que moi. Flairant en quelque sorte ma misère, il s'attabla un jour vis-à-vis de moi, dans la salle d'une auberge où je logeais, à Beaugency. Trapu, avec un cou de taureau, les membres nerveux d'un Hercule, des cheveux noirs, épais, dans le désordre des rameaux d'un grenadier, de grands yeux durs, d'un brillant de bille d'agate, il avait une peau jaune et huileuse, des traits anguleux, et, par-dessus cela, un air sournois et méchant qui me le rendait très-antipathique. Cependant la nécessité, plus forte que ma répugnance, me décida à nouer conversation avec lui. Je ne balançai pas à lui dire que la besogne n'allait pas et que je manquais de travail ; et, de son côté, il se hâta de m'offrir un de ses orgues. Tout en buvant, il me donna, dans son patois, quelques détails sur le métier. Je me couchai en proie à l'indécision. Le lendemain, il me renouvela ses offres. J'acceptai pour m'en repentir aussitôt. Au moment de me livrer son instrument, il exigea mes papiers en garantie. Il pressentit sur-le-champ le motif de ma confusion et m'insinua que cela ne tirait pas à conséquence. J'en passai par où il voulait. Dès qu'il eut en main la preuve de sa conjecture, un sourire atroce éclaira son visage. « Connu, connu, » fit-il. J'en conclus qu'au nombre de ceux à qui il louait des orgues, il en était de non moins infortunés que moi...

Quelques semaines plus tard, un soir, à la fin d'une journée de fatigues, le hasard mit un journal sous ma main. Je le parcourus machinalement. Tout à coup, un *fait divers* remua mes fibres à les briser. Je lus et relus :

« Une rencontre à l'épée vient d'avoir lieu, dans le « bois de Vincennes, entre les sieurs Théodore F... et « Eugène T..., tous deux commis chez M. L..., mar- « chand de couleurs. Le sieur T... a reçu dans la poi- « trine une blessure de laquelle il est mort peu « d'heures après. La justice informe. »

Je ne pus dormir de la nuit. Dans la matinée, j'allai à la poste. Mon pressentiment ne m'avait pas trompé, on me remit une lettre de mon frère. J'eus bientôt le secret de ce duel. Le jour où je quittais Théodore, il préméditait d'exposer sa vie et de tenter le jugement de Dieu. C'est là ce qu'il m'avait caché. Il voulait pou- voir hardiment lever la tête ou mourir. L'ex-fourrier, son haineux ennemi, était connu pour un duelliste non moins habile qu'heureux. Il était constant qu'il avait eu de nombreuses affaires, et qu'il s'en était toujours tiré avec bonheur. A une insulte bien caractérisée, mon frère lui avait envoyé des témoins fermes dont il s'é- tait assuré au préalable. Théodore m'écrivait avant la rencontre qui devait avoir lieu à midi, non loin de Saint-Mandé. Il confessait que, sans être lâche, il n'é- tait point libre de terreur, et qu'en prévision des ré- sultats présumables de ce duel, il avait passé une nuit horrible. Se sentant incapable de lutter contre l'habi- leté de son adversaire, il se regardait comme perdu, à

moins d'un hasard providentiel. Bien qu'il doutât que
la veillée d'un homme qu'on doit le lendemain mener
à l'échafaud pût être troublée par des tortures aussi
poignantes, il eût souhaité que ce supplice volontaire
fût plus cruel encore, puisque sa conscience devenait
tranquille en raison de ce qu'il souffrait. Au cas qu'il
lui arrivât malheur, il m'embrassait avec passion et me
suppliait de lui pardonner. Le journal venait de me
donner la deuxième partie du drame. Au rebours de
son attente, quand il pensait être tué, il avait tué son
adversaire. Mais qu'allait-il en advenir ? L'idée seule de
le voir à la discrétion de la justice me terrifiait. Je fus
vingt fois sur le point de rompre mon ban et de courir
à Paris. Je vivais dans une anxiété intolérable. Une
lettre de ma tante Thérèse me calma un peu. Théodore
avait été blessé assez grièvement à l'épaule. Il était
soigné chez son parrain qui lui témoignait actuellement une affection plus vive encore que dans le principe. Le commerçant avait usé de tout son crédit pour
obtenir que son filleul ne fût point inquiété. Il était
convenu que Théodore se constituerait prisonnier la
veille de l'ouverture des assises...

Cependant, mes rapports avec Feretti devenaient
chaque jour plus impossibles. Si j'eusse écouté la colère que soulevait en moi le ressentiment de ses injus-
tices, je me fusse déjà nombre de fois disputé et battu
avec lui. Il m'avait d'abord loué son instrument à raison
de tant par semaine. Il prétendit bientôt être payé à
proportion de mes recettes journalières. Par suite de

ces nouvelles prétentions, il me restait à peine de quoi
vivre. Il mit le comble à sa mauvaise foi au moyen de
comptes d'une révoltante iniquité. Prétextant que j'a-
vais endommagé son instrument, il exigeait tant pour
le dégât et tant pour la réparation. Il lui arrivait encore
de boire jusqu'à l'ivresse et de me faire solder sa dépense sous condition de m'en tenir compte, ce dont il
ne se souvenait jamais le lendemain ; et il ne souffrait
même pas qu'on lui rappelât ses manquements odieux :
aux premiers mots, il vous fermait la bouche par des
jurons, des insultes et l'offre de terminer le différend à
coups de poings. Mes compagnons tremblaient et
courbaient la tête devant ce misérable. Quant à moi,
m'avisant que l'heure approchait où je ne pourrais plus
me contenir, je songeais sérieusement à me séparer
de lui.

La servante de l'auberge où le plus habituellement
nous prenions notre gîte, était une grosse fille de campagne, *honnête et serviable, dont le père était serru-*
rier. Elle me marquait des préférences et passait fréquemment la soirée à causer avec moi. Mon chagrin de
connaître Feretti et mon aversion pour cet homme n'a-
vaient pu lui échapper. Dès qu'elle sut que je savais
forger et façonner la grosse serrurerie, elle songea à
son père et me dit qu'il pourrait probablement me
donner de la besogne. Elle m'apprit bientôt, en effet,
que la chose était arrangée. Je ne balançai pas un instant. Je réglai avec Feretti et lui demandai mes papiers. J'usai d'une infinité de précautions dans la

crainte de l'irriter contre moi. Tout en lui confiant que
j'étais décidé à changer d'état, je feignis de l'indécision
au sujet de ce que j'allais entreprendre, et tâchai à lui
faire croire que je redeviendrais son employé au cas où
j'échouerais. Nous nous quittâmes en apparence bons
amis. Six semaines s'écoulèrent. J'étais aussi satisfait
de mon nouveau patron que lui l'était de moi. Je ne
pensais pas pouvoir être jamais heureux, mais encore
espérais-je un repos analogue à celui de la tombe.
Qu'on juge de mon désespoir, quand un matin, en
entrant dans l'atelier, je vis le serrurier venir à moi
d'un air embarrassé et me dire : « Mon garçon, voici
ce que je vous dois. Prenez vos cliques et vos claques,
et allez-vous-en. J'en suis vraiment fâché, parce que
vous avez du cœur au travail; mais, en définitive, je
ne peux pas garder un repris de justice dans ma
maison. »

Je sortis abîmé sous le poids d'une douleur immense.
Je ne tardai pas à savoir d'où me venait ce coup. La
fille du serrurier, que je rencontrai peu après, m'apprit
d'un air désolé que Feretti avait vu son père. Cet
homme que rien ne pouvait émouvoir, qui faisait le
mal pour le mal, m'avait aperçu à la forge, en passant,
et avait résolu froidement de me faire chasser. Cette
nouvelle infamie comblait la mesure. La rage m'emplissait l'âme et me jetait en proie à un désir irrésistible de vengeance. Tout entier à ce sentiment, incapable de réflexion, j'allai le soir à l'auberge. J'y trouvai
Feretti attablé devant une bouteille de vin et occupé

à faire ses comptes avec deux des pauvres diables
qu'il exploitait. A peine entré : « Ce que vous avez
fait, lui dis-je avec fureur, est lâche et infâme! »
Il essaya de jouer l'étonnement; mais dans ses yeux,
sur ses lèvres éclatait une joie de bête fauve qui le
trahissait. Je répétai mon premier dire en termes plus
énergiques encore. « Ah çà ! tu vas te taire ! me dit-il
avec un sourire menaçant. — Vous avez beau être fort,
m'écriai-je en fermant les poings, je ne vous crains
pas ! venez! — A ton aise, mon garçon, » dit Feretti.
Il se leva et ajouta : « Suivez-nous, vous autres, et
venez apprendre comment on corrige les mauvaises
têtes ! » Accompagnés des deux individus présents,
nous nous éloignâmes de la ville. En route, un pressentiment traversa mon âme. J'en étouffai les lueurs
sinistres, me disant : « Qu'ai-je à craindre encore ?
Comment puis-je être plus malheureux ? » Et, de fait,
la mort m'eût été douce à côté de ce que je ressentais.
Nous nous arrêtames à l'angle d'un sentier désert,
borné d'un côté par un mur, de l'autre par une pente
à pic qui, à une profondeur de cent pieds environ,
aboutissait à la Loire. La lune nous éclairait en plein.
On n'entendait d'autre bruit que celui du roulement de
l'eau au travers des cailloux de la rive.

La lutte dura moins que le plus court récit. Sans
dire un mot, nous tombâmes l'un sur l'autre avec une
fureur égale des deux côtés. Nos poitrines, sous les
coups, ne cessaient pas de rendre des sons mats. La
haine dont j'étais animé décuplait mes forces. Feretti

semblait étonné de trouver un aussi terrible adversaire.
Il essaya plusieurs fois, mais sans succès, de me jeter
à terre ou de me prendre à bras-le-corps. Loin d'avoir
raison de moi comme il y comptait, il comprit au
contraire qu'il allait succomber. Écumant de rage, il
tira sournoisement son couteau de sa poche. Aux
clartés de la lune j'aperçus subitement la lame qui
arrivait en droite ligne à ma figure. Je détournai le
coup. A cette perfidie nouvelle, je perdis la raison. Je
fis deux pas en arrière et m'armai également. J'étais
absolument hors de moi-même ; un gouffre de feu ne
m'eût point arrêté. « Traître, assassin, m'écriai-je
entre deux respirations, malheur à toi ! » Et je me ruai
sur lui. Le combat devint sauvage ; nos visages meur-
tris ruisselaient de sueur et de sang. L'un et l'autre,
libres même de la peur d'être atteints, nous frappions
à tort et à travers. Tout à coup, Feretti tomba en
poussant de vrais rugissements. Se tordant à terre dans
les convulsions, il criait de toute la puissance de ses
poumons : « Au meurtre ! ah ! au meurtre ! » L'écho
redisait au loin ce cri formidable. Je remarquai seulement alors que nos témoins n'étaient plus là. Je m'approchai de Feretti. Il agonisait dans une mare de sang.
Je recouvrai la raison.

Froid autant qu'un marbre, plus fort actuellement
que le destin qui ne pouvait plus rien contre moi, il
ne restait debout en mon âme que cette idée fixe : voir
mon frère une dernière fois et connaître son sort ;
après cela, ma vie appartiendrait à qui voudrait la

prendre. Je m'enfuis donc, mais avec le sang-froid
d'un homme maître de lui-même. Calculant que mon
signalement ne tarderait pas à être transmis dans toutes
les directions, je ne me bornai pas à ne marcher que
la nuit, j'évitai encore les routes et les lieux fréquen-
tés. Je me nourrissais de fruits et de racines, et je dormais le jour dans les fourrés ou derrière une haie.
Diverses fois, côtoyant des fermes, à l'appel des chiens
qui aboyaient contre moi, je fus inquiété par des coups
de fusil. Mes forces n'eussent pas suffi à un *tel* voyage
si *mon corps n'eût été* en quelque sorte électrisé par
ma passion fraternelle. A cause des détours et des
chemins de traverse que je pris, j'allongeai mon voyage
au moins de trente lieues. Je tombai chez ma tante
Thérèse à demi mort de fatigue. La bonne vieille,
quoique j'en eusse, m'ayant pris la tête à deux mains
pour me mieux voir, pensa s'évanouir à ma lividité et
aux ravages creusés dans mes traits. J'endormis ses
inquiétudes avec des contes. Elle m'apprit que Théodore devait être jugé le lendemain.

Perdu au sein de la foule qui remplissait le local de
la cour d'assises, je vis successivement les jurés et les
juges s'asseoir à leurs places respectives. Mon frère
entra soutenu, d'un côté, par son défenseur, de l'autre,
par son parrain. Il était excessivement pâle et avait un
bras en écharpe. Ce procès fut d'un bout à l'autre un
véritable triomphe pour lui. Je lus presque aussitôt son
acquittement dans les yeux des jurés. Les témoins furent unanimes pour rendre justice à ses sentiments de

modération. Il fut constaté que Théodore, d'une force
médiocre à l'épée, s'était trouvé vis-à-vis d'une sorte de
spadassin, redoutable à cause de son habileté et de
son assurance. Le parrain de mon frère vint en outre
déclarer que la victime avait longtemps persécuté son
filleul, à l'occasion de bruits qui n'avaient aucun fon-
dement sérieux. Il ajouta qu'il prisait à ce point le caractère, la probité, la conduite, l'intelligence de ce
même filleul, qu'il lui destinait sa fille et son établissement. Il ne pensait pas pouvoir trouver un jeune homme
plus capable et plus digne de lui succéder. En présence
de ces témoignages, le procureur général abandonna
l'accusation. Le président fit un court résumé tout en
faveur de Théodore. Le jury délibéra à peine. Il rentra
au bout de quelques minutes avec un verdict d'acquittement rendu à l'unanimité. Mon frère, à l'égal
d'un héros, fut entouré d'amis et comblé de félicita-
tions. Le visage de son parrain respirait la joie et la
fierté. Quant à moi, est-il besoin de le dire ? les sanglots me montaient à la gorge, le bonheur m'inondait.
Qu'il m'eût été doux de mourir en ce moment !

Je retournai au lieu d'où je venais et me livrai aux
mains de la justice. Mes aveux rendirent l'instruction
facile. Je racontai ma querelle avec Feretti et comment
je l'avais tué. Les témoins, qui nous avaient abandonnés au commencement de la lutte, ne purent donner
aucun renseignement précis. Pour comble de malheur,
on chercha vainement le couteau de Feretti, quand
on trouva le mien dans la blessure dont ma victime

était morte. Le substitut du procureur général avait
d'amples matériaux pour un réquisitoire accablant.
Fouillant dans mon dossier, il récapitula ma vie, et,
preuves en main, démontra comment de délits en délits j'étais enfin assis sur le banc des assassins. Mon
avocat, quoique homme de talent, ne put rien contre
les faits qui marquaient, pour ainsi parler, les étapes
de ma vie criminelle. Je n'eus pas même le bénéfice
des circonstances atténuantes. Déclaré coupable sur
tous les chefs de l'accusation, je fus condamné à la
peine de mort.

Je crois l'homme né pour souffrir, et il me semble
que le bonheur n'existe qu'en vue de masquer les
piéges de l'infortune ; mais je doute que, parmi les
malheureux, il y en ait beaucoup qui puissent aussi
légitimement que moi trouver la vie une *moquerie
amère*. Aussi n'en ai-je appelé qu'à contre-cœur et me
suis-je butté opiniâtrément à ne pas signer de recours
en grâce. *Disputer pour le bagne les tristes jours qui
me restent à vivre* eût été ridicule autant que lâche.

Loin de là, je mourrai dans un état voisin de l'enthousiasme. On m'a remis une lettre de mon frère où
il m'annonce son mariage et me supplie d'accourir
prendre ma part de son bonheur. Il joint cinq cents
francs à sa lettre. En la relisant, je me suis convaincu
qu'au jour et à l'heure de mon supplice, Théodore con-
duira sa fiancée à l'autel. Pour avoir vécu dans un autre
milieu, après avoir commis des fautes analogues aux
miennes, il a pu se repentir et trouver son pardon où

j'ai rencontré l'échafaud. Peu importe, mon frère est heureux, mon Dieu, je n'ai que des actions de grâce à vous rendre ! Que ce que j'ai souffert injustement soit versé sur sa tête en félicité. A cette heure, sans forfanterie, je l'atteste, il me tarde de voir l'aube de ce jour où je ne serai plus, où je laverai mes souillures dans mon propre sang, où j'irai recommencer une existence nouvelle....

———————

LA LEÇON DE MUSIQUE

Les sons du violoncelle parvenaient jusqu'à moi purs et pénétrants, quoique affaiblis, comme j'entrais dans le petit hôtel où demeurait mon maître. Au second étage, j'attendis, pour heurter à la porte, que l'instrument eût cessé de vibrer.

Le désordre de la chambre répondait à l'extérieur singulier du musicien. Schenk venait de coucher sa basse sur le lit. Du papier réglé, des plumes, de l'encre, un diapason, de la colophane, jonchaient le tapis vert d'une table. Des morceaux de musique, gravés et manuscrits, des habits et du linge, encombraient au hasard un piano droit placé entre les deux fenêtres de la pièce. J'aperçus dans la cheminée un poêlon, *proh pudor !* où cuisait je ne sais quelle chose, car le couvercle était dessus. Ce détail culinaire, en apparence puéril, devait prendre à mes yeux les proportions d'une preuve de l'influence des choses extérieures dans les sensations que cause la musique.

4

Schenk, petit homme de trente et quelques années, se tenait debout, les mains sur les hanches. Ses cheveux ternes et roides, étaient hérissés comme les poils d'un chat furieux. Il regardait de mon côté et semblait ne pas me voir. Sans quitter cet air distrait, il me pria, d'un ton de voix indécis, d'aller, de sa part, prévenir une de ses élèves qu'il n'était plus indisposé...

A défaut, dans la ville, de ce qu'on peut appeler un professeur de violon, Schenk avait consenti à diriger mes études sur cet instrument. Par suite de son irritabilité excessive, je ne jouissais jamais devant lui de la plénitude de mes moyens. Il était des jours où je n'entendais sonner l'heure de la leçon qu'avec une sorte d'effroi. A chaque oubli, à chaque fausse note, et Dieu sait combien j'en faisais ! il me malmenait avec mesure d'abord, bientôt sans ménagement, et pour peu que la peur accrût ma maladresse, sa colère se déchaînait à l'égal d'une tempête ; rien n'y manquait : les éclairs partaient de ses yeux, et les coups qu'il donnait avec son poing sur sa basse ou avec ses pieds contre le mur figuraient on ne peut mieux le tonnerre. Je pleurais bien souvent, et encore aujourd'hui je pourrais montrer sur la table de mon violon les rigoles que la chaleur et l'âcreté de mes larmes y ont dessinées.

Cela ne m'empêchait pas de l'aimer beaucoup. Il tirait de son violoncelle des sons qui me pénétraient et éveillaient dans mon imagination des choses mystérieuses, féeriques, d'un charme enivrant, et cela seul suffisait à l'absoudre dans mon esprit de son humeur bizarre et de ses impatiences.

Les personnes chez qui j'allais me voyaient presque chaque jour. Susanne, leur unique enfant, initiée à la musique par un vieux professeur qui, chose notable, lui avait appris quelque chose, n'était heureuse qu'à son piano. Si médiocre exécutant que je fusse, elle marquait toujours du contentement de m'avoir pour accompagner, tant bien que mal, les sonates de Haydn, de Mozart ou de Beethoven. D'autres fois, je faisais ma partie dans des trios que Schenk composait et dont il réduisait le violon à mes forces.

Je montai au premier, où se tenait habituellement la famille, et j'y trouvai effectivement le père, la mère et Susanne, autour d'un grand feu. On était en automne. Le père et la mère occupaient chacun un angle de la cheminée; la jeune fille était entre eux deux, à quelque distance en arrière, appuyée contre un piano à queue sur le pupitre duquel s'ouvrait une partition. Un jour gris estompait de molles ombres les contours de ces trois personnes dont les visages penchés accusaient des préoccupations tristes.

Il est présumable qu'on m'entendit. Pourtant on ne prit pas garde à moi, ce qui me décontenança. Je me tins debout dans un coin du salon, craignant d'être importun, n'osant pas remuer.

A un soupir de la jeune fille, le père et la mère tournèrent simultanément la tête de son côté. Leurs yeux passèrent sur moi sans se décider à me voir.

« Qu'as-tu, mon enfant? » demanda la mère avec tendresse. Susanne répondit par une larme qui coula le
long d'un cil et tomba sur sa joue. Le père renouvela la
question, mais du ton de l'impatience. Une seconde
larme étincela à l'autre paupière de la jeune fille et
glissa sur l'épiderme comme une goutte d'eau sur la
corolle satinée d'une fleur.

J'étais mal à l'aise, et j'eusse éprouvé du soulage-
ment si ma présence, remarquée, eût mis fin à une
scène dont j'observais les détails malgré moi. Outre
cela, j'étais surpris des pleurs de Susanne que je savais
gâtée par ses parents. Incapable alors de concevoir
qu'un rêve contrarié suffit parfois à engendrer de
mortelles douleurs dans l'âme d'une fille esclave de
ses impressions, je me demandais avec étonnement,
comme le père et la mère, ce qu'elle avait.

Le père, homme de haute taille, gros en proportion,
d'une santé luxuriante, quitta son fauteuil et se pro-
mena de long en large. Il s'arrêta ensuite devant sa
fille, et, les bras croisés, lui adressa des paroles très-
dures. Autant que je puis me le rappeler, entre autres
choses, il lui dit : « Qu'il était navré de la voir payer
d'ingratitude l'affection de parents qui l'aimaient plus
qu'eux-mêmes ; que l'obstination de son muet chagrin
n'était pas concevable, puisqu'on allait au-devant de
ses moindres fantaisies ; que si c'était son mariage prochain qui l'affectât de la sorte, elle ne balançât point
de l'avouer : elle ne devait pas craindre de briser une
fois de plus le cœur d'un père et d'une mère dont elle

avait fait incessamment le jouet de ses caprices. » En dépit de ces âpres reproches et des caresses de sa mère, Susanne ne bougea pas. Elle était immobile comme une roche au travers de laquelle filtre goutte à goutte l'eau d'une source.

On daigna enfin m'apercevoir. Je m'empressai de dire pourquoi j'étais venu. Le père s'informa de Schenk avec intérêt, et me renvoya à sa fille pour le reste ; après quoi, il sortit. La mère, de son côté, me dit qu'on suspendrait les leçons, parce que sa fille *allait se marier ; elle* ajouta que si Susanne, à l'heure qu'il était, se sentait disposée à faire de la musique, elle n'y voyait pas d'inconvénient ; qu'elle en serait même charmée, puisque cela lui procurerait le plaisir de voir M. Schenk, etc. Pendant ce temps-là, Susanne passait de l'engourdissement à une vive agitation. Le nom de mon maître l'avait en quelque sorte ressuscitée. A sa mère, qui craignait qu'une leçon ne la fatiguât, elle répliqua qu'elle se sentait mieux et qu'un peu de musique lui ferait certainement du bien.

Je rapportai ces détails à Schenk. Quand je fis mention du mariage, son œil, qui m'envisageait, s'abaissa brusquement vers le sol, et je vis la mélancolie du découragement empreindre son visage.

Je l'accompagnai...

Pour manquer de régularité dans les traits, Susanne n'en passait pas moins pour belle, tant d'ordinaire sa physionomie était vive, tant son œil contenait de choses, tant son sourire avait de grâce. Depuis qu'elle

n'avait vu Schenk, elle avait beaucoup pâli ; ses paupières rouges dénotaient la fréquence de ses larmes,
et sa tête penchée semblait alourdie par des pensées
funèbres.

A côté d'elle, Schenk faisait un constraste saillant
par sa petite taille et la gaucherie de ses gestes. Ses
yeux, chargés d'étincelles, sa figure anguleuse, passionnée, où la défiance et l'orgueil, et aussi parfois un
souvenir ou un mot creusaient des plis profonds, n'é-
veillaient guère que des antipathies. Il était toujours
vêtu comme un homme qui pense de l'habit ce que
d'autres pensent du style, que le fond emporte la forme.

Il ouvrit l'étui que le domestique avait apporté et en
tira sa basse, vieil instrument d'une couleur énergique
et foncée. Cette basse, quoique sans nom d'auteur,
avait une valeur inestimable. Le bois admirablement
choisi, la beauté des formes, le fini des détails, tout
annonçait l'œuvre d'un maître. Schenk l'attribuait à
Duiffoprugcar, luthier tyrolien du seizième siècle. Le
fond surtout était splendide : les ondes de l'érable
s'échappaient du milieu vers les éclisses comme les
flammes d'un foyer. Les *ff* avaient cette netteté et cette
élégance qui distinguent celles des violons de Crémone.
La tête du manche était travaillée comme une pièce
d'orfévrerie. Des moulures, d'un dessin bizarre, d'une
exquise délicatesse, prenaient racine aux joues du che-
villier et se développaient sur la spirale de la volute.
Pour ne pas être du même ouvrier, cette tête, entée sur
un manche neuf, loin d'ôter du prix à la basse, ache-

vait d'en faire un instrument magnifique et précieux...

Je m'aperçus que le père et la mère s'en étaient allés, et j'en fus bien aise, car je savais que les auditeurs indifférents ou ennuyés importunaient Schenk et le paralysaient. L'exécutant n'est lui tout entier que dans un milieu sympathique : il a cela de commun avec le magnétiseur, dont les opérations réussissent mal en présence de gens hostiles. Je m'étais assis dans un angle obscur, comme une chose inerte, n'ayant plus de vivant en moi, pour ainsi parler, que les cordes qui vibrent *sous* l'action des œuvres d'art. Il semblait que j'eusse le pressentiment d'entendre la basse de mon maître pour la dernière fois. Schenk mit précisément dans son exécution plus d'âme, de fièvre, de vigueur que je ne lui en connaissais encore, et me remua exceptionnellement de telle sorte que l'impression, à cette heure, est aussi fraîche dans mon souvenir que si elle y était d'hier.

Un andante de quelques mesures servait d'introduction. Sur un *fond de notes lentes*, filées avec un art inconcevable, dont la succession et la marche harmonique faisaient pressentir un changement de ton et de mouvement, Susanne, promenant ses doigts sur toute l'étendue du clavier, semait à profusion, *leggiermente*, des traits rapides, comparables aux arabesques à jour d'une église gothique, ou encore aux points d'une dentelle. L'effet produit était quelque chose d'analogue à ces brouillards qui, le matin, à l'approche du crépuscule, s'agitent sous mille formes confuses.,. Cet intérêt

fébrile qui s'attache aux objets fantastiques que l'imagination évoque si aisément dans le clair-obscur, enchaînait sur-le-champ l'attention.

Tout à coup éclata en accents impétueux un allégro
d'une ampleur étourdissante. Des entrailles de l'andante,
comme d'un chaos où flottaient à l'aventure des fantômes dont le frôlement et le tournoiement emplissaient
'oreille d'une psalmodie monotone, s'échappa un motif
d'un éclat qui rappelait celui du soleil. Les ombres disparurent comme de gros nuages chassés par le vent,
dévoilant des campagnes splendides où se jouaient, en-
châssés de buissons fleuris, les méandres d'une rivière ;
où étincelaient, comme des miroirs ardents, des lacs
bleus ; où des montagnes pittoresques, blanchies au
front, noires et déchirées dans les flancs, se tenaient
droites et fières à l'horizon, tandis qu'à leur pied dormaient, nonchalamment accroupies, des collines dra-
pées, celles-ci dans la robe d'or des blés, celles-là dans
les écharpes vertes de la vigne. Et des forêts impéné-
trables, dont les masses de verdure ondulaient comme
les flots de la mer, encadraient magnifiquement ce
paysage magique, inondé de lumière et de couleurs.
Et ce soleil, ce ciel, ces eaux, ces bois, ces montagnes,
ces collines, devenus par enchantement les instruments
d'un orchestre, exécutaient avec un fabuleux ensemble,
sous la direction d'un maître invisible, une symphonie
à faire mourir de joie. J'étais ébloui, je nageais dans
l'enthousiasme, il me poussait des ailes, je plongeais
dans les espaces où roulent les mondes, où brûlent les

soleils, j'allais, j'allais, sans trouver la fin, à chaque
instant plus vivement aiguillonné par le désir de toucher du doigt la solution des problèmes terribles que
soulève en nous la douleur...

Au paroxysme de mon extase, une brusque cadence
souffla sur ce mirage et me rappela à moi-même. Il
me sembla que quelque chose se brisait dans ma poitrine, tant la sensation fut énergique et douloureuse...

Dès le début de l'adagio, je fus entraîné au travers
du monde des réalités navrantes. Le volume, la ron-
deur, la suavité des sons eussent fait croire aux vibra-
tions d'une voix magnifique. D'une tendresse profonde,
le chant atteignait graduellement au pathétique et ame-
nait les larmes dans les yeux. On n'y trouvait point
trace de ce sentiment fébrile, poignant, déchirant, qui
coule à flots dans les compositions maladives de quelques Italiens modernes, et aussi dans les mélodies éner-
vantes du tendre Schubert; c'était cette mélancolie
forte, saine, du génie robuste, qui, loin de dédaigner
la vie, en accepte les douleurs et essaye de s'en consoler et d'en consoler autrui à l'aide de plaintes touchantes, mélancolie dont sont empreintes notamment
les œuvres de Beethoven. Dans ce chant passionné, je
démêlais toute une histoire; je songeais à Schenk, à
son existence obscure, à son isolement, à la haine dont
le poursuivaient d'ignares musiciens, et aussi à cette
réputation de *fou* qu'ils tâchaient de lui faire, sans qu'il
daignât même les contredire, encore que son âme en
fût gonflée d'amertume.

Ses seules jouissances, il semblait les puiser dans les profondeurs de l'art musical. Il ne s'échauffait guère qu'à l'occasion du violoncelle, dont il parlait toujours avec un enthousiasme extraordinaire. Pour lui, c'était, en même temps que le plus difficile, le premier des instruments à archet, et celui qui méritât d'être traité avec le plus de gravité et de noblesse. Il ne souhaitait rien tant que de le voir mieux compris, et n'avait pas assez de sarcasmes contre ceux qui en jouaient sans paraître soupçonner qu'il eût existé un Duport. A son sens, la plupart des violoncellistes, par la mesquinerie de leur jeu, leurs sons maigres, leur manque d'aplomb et de justesse, leurs compositions vides et ridiculement difficiles, dénaturaient le caractère de l'instrument et méritaient qu'on dît d'eux *qu'ils sont des violonistes manqués.*

Il ne s'agit pas de jongler avec des notes, de stupéfier l'auditeur par des passages en fusée et des sauts périlleux ; il faut que de l'enchaînement des sons, de l'enchevêtrement des accords et des modulations, il résulte un ensemble capable de remuer profondément, autrement l'artiste descend au niveau du jongleur et n'occasionne qu'un plaisir ou un ennui analogue. Que l'instrumentiste, dépourvu de la faculté créatrice, se garde de torturer son imagination pour en arracher pièce à pièce des morceaux absurdes ; qu'il se borne à l'interprétation des œuvres de maîtres : un homme de talent peut encore, dans cette carrière incontestablement préférable à celle d'acrobate, obtenir assez de succès pour contenter son ambition.

Quant à lui, dès qu'il était question de monter sur des tréteaux, devant des indifférents qui demandaient qu'on les étonnât par des tours de force, il ressentait une répugnance invincible; il n'avait le libre exercice de ses facultés qu'en présence de gens dont la sympathie lui était acquise, et ces gens étaient rares; aussi évitait-il les occasions de se produire. Une seule fois, à force d'obsessions, on obtint de lui qu'il se ferait entendre dans un concert. De mémoire d'homme peut-être n'eut-on point à constater une aussi lourde chute. Après avoir disposé les esprits à l'enthousiasme par un début éclatant de force et de beauté, il se troubla tout à coup, perdit la tête et s'arrêta court. Une fièvre nerveuse paralysait ses doigts; le bras de l'archet avait la roideur d'une barre de fer; la sueur l'inondait; le désespoir bouleversait son visage; dans ses yeux roulaient de grosses larmes, et des angoisses inexprimables lui déchiraient la poitrine. Désespérant de vaincre son trouble, il s'était levé et avait quitté la salle. La compassion qu'on lui avait marquée en cette circonstance, lui avait fait plus de mal que tout le reste. Ce souvenir subsistait en lui à l'état de plaie saignante que la moindre chose irritait; il suffisait d'y faire allusion, même innocemment, pour le rendre furieux et le mettre en fuite.

L'attention soutenue que nous lui prêtions, Susanne et moi, l'émotion dont nous étions pénétrés et à laquelle nous nous abandonnions naïvement, lui donnaient une assurance imperturbable et le surexcitaient au point qu'il avait l'air d'un illuminé. Accroupi sur sa

basse, l'œil en feu, hors de lui, il eut un de ces moments d'inspiration qu'il ne connaissait guère que
quand il était seul. Il improvisa un point d'orgue si
rigoureusement déduit du motif, d'une logique si serrée
dans ses développements, qu'il paraissait faire partie
intégrante du morceau écrit.

Schenk ne savait ce qu'étaient les difficultés pour
les difficultés. S'il allait d'un bout du manche à l'autre
avec une rapidité foudroyante, au moyen du staccato,
de gammes chromatiques, de traits perlés, nets jusqu'à
la perfection, on ne songeait point à s'étonner de son
mécanisme. L'*idée*, toujours présente, détournait complétement des préoccupations de la forme. Sans qu'il
parût trace d'effort, ses doigts, os et nerfs, longs et
effilés, pareils à ceux d'un bossu, voltigeaient sur la
touche comme de grandes pattes d'araignée. On ne
saurait concevoir de trilles plus parfaits, de doubles
cordes plus justes, de passages en octaves plus rapides. Des modulations répandaient la couleur sur ce
fouillis étincelant, d'où s'échappait à l'improviste le
chant de l'adagio que Schenk reprenait en sous-œuvre,
l'accompagnant de *pizzicati* ou d'arpéges. L'effet de
cette mélodie, rendue avec des sons d'une justesse,
d'une beauté, d'une puissance incomparables, était
prodigieux.

A la vue de son élève qui avait la tête penchée et
pleurait, Schenk, d'abord tendre dans son expression,
puis âpre et énergique, modéra bientôt son emportement et diminua par degré l'éclat des sons. Insensible-

ment, les notes, parcourant toutes les nuances du decrescendo, firent vibrer l'air à peine et devinrent insensibles pour l'oreille. La jeune fille, dont les sensations semblaient obéir à la même loi de décroissance, redevint calme.

Il y eut une nouvelle pause...

Le finale, presto à deux temps, partit comme une flèche. D'un rhythme saccadé, d'une vivacité électrique, il me jeta de la rêverie dans le cauchemar. Les notes, dans leur succession rapide et leur entre-croisement fugué, dessinaient, pour mon esprit, les arcades d'une salle fantastique, chancelante comme l'architecture des rêves, dont les murailles, à cause de l'or, des peintures, des draperies, des glaces et des lumières innombrables, resplendissaient comme les parois d'une fournaise. Dans cet intérieur, qui vacillait et offrait à chaque instant de nouvelles perspectives, à travers une forêt de colonnettes, tantôt s'élançant à perte de vue, tantôt se rapetissant au point qu'on pouvait toucher les voûtes de la main, se pressaient en foule des femmes choisies entre les plus belles parmi les blondes, les brunes et les rouges. L'imagination d'un musulman exalté par les jeûnes n'eût jamais atteint à la splendeur de ce paradis. La plupart avaient de grands yeux expressifs qui réalisaient on ne peut mieux cette image du poëte persan : *Tes sourcils sont des arcs dont tes regards sont les flèches.* Vêtues de soie, ou de velours ou de gaz, les couleurs et la forme de leurs robes seyaient merveilleusement à leur genre de beauté. La

5

tête de celle-ci penchait sous les fleurs ; la poitrine de
celle-là étincelait de diamants ; d'autres flottaient dans
des nuages de dentelle ; toutes se promenaient enve-
loppées, pour ainsi dire, de passion ; une pensée unique paraissait les préoccuper...

Du milieu des groupes s'éleva subitement une ru-
meur ; tous les yeux se dirigèrent simultanément vers
un point noir qui grossissait à vue d'œil et revêtait la
forme humaine. Je reconnus Schenk. Il était presque
beau à force d'être joyeux. Il tenait sa basse d'une
main et son archet de l'autre. Trop passionnées pour
être coquettes, les femmes, sans crainte de friper leurs
robes, de déchirer leurs dentelles, de perdre leurs
diamants ou de déranger leur coiffure, s'empressaient
autour de lui avec une sorte de fureur jalouse, et se
disputaient ses sourires. Il semblait que ce fanatisme
comblât le gouffre insondable de son ambition. Sa
poitrine n'était point assez large pour contenir tant de
bonheur : il pressait l'une de ses mains dessus, comme
pour empêcher qu'elle n'éclatât... La durée d'un éclair,
et ce fut un désastre. Une modulation étrange me rappela, je ne sais comment, un souvenir qui suffit à
jeter le désordre dans cette fantasmagorie. Schenk fut
brusquement abandonné des bras parfumés qui l'enla-
çaient. Il devint le centre d'un cercle de visages blê-
mes et épouvantés dont le rayon ne discontinuait pas
de croître. Une glace lui apprit la cause de cette révolution. Il lui était poussé un bonnet de coton sur la
tête ; son violoncelle, son admirable violoncelle, s'était

changé en ignoble marmite, et son archet en cuiller
de bois. Son désespoir fut aussi profond que l'avait été
son enivrement. Un cri rauque sortit de sa gorge. Le
cercle grandissait toujours, et aussi la peur sur les
figures, et aussi la fureur dans l'âme du pauvre musicien. Serrant la cuiller avec rage, et la plongeant d'un
geste fébrile dans la marmite où débordait quelque
chose de semblable à un métal en fusion, il enjamba
du centre à la circonférence qui l'enserrait et porta
la cuiller en feu aux visages des femmes qu'il adorait
tout à l'heure. Une clameur terrible retentit. Ce fut le
signal d'une confusion inénarrable. Les femmes s'en-
fuirent dans toutes les directions, poursuivies par la
peur de la souillure brûlante dont elles étaient me-
nacées.

Le fantastique engendrant le fantastique, il jaillit
des murs une légion d'individus identiques à Schenk
et terribles autant que lui. L'épouvante des femmes
dépassa toute mesure. Des plaintes déchirantes aux
lèvres, et les yeux pleins de larmes, elles se serrèrent
les unes contre les autres, se réunirent en grappe à la
manière des abeilles, puis s'allongèrent en écharpe
éblouissante et roulèrent, à l'égal d'un torrent, dans un
chemin creux où il devint de plus en plus impossible
de distinguer aucune forme précise. A la queue, courait une armée de marmitons qui poussaient des hur-
rahs frénétiques. Et le mouvement de cette cohue indé-
chiffrable était à chaque instant plus accéléré, les cris
croissaient en force, en acuité, en discordance. Les

lumières s'étaient éteintes; l'édifice avait croulé; on ne voyait plus que des ruines et des décombres. Il faisait froid. Dans un pâle crépuscule, passait devant mes yeux, avec un redoublement de vitesse et de sanglots, cette chaîne humaine dont les anneaux décrivaient une ellipse immense, tournant sur elle-même comme fait la pièce de drap sur la machine à lustrer...

J'étais éperdu. Le torrent me frôlait et tâchait à m'entraîner. Sans force contre la paralysie du vertige, je roulai enfin dans le tourbillon. Avec la rapidité d'une balle de fusil, je montais, je descendais, étouffé par la crainte de choir et de me briser la tête. Les figures que j'étreignais s'évanouissaient dans mes bras. Et le mouvement de rotation doublait toujours. L'accélération en devint telle, que je ne sentis plus rien et qu'il me sembla que je reposais dans l'immobilité du néant...

Quand je rouvris les yeux, Schenk remettait sa basse dans l'étui. Susanne, assise, le dos tourné au piano, semblait écrasée sous la puissance de ses émotions. Sa mère l'examinait d'un œil inquiet. Cette dame se tourna ensuite vers Schenk et lui annonça le mariage de sa fille. Elle continua avec beaucoup d'affabilité : « Mon enfant a fait de grands progrès avec vous, monsieur, et ce sont de ces dettes que l'argent n'acquitte pas. J'espère bien que nous ne cesserons pas de vous voir. Je vous assure que vous trouverez toujours ici des amis dévoués. »

Ce disant, elle lui mit dans la main le prix de ses leçons. Susanne se leva. Tremblante, prête à s'éva-

nouir, elle ouvrit la bouche pour parler, mais la douleur lui coupa la voix. Sa pâleur, ses larmes, sa pantomime, parlèrent pour elle. Le front dans ses mains,
elle rejeta en arrière sa tête qui, presque aussitôt, re-
tomba sur sa poitrine d'où s'échappèrent soudainement
des sanglots. Avant que sa mère, qui alla à elle pour
la consoler, eût eu le temps de la prendre dans ses
bras, elle sortit et courut s'enfermer dans sa chambre.
Schenk salua tristement et s'en alla pour ne plus reparaître.

Deux ou trois mois après, on mariait Susanne avec
un jeune homme de son âge, et d'une fortune égale à
la sienne. Jamais peut-être fiancée plus frêle, plus pâle
et plus morne, ne marcha à l'autel. Bien des gens pen-
sèrent que cette enfant décolorée, aux prises avec
d'aussi sombres chagrins, ne tarderait pas à voir son
voile de mariée changé en un voile funèbre. Les parents eux-mêmes étaient tristes, et paraissaient actuellement craindre les suites d'un mariage dont ils avaient
eu hâte de signer les conclusions...

Cependant, il devait être prouvé une fois de plus
qu'il n'est pas de douleurs si cruelles que le temps ne
puisse affaiblir et même faire oublier. Je ne revis Susanne que bien des années plus tard. Mon étonnement
fut profond. Au lieu de cette délicate jeune fille, blanche comme un lis, penchée comme un roseau sous le
vent, j'aperçus une grosse dame dont le visage plein
et d'un rouge vif, éclairé de deux yeux brillants, souriait de l'air le plus heureux. Elle avait auprès d'elle

deux enfants superbes sur lesquels elle veillait avec tendresse. On m'assura qu'elle ne touchait plus que rarement à son piano, et qu'il lui arrivait même de trahir une sorte d'aversion pour la musique...

J'ajouterai qu'un hasard est venu tout récemment réveiller ces détails en mon souvenir. Feuilletant de la musique exposée en vente sur le parapet des quais, mes yeux tombèrent sur un *Trio* pour piano, violon et violoncelle, op. 7, composé par L. Schenk, gravé et édité à Paris, en 1839. A la suite d'informations, j'appris qu'un violoncelliste du nom de Louis Schenk, compositeur *baroque* et personnage *insociable*, après avoir quelque temps cherché fortune à Paris, était allé s'ensevelir dans une petite ville d'Allemagne.

VIEILLE HISTOIRE

« .... Un mois plus tard, on les mariait. *Finis coronat opus*. La noce dura huit jours. Et en avant les violons! » s'écria Prosper tout essoufflé, en jetant son manuscrit sur la table.

Cette manière de terminer un conte fit sourire les uns, et scandalisa les autres. Anselme, dont le tour était venu d'amuser le cercle ou de l'ennuyer, comme on voudra, mit fin au scandale par ce début :

« *Ce qui peut arriver à tout le monde,* je revenais de voyage. On m'accueillit avec une nouvelle qui me fit dresser l'oreille. Pendant mon absence, un locataire de la maison, un jeune homme, s'était pendu *à sa fenêtre,* et cela à cause d'une femme *presque ma voisine.* J'eus quelque peine d'abord à me souvenir du jeune homme, de M. Paul, comme on disait, garçon joufflu, qu'un mot suffisait à rendre rouge. Quant à la femme, madame Clémence, ironie du hasard ! je me rappelai fort bien m'être croisé fréquemment avec elle dans l'escalier, et avoir même remarqué plus d'une fois

son œil vif, ses cheveux noirs, ses épaules, sa taille, son
air jeune et riant...

« Ce dénoûment, pas seulement tragique, mais
encore singulier, eût rendu vive la curiosité la plus
endormie..... La maison, à l'angle d'une place et
d'une rue, avait cinq étages. Le mur des deux derniers, légèrement oblique pour faciliter l'écoulement
des eaux, était tapissé d'ardoises. De distance en
distance, il s'en échappait un de ces crochets en fer
qui servent à fixer l'échafaud des couvreurs. C'était à
l'un de ces crampons, scellé solidement dans la char-
pente, que le jeune homme s'était pendu, et cela pendant la nuit. De mon logement, sans une barre d'appui,
et en allongeant le bras, j'eusse pu, de la main, toucher à ce crampon. Il était à ma droite, un peu au-
dessous de moi, entre l'une des fenêtres de madame
Clémence et celle de la chambre qu'occupait le jeune
Paul. La difficulté seule de s'y suspendre donnait le
frisson. Il avait dû au préalable se passer la corde au
cou, puis successivement escalader sa fenêtre, marcher
dans une gouttière en plomb fort étroite, atteindre le
crochet en se haussant sur la pointe des pieds, s'élever
à la force des poignets jusqu'à une certaine hauteur,
se maintenir d'une main dans cette position, et de l'autre
fixer au fer recourbé le bout flottant de la corde, et
enfin lâcher tout. N'était-ce pas fabuleux? Quel coup
d'œil, quel sang-froid il avait fallu ! Un homme un peu
grand n'eût pas pu se pendre. La mort du malheureux
n'avait tenu qu'à quelques pouces. Qui sait? sans ce

crochet, peut-être n'eût-il jamais songé au suicide !...
La trace de ses pieds se voyait encore sur le mur, et les
brisures d'ardoises, qui témoignaient des efforts de son
agonie, étaient restées dans la gouttière...

« Je ne cessais pas d'être importuné du désir de
connaître l'histoire de cette catastrophe, quand, un
matin, je vis madame Clémence entrer chez moi. J'en
fus d'autant plus surpris que cette dame, jusqu'alors,
m'avait semblé peu soucieuse de faire ma connaissance.
La veille, entre onze heures et minuit, je l'avais trou-
vée, en grande toilette, causant sur les premières marches de l'escalier avec un sergent-major d'un régiment
de ligne. Je ne saurais dire jusqu'à quel point j'avais
été stupéfait. Elle s'était rangée pour m'ouvrir un passage, et m'avait rendu mon salut en étudiant sournoisement mon air...

« Sa présence me causa un grand trouble.

« Mon Dieu, monsieur, fit-elle d'un ton câlin, je
« venais vous demander si vous seriez assez bon pour
« me faire une lettre ? » Je n'eus pas plutôt répondu
affirmativement, qu'elle s'assit et ajouta, en tirant une
lettre de sa poche : « Mais, d'abord, je vous prierai de
« me relire cette lettre, car je ne sais pas bien lire, et
« surtout l'écriture. » Seulement alors je m'aperçus de
son accent traînant et commun. Sous l'extérieur élégant de cette femme je découvrais une paysanne nor-
mande.

« La lettre, de trois pages pleines, d'une écriture
moulée, d'un style grotesque, d'une orthographe boi-

teuse, et somme toute d'un intérêt médiocre, était du
sergent-major dont, la veille, j'avais fort bien remarqué l'âge mûr, les énormes moustaches et le chevron.
Je ne sais plus trop ce qu'elle contenait, sinon qu'il y
était fait des charges à fond de train sur le bourgeois,
que des protestations d'amour s'y heurtaient et y faisaient un bruit comparable à celui du choc de vingt
sabres, et qu'au milieu une demande en mariage y ré-
sonnait comme un coup de canon.

« Je sais en outre qu'à cette proposition de mariage,
madame Clémence, qui écoutait cela de l'air le plus
sérieux, éclata de rire. Je lui demandai ce qu'elle dé-
sirait que je répondisse. « Tout ce que vous voudrez,
« dit-elle, avec vivacité, pourvu que je ne le revoie
« plus. Ce monsieur perd la tête. Me voyez-vous
« vivandière ! C'est bien assez d'avoir été dîner avec
« lui. Si *Monsieur* apprenait que j'ai eu affaire à un
« soldat, il ne serait bien sûr pas content. »

« Nous causâmes et, à ma prière, elle m'expliqua
comment elle avait connu ce sous-officier

« J'ai une amie, me dit-elle, qui a son prétendu au
« régiment. Ils m'ont invitée à dîner, et j'ai trouvé avec
« eux ce sergent, qui, du reste, m'a paru d'abord très-
« aimable. Il m'a fait la cour et m'a reconduite le soir
« jusqu'à ma porte. Je ne savais comment me défaire
« de lui. Il n'en finissait pas de me conter des histoires
« et de jurer qu'il m'adorait. Je m'ennuyais à mourir,
« je dormais debout, quand vous nous avez vus en-
« semble. Voilà... »

« La réponse que je promis à madame Clémence
me valut de la revoir le lendemain. Je n'eus besoin
d'aucun prétexte pour la retenir; elle s'assit et me
parla d'elle, sans que je l'en priasse, avec un entier
abandon. Elle m'apprit que *Monsieur* était un grand et
gros homme de trente-huit ans, qui, en sus d'une fortune personnelle et de grandes espérances du côté de
sa mère, touchait encore cinq ou six mille francs comme
professeur dans une faculté. Il était fou d'elle, et lui
donnait de tout à profusion. En vue de la distraire et
de lui apprendre le monde, ce qu'il avait à cœur, il
l'avait conduite nombre de fois dans des maisons res-
pectables. Mais elle s'y était montrée tellement gauche
et y avait commis tant de sottises, qu'il avait été contraint de renoncer à ce système d'éducation. Il avait
exigé qu'elle prît des leçons de français, de danse, de
musique, et lui avait même, à cet effet, acheté un piano.
C'étaient autant de dépenses stériles : de son propre
aveu, elle ne comprenait rien, elle était trop *bête*. La
mère de *Monsieur*, très-fière de son fils, songeait à le marier. Mais elle, Clémence, n'entendait pas de cette oreille-
là. Au premier bruit d'un mariage, elle était décidée
à faire tant de scandale que les conclusions en devien-
draient impossibles.

« Tout en l'écoutant, je me levai pour fermer la fenêtre, parce que le bruit des voitures m'empêchait parfois d'entendre. Elle m'arrêta. « Laissez-la ouverte, me
« dit-elle. Si tout était fermé, votre voisine entendrait
« ce que nous disons. » Encouragé par cette bienveil-

lance, j'essayai de la mettre sur le chapitre de ses
amours avec Paul. Son obstination à ne pas comprendre
mes allusions à ce sujet finit par m'impatienter. Au
risque de lui paraître brutal, je lui pris la main et voulus
l'entraîner vers la fenêtre dans le but de lui mettre le
clou sous les yeux. Je ne sais pas comment cela se fit,
mais elle devina mon intention. « Oh ! fit-elle en recu-
« lant d'un air effrayé, quelle horreur ! » J'eus un accès
de repentir. « Je vois ce que c'est, ajouta-t-elle, on
« vous aura conté cette affreuse histoire. — Oui, dis-je,
« mais en courant. Je voudrais bien avoir plus de dé-
« tails. — Une autre fois, nous verrons, dit madame
« Clémence. Quant à présent, fermez cette fenêtre. »
Elle était debout et résolue à sortir. « Vous ne vouliez
« pas tout à l'heure, lui fis-je observer. — Je le veux
« maintenant, répliqua-t-elle en allant vers la porte.
« — Qu'est-ce que cela peut vous faire ? » dis-je encore. Elle s'anima extrêmement. « Comment ! s'écria-
« t-elle... Mais vous ne savez donc pas que j'ai fait
« condamner absolument ma fenêtre de ce côté ! Vous
« ne savez donc pas que je me trouve mal et que j'ai
« des attaques de nerfs, rien qu'en apercevant ce cro-
« chet ! » Je fermai ma fenêtre.

« Cette maladresse n'empêcha pas madame Clémence de me faire, à dater de ce jour, des visites en
quelque sorte périodiques. Je n'en étais guère plus
avancé. Elle éludait mes questions ou me répondait
avec impatience que je savais tout, qu'elle n'avait rien
à m'apprendre de neuf. En revanche, sur elle, son

passé, sa famille, elle ne tarissait pas. Elle venait de cette Normandie où il y a tant de femmes belles et d'un sang magnifique. Elle était l'aînée des trois filles d'un brave homme qui faisait valoir, aux environs de Caen, une petite ferme qu'il avait à bail. Décriée dans son village à cause de plusieurs aventures, elle était venue chercher fortune à Paris. De temps en temps, elle envoyait, pour qu'on se souvînt d'elle, de l'argent à son père et des cadeaux à ses sœurs. Celles-ci, en outre, venaient la voir une fois chaque année. Durant quinze jours, elle les gorgeait de plaisirs, et les renvoyait ensuite chargées de tous les objets de toilette capables de flatter leur goût. Aussi, non contentes de lui expédier des paniers de grosses pommes rouges pour l'hiver, ses cadettes lui créaient-elles encore au pays une réputation de beauté surnaturelle, et il faut avouer qu'elle était pourvue, avec un luxe fabuleux, de tout ce qui pouvait excuser un pareil enthousiasme. Ses cheveux splendides eussent été un fardeau pour une femme frêle. Des sourcils épais dessinaient une ligne sombre et expressive au-dessus de ses yeux noirs. Sa pâleur ne l'empêchait pas d'être fraîche. Elle avait les plus belles dents du monde; le corps semblait d'une fermeté de marbre ; le pied était bien fait et pas trop grand, chose notable chez une fille qui avait été élevée dans les champs. Par-dessus cela, elle avait l'instinct des toilettes qui lui convenaient à peu près comme la poule a celui de couver.

« A force de regarder cette femme, j'en étais venu

à beaucoup rêver d'elle. Je reconnaissais son pas à mes palpitations subites. Si elle passait un jour sans venir, j'éprouvais un profond ennui, et, chose curieuse, dès qu'elle était présente, je devenais préoccupé et triste. Elle me questionnait sur cette tristesse. Je répondais à tort et à travers. Je ne lui parlais plus du jeune Paul, d'abord par lassitude, ensuite à cause des sentiments personnels qui m'absorbaient... C'est dans un de ces moments que madame Clémence, à ma grande surprise, me conta tout au long une histoire que je lui avais tant de fois demandée inutilement. Ma curiosité lui enchaînait la langue; il semblait que mon indifférence la lui déliât. »

Ici Prosper, qu'on croyait endormi, renouvela tout à coup, à mi-voix, l'exclamation inconvenante à l'aide de laquelle il avait clos son histoire. Tous les yeux se dirigèrent de son côté. Plusieurs personnes élevèrent en même temps la voix pour lui adresser des reproches. Anselme, cette fois encore, couvrit les rumeurs en reprenant ainsi sa lecture :

« En rapprochant de son récit ce que j'avais appris d'ailleurs, je comprenais le drame absolument comme s'il se fût passé sous mes yeux. J'étais parvenu à retrouver dans mon souvenir l'image exacte du jeune homme. Il était de taille médiocre et un peu replet. Vingt ans de vie n'avaient point encore touché au rouge vif de ses joues. Des cheveux châtains, longs et négligés, se relevaient à sa nuque en queue d'oiseau. Son œil gris bleu, enfoui sous une paupière toujours

baissée, osait rarement regarder en face, et jusque dans
son allure humble et la tristesse de ses habits éclataient
ces empreintes indélébiles que grave sur tout individu
la vie de séminaire. En vue d'utiliser le temps qui le
séparait de l'âge où il pourrait acheter une étude
d'avoué, il était venu à Paris faire son droit. Sans amis
et sans relations, répugnant en outre à s'en créer par
suite de taciturnité et de méfiance, il vivait dans un
isolement complet et paraissait se douter à peine qu'il
existât des femmes, des cafés, des bals, des théâtres.
Il n'aimait rien au monde d'un amour profond que sa
mère, vieille veuve au cœur d'or, dont il caressait
l'unique faible par des tours de force d'économie et des
états mensuels de sa dépense. Sa voisine, qu'il ren-
contrait chaque jour, semblait ne pas exister pour lui.
Il n'y prenait pas même garde.

« Cela ne faisait pas le compte de la femme, qu'impa-
tientait l'indifférence d'un jeune homme, éblouissant
de santé, qui édifiait et embaumait pour ainsi dire la
maison entière par sa vie tranquille et ses habitudes la-
borieuses. Elle s'était mis dans la tête de forcer son attention. Elle n'y réussit que trop bien. Sa beauté, ses
regards hardis et provoquants inondèrent de trouble la
poitrine du jeune homme, où germa bientôt un amour
profond et incurable.

« Mais Clémence avait à lutter contre des préjugés
d'autant plus tenaces qu'ils poussaient des racines
dans une nature neuve et robuste. La timidité et l'ignorance muraient l'esprit de l'étudiant mieux encore que

les paupières ne voilaient ses yeux. Il se formait des
femmes, qu'il jugeait d'après sa mère, une idée si noble
et si haute qu'il n'y songeait pas sans rougir de son indignité. Sa voisine achevait de l'écraser sous le pres-
tige d'une coquetterie impitoyable. Il s'obstinait à la
croire d'une nature bien supérieure à la sienne. S'il
laissait pousser cet amour en lui et l'y faisait prospérer
par ses rêves, c'était sans espérance. La passion, ce
qui est presque une loi, décuplait sa pusillanimité et lui
dictait des façons d'agir qu'on eût dites inspirées par
la haine. Clémence le coudoyait en passant, et il détournait la tête ; elle le saluait à haute voix, et il faisait
la sourde oreille ; que, par hasard, elle l'aperçût dans
la loge et y entrât, il prenait son chapeau et s'échappait avec une brusquerie qui frisait l'impolitesse. L'ex-
travagance de cette conduite, qu'elle s'expliquait mal
encore, l'eût infailliblement rebutée, n'était qu'elle eût
pressenti des plaisirs neufs et vifs dans l'éducation de
ce jeune sauvage. Son opiniâtreté croissait en raison
même de l'entêtement de son voisin. Hardie de toute
sa faiblesse, elle frappait à sa porte et sollicitait des services insignifiants. Sous prétexte de le remercier, elle
entrait dans sa chambre et s'y accrochait à l'aide d'une
conversation dont elle faisait les frais. D'autres fois,
elle l'attirait chez elle, où elle le retenait prisonnier des
heures entières. L'étudiant avait la tête basse et l'œil
en dessous d'un loup pris dans une fosse. Clémence le
taquinait sur ses allures de petite fille, lui reprochait de
vivre en ours, de haïr les femmes, avec qui elle préten-

dait le réconcilier. Tout cela bouleversait la tête du jeune homme. Il lui arrivait d'ouvrir des yeux grands comme des portes et de s'en aller pensif. Le sens de ces provocations commençait à pénétrer dans son esprit. Ce n'était qu'une lueur imperceptible ; mais cette lueur, comme la goutte d'huile sur une étoffe, s'étendait si rapidement qu'elle allait envahir tout son corps. *Être aimé d'elle, lui !* Il en eut des transports au cerveau et faillit en devenir fou. L'ébranlement qu'il en ressentit se conçoit d'autant mieux que le sang brûlait *ses veines, que son air calme cachait une âme passionnée et qu'il en était à son premier amour.* Clémence, à cette heure, lisait dans sa poitrine mieux que dans un livre. Fatiguée d'une comédie de trois mois et résolue d'en finir, elle lui arracha enfin de l'âme le secret de sa passion et le railla ensuite de ce qu'il n'avait pas deviné plus tôt qu'elle l'aimait, elle aussi...

« Un bonheur exprimable, douloureux à force d'être intense, combla les jours de l'étudiant. Sa physionomie en emprunta une expression toute nouvelle. *Il était incessamment pénétré d'une telle joie, que tout son corps en rayonnait.* La beauté de sa maîtresse entretenait en lui un foyer perpétuel d'enthousiasme. Il avait des élans .de passion d'une impétuosité étourdissante. Il venait sur ses lèvres, électrisées par le feu des embrassements, d'intarissables folies dont Clémence ne se sentait pas d'aise. Le malheureux lui avait aliéné, exclusivement et sans retour, tous les trésors de son âme. Plus que jamais taciturne avec les étrangers, son amour de fils

même était descendu rapidement au niveau d'un respect banal. Les lettres de sa mère l'importunaient ; il
n'avait plus le temps de les lire ; il n'y répondait pas. Il
avait perdu jusqu'au souvenir des faiblesses de la bonne
femme, ou du moins ces faiblesses ne lui paraissaient
plus mériter que du dédain ; car, à cette heure, il dépensait plus d'argent en un mois que jadis en une année.

« Cette analyse rapide, je dois en prévenir, n'existe
qu'en vue d'un dénoûment qui, dans cette tant vieille
et toujours nouvelle histoire de l'affinité des hommes
d'âme pour les statues en chair vive, offre seul des par-
ticularités curieuses. L'amour de l'étudiant devait suivre la pente irrésistible de ces passions anormales.
Déjà cet amour, qui desséchait en lui la racine des
plus vieilles affections, n'avait plus la sécurité des premiers jours. Jaloux et ombrageux, il s'alarmait d'un
rien, et Clémence ne se donnait pas toujours la peine
de le rassurer. Aussi, par peur de la perdre, ou seulement de la voir se refroidir, épuisait-il toutes les ressources qu'il jugeait capables de l'attacher à lui. Une
nouvelle excentricité d'intention ou de fait, marquait
chacun de ses jours. Il voulait, par exemple, réaliser sa
fortune, et s'en aller vivre avec sa chère maîtresse dans
un coin de terre oublié. Clémence souriait. Une autre
fois, au paroxisme de l'exaltation, il lui proposait résolûment de mourir dans les bras l'un de l'autre. La
femme fronçait les sourcils, et devenait de glace. Paul,
au désespoir de l'avoir attristée, s'accusait de n'avoir
point d'âme, et n'offrait rien moins que de sauter par

la fenêtre pour la délivrer de lui. Elle ne parvenait à le
calmer qu'en se composant un visage riant. Pour combler la mesure, il faillit un jour se tuer devant elle.
Ils déjeunaient ensemble. Le jeune homme, jouant
avec son couteau, affirma qu'il se blesserait pour peu
qu'elle exigeât cette preuve d'amour. Elle le défia par
plaisanterie, et il se frappa en pleine poitrine. Clémence, épouvantée à la vue du sang qui ruisselait de
la blessure, manqua de tomber à la renverse. Elle courut chercher son médecin qui, à l'inspection de la
plaie, déclara qu'une côte avait, fort heureusement, fait
dévier la lame...

« De telles scènes allaient en droite ligne contre le
but de l'étudiant. Clémence, tout aise, dans le principe, d'inspirer une passion si exclusive, ne devait pas
tarder à en être lasse comme d'un joug. Il lui prenait
déjà des accès d'ennui qu'elle était impuissante à surmonter. Paul les lui reprochait à l'égal d'un crime.
C'était le point de départ de querelles sans fin, qui
exaspéraient la femme et accroissaient ses dégoûts. Elle
ne manquait pas, dans ces occasions, d'outrer l'expression de sa répugnance. L'emportement du jeune
homme fléchissait bientôt sous cette implacabilité. Il
se traînait sur ses genoux et demandait grâce. Sa pâleur,
ses yeux pleins de larmes, l'éloquence irrésistible que
lui soufflait la passion triomphaient encore des rigueurs
de sa maîtresse. C'est à la suite d'une de ces réconci-
liations qu'il la menaça d'une horrible vengeance. L'un
près de l'autre à la fenêtre, ils regardaient vaguement

dans la rue. Paul levant les yeux, aperçut tout à coup
le crampon en fer qui saillait entre la fenêtre de Clémence et la sienne. Il l'indiqua du doigt à sa maîtresse, et lui dit d'un ton énergique : « Tu vois bien ce
« clou... eh bien ! s'il t'arrive de ne plus m'aimer, je
« te jure de me pendre là, afin que le matin, en ouvrant
« ta fenêtre, tu me trouves mort !... »

« Cette menace me fit beaucoup rire, ajouta ma-
« dame Clémence. Cependant, j'étais payée pour le
« connaître..... »

« Leurs sentiments, à l'égard l'un de l'autre, n'a-
vaient pas cessé de se modifier en sens inverse, si
bien qu'on pourrait dire que le cœur de la femme descendait à zéro, tandis que celui de l'étudiant montait à
l'eau bouillante. Il en résultait que Paul, sans être plus
exigeant que dans le début, paraissait encore d'une
exigence outrée. Vingt fois elle l'avait prévenu, en refusant d'elle-même la porte à *Monsieur*. Actuellement,
elle ne tenait aucun compte d'une prétention qu'elle
ne concevait même pas. Il en était de même de la jalousie du jeune homme qui l'amusait jadis, et dont, à
cette heure, elle ne pouvait pas même supporter l'apparence.

« Elle me disait avec un cynisme naïf qui me glaçait
jusqu'aux os : « Ah ! Dieu du ciel ! je n'ai pas de re-
« proches à me faire ! Je l'ai aimé trois mois autant que
« cela se peut. A force de ne pas plus me quitter que
« mon ombre, il a fini par se faire prendre en horreur.
« Je m'ennuyais, j'avais des envies de bâiller, à en

« être malade. Si j'essayais de lui parler raison, c'é-
« taient des cris, des larmes, des crispations nerveuses,
« absolument comme un chat qui a mangé des boulet-
« tes d'arsenic. J'étais aux cent coups ! J'en avais mille
« pieds par-dessus la tête, de toutes ces sottises-là !
« Qu'est-ce que cela veut dire, je vous le demande un
« peu ? A quoi sert-il de se faire du mal ? Parce qu'une
« femme ne vous aime plus !... Il en est de l'amour
« comme des clous, l'un chasse l'autre. Puis je ne sais
« combien de fois j'ai peiné *Monsieur*, qui finissait par
« avoir des doutes sur ma parenté avec Paul. Jugez,
« monsieur, si j'avais perdu mon état ! Je ne pouvais
« pourtant pas être malheureuse pour lui !... »

« Depuis longtemps déjà, madame Clémence médi-
tait sournoisement d'introduire un nouvel acteur sur
la scène. Elle préludait à ce coup d'État en fermant de
temps à autre sa porte à l'étudiant. Dans l'impuissance
de ravoir la double clef qu'elle avait confiée à celui-ci,
elle tirait les verrous, et Paul, malgré le scandale dont
il emplissait la maison, malgré des lettres passionnées,
éloquentes rien que par les larmes dont elles étaient
couvertes, ne parvenait pas toujours à se faire ouvrir.
De son alcôve, elle l'entendait sangloter ou se tordre
dans des convulsions, ou proférer contre lui des menaces
de mort. Il ne lui suffisait plus de l'avoir en aversion, elle
en avait peur à présent, et elle songeait sérieusement
à s'assurer d'un bras solide, en vue des violences qu'elle
pensait avoir à craindre. Bien avant de connaître Paul,
à ce qu'elle m'assura, elle n'avait pas cessé d'avoir du

penchant pour l'artiste qui jouissait du privilége exclu-
sif de la coiffer. Depuis peu, elle allait chez lui plus
fréquemment que de coutume. C'était un garçon de
vingt-huit ans, grand et robuste, d'un visage frais et
joli, toujours bien frisé et parfumé d'essence. Il s'appelait Achille. On lisait sur son enseigne la traduction
grecque de son nom et de sa profession : Αχιλλευς
Κομμωτης, parce que quelques Hellènes se faisaient
raser chez lui. Il était d'une gaieté implacable. Ses
saillies et ses calembours faisaient pouffer de rire madame Clémence. Le goût qu'elle se sentait pour ce
garçon se développa rapidement sous l'influence de
l'ennui et de l'effroi que Paul lui causait. Il lui tardait
d'avoir sous la main quelque chose d'analogue à ces
épouvantails dont on se sert pour effrayer les oiseaux.
Le dévoûment du coiffeur n'était pas à mettre en doute.
Cependant, ce qui, en cette aventure, le charma plus
que tout le reste, ce fut d'avoir l'occasion, sachant le
latin aussi bien que le grec, de parodier le mot de Cé-
sar : *Veni, vidi, vici.* Clémence, dès lors, rompit tout
à fait avec l'étudiant et refusa obstinément de le recevoir. Il eut beau supplier, passer les nuits à sa porte,
lui écrire des lettres ardentes, elle resta inflexible. Paul
se noyait dans les larmes ; il était décharné comme un
vieillard ; ses yeux caves avaient une fixité et par instants des éclairs qui présageaient quelque chose de
terrible... »

En cet endroit, l'incorrigible Prosper mit le comble
à son impertinence par une observation ambiguë qui

révolta les gens du caractère le plus modéré. Un homme grave lui dit vertement que personne ne le forçait à entendre cette lecture. Ce qui revenait à lui signifier net qu'il eût à s'en aller ou à se tenir tranquille. Sensible à la mercuriale, Prosper ne dit plus le mot , et Anselme acheva son histoire au milieu du plus grand calme.

« L'étudiant se trouvait incessamment sur le passage de sa maîtresse. Clémence, n'osant plus rentrer seule, se faisait escorter de M. Achille, qui, d'un air de souverain mépris, se bornait à écarter son rival de la main. Un soir, Paul changea d'idée. En l'absence de sa maîtresse, au lieu de l'attendre sur le palier, il pénétra chez elle à l'aide de la clef qu'il s'obstinait à détenir, et se cacha dans un cabinet voisin de l'alcôve. Il serait difficile de préciser son but, à moins qu'il n'espérât se trouver seul avec Clémence, et, dans ce cas, parvenir à en arracher un peu de pitié. Au préalable, il était descendu remettre à la concierge une lettre pour madame Clémence....

« Vers onze heures, de l'endroit où il était, le jeune homme dut entendre les pas de sa maîtresse. Malheureusement, comme de coutume, elle rentra chez elle, accompagnée du coiffeur. Elle tenait la lettre de Paul à la main. Tout heureuse de n'avoir pas rencontré l'étudiant à sa porte, elle dit à M. Achille : « C'est en-« core une lettre du fou ; tu vas me la lire. Nous allons « bien nous amuser..... » Elle se coucha. M. Achille s'assit auprès de son lit, et décacheta la lettre. « De ma « vie, me dit Clémence, je n'avais rien entendu d'aussi

« extravagant... Je ne le savais pas là, moi... Je riais
« comme une folle, surtout à cause des remarques
« comiques d'Achille. Je suis sûre, monsieur, que vous
« auriez fait tout de même. »

« Je demandai brusquement à madame Clémence si,
par hasard, elle aurait encore cette lettre.

« Je crois que oui, me répondit-elle. Est-ce que
« vous seriez curieux de la voir? — Très-curieux, je
« vous jure ! lui dis-je. — Attendez, reprit-elle, je vais
« descendre vous la chercher. »

« Elle remonta bientôt et me dit : « Tenez, lisez
« vous-même et voyez si je n'ai pas raison... »

« Avec beaucoup de lenteur, car, en nombre d'endroits, les larmes avaient détrempé l'encre, je déchif-
frai cette lettre :

« J'ai le corps plein de larmes. Les sanglots m'é-
« touffent. Ces larmes chaudes et âcres qui tombent en
« grosses gouttes sur mes doigts caveraient la pierre
« et ne peuvent rien sur ton cœur. Tu ne veux plus ni
« me voir ni me parler, tu me hais, je puis mourir
« sans t'arracher une larme, peut-être ma mort te fe-
« rait-elle plaisir. Mais est-ce donc moi qui t'ai cher-
« chée ? Que ne me laissais-tu à ma mère, à mes li-
« vres ? Qui m'a heurté du coude? Qui m'a dit: Re-
« garde-moi? Qui m'a dit : Aime-moi, je t'aime? Qui
« a allumé l'enfer dans ma poitrine? qui a versé le
« poison dans mes veines? qui a étouffé mes senti-
« ments de fils? Qui m'a rivé à une femme, et si bien
« que je ne peux plus penser à autre chose ? Qui m'a

« absorbé, dévoré, anéanti ? Je te trouve étrange, tu
« serres comme dans un étau mes membres, mon es-
« prit, ma volonté, mon âme, et tu dis : Lâche-moi.
« Tu m'as couvert d'une lèpre incurable et tu dis :
« Débarrasse-t'en. T'imagines-tu que je me sois croisé
« les bras, que je ne me sois point roidi contre l'en-
« vahissement du mal ? Crois-tu donc qu'il soit si doux
« de t'aimer ? Il faudrait te connaître moins. Je n'ai
« remué que de la fange dans ton âme, je ne t'ai dé-
« plu qu'en contrariant tes habitudes crapuleuses ;
« tu tiens moralement du monstre plus que de la
« femme. On me méprise à cause de cet amour, et
« l'on a raison, et, s'il m'arrive malheur, on dira :
« C'est bien fait ; pourquoi aimait-il une créature pa-
« reille ? que ne rejetait-il cet amour infâme ? Ils en
« parlent bien à leur aise. Ils rougissent pour moi,
« et ils ne savent pas que je rougis encore plus de moi-
« même, que le mépris en lequel je me tiens n'a d'é-
« gal en profondeur et en étendue que ma monstrueuse
« passion. L'amour n'est pas un habit qu'on prend ou
« qu'on quitte à volonté. Je l'aurais bientôt arraché et
« foulé sous mes pieds. C'est un habit de flamme collé
« à ma peau ; les lambeaux que j'en déchire sont
« pleins de ma chair et de mon sang, et mon corps n'est
« plus qu'une plaie... J'avais au moins droit à de la
« pitié. Je n'avais pas grand'chose, mais je t'ai tout
« donné. Qu'ai-je recueilli de cela ? Des tortures sans
« terme. Plus je vais, plus je souffre. Il semble qu'il soit
« pour moi ce mot : Ou souffrir ou mourir. Je passe

6

« les nuits à ta porte ; je suis sur le carreau, l'oreille
« au mur, tandis que tu es dans les bras d'un autre, et
« je t'entends lui dire ce que tu me disais à moi, et
« l'embrasser comme tu m'embrassais. J'ai des char-
« bons rouges dans les entrailles. Ces caresses, que tu
« prodigues au premier venu qui|n'en a que faire, tu me
« les refuses à moi, dont elles sont la vie. Enfin, pour
« t'avoir trop aimée, ma vie ne tient plus qu'à un fil,
« et j'espère qu'il se brisera bientôt. Oh ! non, ce n'est
« pas pour une vaine ostentation que j'ai laissé amon-
« celer en moi ces horribles douleurs qui me brûlent
« et me tuent. J'effraye ceux qui me voient. Les voisins
« ne me reconnaissent plus. La femme d'en dessous
« disait à une autre : Qu'a donc ce garçon ? Je l'ai vu
« joufflu comme un chérubin. A présent, on verrait
« le jour à travers son corps. Mes jambes ne peuvent
« plus me soutenir. On dirait que je vais me fondre en
« eau. Et ne crains pas que ta vue me rende à la vie.
« Ton amour était mon souffle, et tu sais s'il reviendra
« jamais. Je ne demande qu'à te voir. Si tu as au monde
« quelque chose de cher, par toi-même, je t'en con-
« jure, laisse-moi te voir une dernière fois, tu l'en-
« tends ? une dernière fois ! Aux condamnés à mort,
« on ne refuse rien. Serais-tu plus impitoyable qu'un
« bourreau ? »

« Les bouffonneries de M. Achille et les éclats de
rire de Clémence furent tout à coup interrompus par
l'affaissement d'un corps qui fit craquer la cloison. La
femme tressaillit et jeta un cri simultanément. Le coif-

feur, qui n'avait rien entendu, lui demanda avec surprise si elle était folle. «Non, dit Clémence pâle de
« terreur, je suis sûre qu'il y a quelqu'un caché là ! »
Elle indiquait la cloison qui séparait le cabinet de l'alcôve. Étourdi d'une assertion aussi énergique, M. Achille
prit la lumière et entra dans le cabinet. Il fut frappé de
stupeur en y apercevant son rival qui, affaissé sur lui-
même, le long du mur, semblait privé de vie. Quelques
instants après, il lui cria brutalement : « Que faites-
« vous là ? » et Paul ne remua non plus qu'un mort.
Clémence avait de la glace dans les veines.

« Qui est-ce ? » demanda-t-elle d'une voix éteinte.
Le coiffeur saisit Paul par le bras et le traîna ainsi jusque dans la chambre. Un peu de compassion mitigea
l'effroi de la femme, car, à son dire, l'étudiant faisait
mal à voir. Son visage avait des trous à y loger les
poings. Ses membres chétifs, qui avaient la mobilité
machinale d'un jouet d'enfant, flottaient comme dans
un sac sous ses habits trop larges. On ne saurait dire
où, en ce moment, la douleur entraînait son âme...

« La voix de sa maîtresse le tira soudainement de sa
léthargie. Levant sur elle des regards d'où coulait à
flots la mélancolie et lui tendant des bras suppliants, il
dit, des sanglots dans la gorge, et son âme sur les lèvres : « Ne veux-tu pas que je te parle ? » M. Achille
s'interposa. Il se sentait brave. Outre que Paul était de
petite taille, il était encore à ce point maigre et affaibli
qu'un souffle, en apparence, eût suffi à le renverser.
Au moment où il faisait un pas vers Clémence, le coif-

feur l'empoigna par le collet de son habit, et le poussa
avec tant de force que le pauvre amoureux tomba à
terre contre un meuble. La femme eut un geste de pitié. Paul s'agenouilla et dit d'une voix pleine de larmes, à remuer des entrailles de hyène : « Tu le vois, je
« suis doux, je me laisse battre... » Il ajouta avec ani-
mation : « Ce n'est pas que je sois lâche, au moins.
« Une parole, un geste, oh ! et tu verras ma puissance ! »
M. Achille, outré de la menace, ferma les poings et
courut vers Paul... Celui-ci, par un bond de bête fauve,
fut en un clin d'œil sur ses jambes. Jetant les poings
en arrière comme deux frondes menaçantes, il cloua le
coiffeur sur place avec des regards magnétiques comparables à des pointes d'épée rougies au feu... Mais
cette tension surhumaine de ses muscles dura à peine
quelques secondes. Les flammes qu'il avait dans les
yeux s'éteignirent presque aussitôt étouffées sous l'indifférence de sa maîtresse. « Voyons, dit celle-ci, soyez
« raisonnable, *monsieur Paul*, allez-vous-en. » Alors
eut lieu une scène d'un pathétique ignoble. M. Achille,
honteux d'avoir eu peur, prit l'étudiant à bras-le-corps
et essaya de le jeter à la porte. La résistance que lui
opposa l'amoureux, en s'accrochant aux meubles, le
rendit furieux, et Clémence acheva de l'exaspérer en
adressant à Paul deux ou trois mots de tendresse. Il
frappa indignement son frêle adversaire. Au bout d'un
quart d'heure de cette lutte révoltante, si on peut appeler cela une lutte, il réussit enfin à pousser dehors,
comme une masse inerte, l'étudiant meurtri de coups...

« Rien ne remuait plus, ajouta madame Clémence.
« Je croyais déjà Paul évanoui ou mort, quand je l'ai
« entendu rentrer dans sa chambre et tourner sa clef
« dans la serrure. Je comptais enfin dormir tranquille.
« Le sommeil me gagnait déjà... Tout à coup, Paul a
« ouvert sa fenêtre, celle à côté de la chambre où nous
« étions. J'ai poussé Achille, qui dormait, et je lui ai
« dit : « Écoute ! » Au bruit, il était sûr que Paul mon-
« tait sur sa fenêtre et marchait dans la gouttière. J'a-
« vais une peur ! Je m'imaginais qu'il m'avait entendue
« barricader ma porte et qu'il revenait par la fenêtre.
« Je craignais aussi qu'il ne tombât dans la rue. J'ai eu
« toutes les peines du monde à retenir Achille qui vou-
« lait se lever. Que voulez-vous ? j'étais à mille lieues
« de la chose... Mais on n'entendait plus rien. C'était un
« silence à faire frémir. Le sang se glaçait dans mes
« veines. Nous écoutions toujours... Alors, il s'est passé
« quelque chose d'extraordinaire, d'épouvantable !...
« Je ne peux pas y songer sans que mes cheveux re-
« muent et que le cœur me tourne. Il me semble tou-
« jours que c'était hier. D'abord, on aurait juré que
« Paul grimpait le long des ardoises. Ensuite, pendant
« peut-être deux minutes, il n'a plus bougé du tout. En-
« fin, il est retombé comme une pierre et s'est mis à
« gigotter si fort qu'on aurait dit qu'il voulait démolir
« le mur. C'était un roulement qui n'en finissait plus.
« Mes vitres tremblaient et les ardoises volaient à droite
« et à gauche comme par un grand vent. Je vous laisse
« à penser dans quel état j'étais. Je tendais le cou,

6.

« j'ouvrais des yeux ! Sans compter que j'étouffais et
« que la sueur coulait comme de l'eau sur ma figure
« On m'aurait donné des coups dans la poitrine que je
« n'aurais pas tant souffert. J'étais plus d'à moitié
« morte. Le bras d'Achille a gardé longtemps la mar-
« que de mes ongles...

« — Et vous ne vous doutiez pas, après sa menace ? »
m'écriai-je soudainement :

« Oui, interrompit-elle, vous vous étonnez aujour-
« d'hui, parce que vous savez qu'il est mort. Mais, moi,
« sa menace, je ne m'en souvenais plus. Je n'y ai pensé
« qu'après. J'étais même alors si loin de la vérité, que
« je réunissais toutes mes forces pour empêcher Achille
« d'aller voir ce que cela voulait dire. Je lui serrais si
« fort le cou, avec mes bras, que je l'étranglais...
« Nous avons entendu un homme qui s'est mis à la
« fenêtre et qui a dit : « Est-ce qu'ils n'auront pas
« bientôt fini de cogner, ceux-là ? » Par malheur, le ciel
« était si couvert qu'il n'a rien vu. Il est rentré chez lui
« presque aussitôt. Du reste, le bruit a cessé brusque-
« ment. On n'entendait plus les coups qu'à des inter-
« valles de plus en plus longs... Mais tout était fini de-
« puis au moins une demi-heure, que nous étions
« encore là, pareils à des statues, écoutant toujours.
« Achille s'est pourtant rendormi. Quant à moi, il m'é-
« tait impossible de fermer l'œil. Je ne me doutais de
« rien, je vous jure !... Seulement, sans savoir pour-
« quoi, j'étais dévorée d'inquiétudes, je sentais à ma
« poitrine comme deux mains en plomb qui pesaient

« dessus et m'étouffaient. Ce n'est qu'au jour que j'ai,
« non pas dormi, mais, pour ainsi dire, nagé entre
« deux sommeils. Achille, en se levant, n'a pas tardé
« à me faire rouvrir les yeux. Il n'a pas été plutôt
« parti, qu'une crainte horrible s'est emparée de moi.
« J'ai fait des efforts inouïs pour chasser cela... J'au-
« rais voulu avoir du laudanum pour en boire. Je me
« remuais dans mon lit comme dans un sac plein d'épi-
« nes. N'en pouvant plus, je me suis levée. Une force
« invincible me poussait vers la fenêtre. Je l'ai ou-
« verte... Ah! ce que j'ai vu, non, jamais je ne l'ou-
« blierai! J'ai poussé un cri qu'on a dû entendre à une
« lieue, et je suis tombée à la renverse... »

« Madame Clémence reprit haleine, et termina
ainsi : « Oh! ce Paul savait bien ce qu'il faisait... Je
« ne peux pas compter les nuits que j'ai passées sans
« dormir, et les mauvais rêves que j'ai eus. Dans les
« premiers temps, je ne pouvais pas rester seule une
« minute. Encore à présent, j'ai eu beau m'arranger de
« manière à ne jamais voir l'affreux clou, la nuit, il
« arrive qu'il m'entre dans les yeux, et m'éveille. Je
« revois Paul comme je l'ai vu en ouvrant ma fenêtre,
« pendu et le visage collé au mur ! Je n'espère avoir
« du repos que quand j'aurai quitté cette maison... Et
« tous les cancans des voisins ! et les scènes que j'ai
« eues avec *Monsieur !* Ne trouvez-vous pas cela abo-
« minable? Oui, voilà ce que j'ai recueilli de ma
« trop grande bonté. Mais que voulez-vous? je suis
« ainsi faite, je ne me corrigerai jamais, je serai

« toujours la même bête au bon Dieu, etc., etc..... »

« On sait avec quelle âpreté nous revendiquons d'ordinaire les facultés qui nous manquent. D'après sa pé-
roraison, il ne faut pas douter que madame Clémence
ne se fût appliqué le sens de cette pensée, si elle l'eût
connue : « Les gens sensibles sont fatalement malheureux ; ils ont le cœur trop volumineux pour l'espace où il bat. On les heurte, on les meurtrit, on les
blesse, sans y prendre garde, comme en passant auprès
d'une voiture de fourrage, on en arrache un brin de
paille. Et s'ils se plaignent, s'ils crient, on se retourne
et l'on se demande avec surprise : « Qu'ont-ils donc à
crier ainsi ? »

« En proie à une sourde irritation, je fis un jour
querelle à madame Clémence, je ne sais à quel sujet.
Elle me quitta en me lançant au visage l'épithète d'original, et ne revint plus...

« Trois ans plus tard, de Saint-Germain où le hasard
m'avait mené, j'allai à Poissy par la forêt voir une personne de ma connaissance. J'étais assis devant la gare
du chemin de fer au moment où vint à passer un train
de voyageurs montant de Paris à Rouen. Le bruit de
la machine, qui faisait de l'eau, ne m'empêcha pas
d'entendre qu'on appelait quelqu'un. Je levai la tête, et
j'aperçus, dans le cadre d'une portière, le visage sou-
riant de madame Clémence. Je m'approchai. Sa santé
était plus florissante que jamais. Elle avait pris de
l'embonpoint. Avec sa blancheur de lait, sa gorge re-
bondie, sa toilette, la finesse de son linge, le collier en

cheveux qu'elle avait au cou, noué par un portrait d'homme en miniature, elle avait l'air d'une riche bourgeoise, ou mieux encore, d'une belle et bonne mère de famille. Elle sembla charmée de me revoir. Le convoi allait repartir, nous n'avions guère le temps de causer, elle me mit en quelques mots au courant de ses affaires.

« *Monsieur* s'est établi, dit-elle, il m'a donné 30,000
« francs. Je me suis mariée dans mon pays avec un
« brave homme qui m'adore. Nous avons acheté une
« jolie maison où nous vivons de nos rentes. Vous
« voyez que je me porte comme un charme. J'ai un
« enfant magnifique. Je suis heureuse !... »

« *Je suis heureuse !* Qu'y avait-il donc de si étrange dans ces quelques syllabes, qu'elles résonnèrent à mon oreille comme un coup de tamtam imprévu, et me jetèrent dans un tourbillon d'idées tristes? Je suis heureuse !... Après tout, pourquoi pas?... Où il n'y a ni connaissance, ni intention, il ne saurait y avoir crime. Celui qui, à part soi, médite un meurtre, n'en est pas moins coupable, encore que, songeant au talion, il ne joigne pas le fait à la pensée. Mais criera-t-on à l'assassin au couvreur qui tombe d'un toit, et conserve sa vie aux dépens du passant qu'il écrase? Une fois pour toutes, c'est à ceux dont l'âme jalouse le privilége des affections durables et des dévouements exclusifs, à se garer de ces poupées mécaniques, pleines de séductions, mais froides, traîtresses et cruelles, qui, à la manière d'un engrenage de moulin, accrochent le pan de votre habit, puis, stupidement, fatalement, vous broient les jambes, les bras, le corps, la tête. »

L'auditoire se récria un peu contre le goût et l'ambition de cette dernière image. Toutefois, on convint unanimement qu'à tout prendre, elle n'était pas plus mauvaise que la phrase conclusive du turbulent Prosper. Après quoi, vu l'heure avancée, on ajourna les autres conteurs à une prochaine séance.

LE RIDEAU

Ce n'était pas même un rideau, à moins d'appeler ainsi une *loque de lustrine verte*, sans anneaux ni tringle, clouée extérieurement aux quatre angles d'une fenêtre. Après tout, pourquoi non ? Par ce temps-ci, un pareil scrupule ! tant de tintouin pour un mot ! — Passons.

Rue Bleue, au même étage que moi, à côté de ma chambre, vivait un petit rentier, très-attentif aux actions d'autrui. « Voisin, me dit-il un jour en passant sa tête chenue au travers des pois de senteur et des capucines qui enjolivaient sa fenêtre, vous m'inquiétez. Voilà quinze jours que vous êtes emménagé, et en voilà quatorze, sans compter les nuits, que vous passez à votre fenêtre, les yeux fixés sur ce lambeau de toile verte qui est en face. Je concevrais votre patience si, au lieu de cela, vous aviez pour vis-à-vis quelque jolie fille perchée là comme un oiseau en cage ; mais... »

Je quittai brusquement ma fenêtre pour ne plus entendre ce vieillard. J'étais furieux de me savoir espionné.

Pardieu ! si cette fenêtre, au lieu d'être hermétique-

ment bouchée, eût servi de cadre au plus attrayant des
visages, je l'eusse probablement regardée deux ou
trois fois, et tout eût été dit. S'il n'est aucune femme
tellement belle qui ne pèche par quelque endroit, il
est, en revanche, des hommes à ce point amoureux
de la perfection, que la plus légère tache suffit pour
dégoûter même d'une merveille. Ces hommes, d'ailleurs, sympathiques et passionnés, en sont réduits à
n'aimer que de pures chimères. Des femmes cloîtrées,
dont on n'aperçoit que le bout du voile, leur inspirent
des désirs violents qui les tenaillent ou les étouffent,
et ils sont de bronze devant une femme nue.

... « Ces volets cachent un chef-d'œuvre, » vous dit un
cicérone. Pour peu que vous ne rougissiez pas d'être
enthousiaste, vous sortez de votre apathie, votre pouls
a plus d'activité, votre œil brille plus que de coutume ;
dans votre souvenir s'éveillent tour à tour les symphonies sublimes de quelque coloriste, votre âme s'élève
à la température de l'admiration. Cric-crac! les volets
se replient sur eux-mêmes, et vous êtes en présence
d'un odieux pastiche, criard, hurlant, rentoilé, sali,
restauré par un peintre de décors. En conscience,
n'eût-on pas mieux fait de laisser les volets fermés?

Qu'on s'étonne, après cela, que j'aie brûlé la politesse à mon voisin, bon homme du reste. Je redoutais
sa compassion officieuse autant et plus que le scalpel
d'un matérialiste : j'avais peur qu'il ne déchirât le
mystérieux taffetas vert et ne me fît ainsi voir les rides de
quelque duègne, soit la bosse ou la folie d'une pauvre

fille. Eh ! si la curiosité eût été la cause de ma fièvre,
je n'avais pas besoin d'être l'obligé de ce vieillard pour
si peu : le premier portier venu m'eût guéri. Non ; de
par mon libre penchant, circulait autour de moi une
atmosphère magnétique où flottait à l'aise ma fantaisie,
et je ne voulais sortir de ce milieu que le plus tard possible. A ce lambeau de lustrine semblait borné mon
horizon ; sur lui se concentrait tout ce qui de mon être
aime et se passionne ; derrière, je voyais vivre, respirer mon rêve, mon idéal, ce composé de mon sang et
de mon âme, cette distillation du meilleur de moi-
même ; j'étais fou, si cela vous plaît, mais j'exécrais
par avance celui qui me rendrait le sens commun.

Chaque nuit, cloué à mon poste d'observation, sur
le rideau, derrière lequel brûlait une pâle lumière, je
voyais, palpitant, passer et repasser des ombres ; pas
plus les unes que les autres, ne m'avaient ému jusqu'alors ; aucune voix, tandis que passaient et repas-
saient ces ombres, ne s'était écriée : « C'est elle ! » Je
souffrais de son indifférence ; je me croyais dédaigné
par cette créature formée en quelque sorte de l'une de
mes côtes ; la mélancolie, cette gangrène de l'âme,
rôdait autour de moi comme autour d'une proie sûre.
Mais un soir, à l'heure où je m'y attendais le moins,
ma fantaisie, la chimère éclose dans ma cervelle, ces
vapeurs étranges qu'exhale l'inextinguible fournaise
qui flambe et resplendit en moi se figèrent, se cristal-
lisèrent sous les formes de la plus belle des femmes.

L'air était étouffant, la nuit profonde. Là-haut, point

7

de lune ni d'étoiles : seulement, par intervalles, l'éclair craquelait l'épaisse et noire croûte des nuages. Une ombre, d'abord confuse, s'agita derrière le rideau ; à mesure qu'elle approchait, les contours se dessinaient plus nets sur l'étoffe transparente. Bientôt je vis très-distinctement la silhouette d'une jeune fille accoudée sur la margelle de la fenêtre. Je haletais, j'étouffais ; un frisson courait sur ma peau. A ses mouvements, je compris qu'elle regardait de mon côté. Nos yeux se rencontrèrent. Un même choc électrique nous frappa en même temps tous deux. Comme je tressaillais, je vis les lignes dessinées par son corps tressaillir. Il n'était pas en notre pouvoir de détourner la tête : une puissance surhumaine immobilisait la direction de nos yeux. Il s'en échappait un jet continu de flamme dont la rencontre établit quelques instants entre nous une union intime et profonde, une véritable fusion de nos deux existences. C'était une sorte de courant magnétique qui allait d'une âme à l'autre et résolvait ce problème de l'amour, si obscur pour moi jusqu'alors, et, par cela même, si absurde : deux en un. De telles jouissances sont ineffables. J'ignore combien de temps dura cette extase, je ne sais qui vint briser le charme de cet entretien mystérieux, durant lequel nous nous dîmes tant de choses sans ouvrir la bouche : toujours est-il que jamais le souvenir de cette heure ne sortira de mon esprit.

Tout d'abord je pouvais me croire amoureux d'une fiction, et cependant mon amour avait autant d'énergie

que si son objet eût été réel. Maintenant que le fait
donnait raison à mes pressentiments, que derrière ce
rideau respirait vraiment cet introuvable *dimidium
animæ meæ*, ma passion laissait de côté ce qu'elle
avait de vague et d'imaginaire pour se faire pratique,
si cela se peut dire, et gagnait en violence ce qu'elle
perdait en étendue. Chose étrange ! je n'avais vu que
la silhouette de cette femme, et sa beauté ni son âme
n'avaient plus de mystère pour moi. Les nuances de
sa chevelure, les tons de sa chair, la perfection de ses
formes et tous les rares sentiments auxquels son corps
servait d'écrin, m'avaient été révélés dans un simple
regard. Aussi avais-je la certitude, quand tomberait le
rideau, de voir l'incomparable figure dont le moule
était mon propre esprit.

Au milieu des progrès de cet amour singulier, le
petit vieillard mon voisin m'inspirait une aversion de
plus en plus sérieuse. Je frissonnais à sa vue, comme
le patient à l'aspect du chirurgien qui se dispose à lui
couper une jambe. Il m'épiait avec une opiniâtreté
irritante. Je ne pouvais mettre une seule fois le nez à
ma fenêtre sans l'apercevoir aussitôt à la sienne. Ses
petits yeux glauques pétillaient de malice. Il me regardait avec un air de fausse bonhomie, et tentait d'engager la conversation avec moi. Je me retirais sans lui
répondre ; mais il ne se lassait point : il continuait de
m'observer et de me renouveler ses avances toutes les
fois qu'il m'apercevait. Pour éviter ses importunités,
je m'asseyais à deux pieds de ma fenêtre. De cette

place, je pouvais au moins considérer les plis du rideau
sans crainte d'être dérangé. Le *kling-klang* de ma sonnette vint un jour m'arracher à mes fiévreuses contem-
plations. Je courus ouvrir. C'était mon abominable
voisin. De bon cœur je me fusse mis en colère ; mais
le temps pressait : je lui fermai la porte au nez. Je revins m'asseoir à la fenêtre.

Quelque chose d'étrange se passait derrière le rideau
sur lequel le soleil tombait d'aplomb. La surexcitation
de mes sens, la plénitude de mon bien-être, m'aver-
tissaient qu'*elle* se trouvait là et que ses yeux étaient
en communication avec les miens. Effectivement, je
crus voir, au travers de deux trous presque impercep-
tibles, les lueurs de ses deux yeux noirs. De son doigt,
qu'elle promenait sur le rideau, elle traçait en relief
des figures bizarres. Peu à peu elle remplaça ces figures
par des lettres. Dans la première je démêlai sans peine
un J, dans la seconde un E ; puis, avec une émotion
croissante, je vis le doigt creuser successivement un T,
un A, un I, un M, et un E. *Je t'aime!* Le bonheur
m'arracha un cri ; je m'élançai à la fenêtre. Mais je fus
traversé dans mon élan par une énorme bille d'ivoire
qui s'agitait à ma droite. Je tournai la tête, et j'aperçus
avec horreur le crâne pelé et luisant de l'infernal vieillard, qui me salua amicalement et me dit d'un ton
mielleux et sardonique :

« Ah! voisin, pourriez-vous m'accorder deux minutes d'attention! Je vais vous raconter l'histoire de
ce rideau..... »

Je me reculai de trois pas avec autant de brusquerie que je m'étais avancé. Le rideau était redevenu immobile ; sa surface n'ondulait plus sous la pression d'une main charmante ; et cependant ces deux syllabes : Je t'aime ! chatoyaient encore devant mes yeux comme des caractères de pierres précieuses.

A tout prendre, en supposant même que j'aie été la dupe d'une hallucination ou des caprices d'une bouffée d'air, le bonheur qui m'inondait et me pénétrait ne compensait-il pas largement le chagrin que me causerait la déception ? Au bout du compte, n'est-il pas presque toujours vrai que réaliser, c'est souffrir ; rêver, c'est jouir ?

Et d'ailleurs, s'il était possible que j'eusse encore quelque doute, la nuit prochaine, je devais acquérir la preuve irrécusable de n'avoir pas pour maîtresse un fantôme émané des ébullitions d'un cerveau malade.

La nuit était claire comme un crépuscule. Le rideau, éclairé également des deux côtés, avait perdu sa transparence : c'était pour moi un voile opaque et muet. Mais, tout à coup, je ne sais par quel enchantement, — je le croyais cloué, — il se replia sur lui-même comme la toile d'un théâtre. J'aperçus alors, noyé dans la lumière, le buste d'une femme étrangement belle. Il en partait des milliers de rayons qui, semblables à des fils de fer chauffés à blanc, s'attachaient à mon épiderme et le tiraient dans le même sens avec une force invincible. Je ne cherchais pas même à me soustraire à ces tiraillements qui me causaient une douleur délicieuse; mon corps allait au-devant de cette attraction puissante. Je crus un instant que mes yeux allaient sortir de leurs orbites. Presque tout à fait penché en dehors, soutenu en l'air par je ne sais quoi, je dévorais du regard les charmes de cette femme; j'eusse voulu les absorber entièrement.

Dans mes rêveries, j'avais laborieusement imaginé un modèle d'Ève d'une perfection et d'une richesse de couleurs que je croyais irréalisables, et voilà que j'avais devant moi quelque chose du tout au tout plus parfait et plus harmonieux que ce que j'avais rêvé. La lune d'un côté, et la clarté des bougies de l'autre, inondaient ses épaules et son sein demi-nu de reflets d'argent et d'or, dont le mélange produisait autour de sa chair une auréole fantastique. Ses yeux noirs, qui se détachaient sur le blanc mat de son visage, formaient un contraste merveilleux avec la teinte dorée des ondes de sa chevelure.

Elle remuait les lèvres et sa voix vibrait mélancoliquement comme la chanterelle d'une basse. Jamais chant plus plaintif et d'une passion plus vraie n'avait remué mon âme. « Promise par sa mère à un homme qu'elle voyait d'abord avec indifférence, depuis qu'elle m'avait reconnu elle envisageait la mort avec moins de chagrin que ce mariage. Mais, au pouvoir d'une marâtre inexorable, elle devait se marier ou mourir. Son choix n'était point douteux : un blanc linceul serait son lit nuptial; elle attendrait dans sa virginité le jour où nos âmes libres pourraient s'unir dans un éternel em-

brassement. » Telle est la substance du récit que j'entendis ou du moins que je crus entendre, et durant lequel je passai par l'alternative des sentiments extrêmes.
Je manquais d'air, j'étouffais ; de confuses pensées
bouillonnaient dans ma cervelle ; je ressentais à la fois
les vives douleurs d'une blessure et toutes les voluptés
d'une passion heureuse.

En m'éveillant, je courus à ma fenêtre. Le rideau
était retombé. Mon cœur se serra quand je me ressouvins que derrière cette toile se jouait un drame dont le
dénoûment, quel qu'il fût, me serait fatal.

J'admettais, sans de grands efforts, que cette scène
nocturne n'était qu'une vision ; mais cette vision même
m'avait secoué avec trop de violence pour être dénuée
de raison d'être. Je l'acceptais comme une copie ou
plutôt comme un calque de la réalité. J'avais enfin le
mot de l'énigme. Ce rideau à demeure, cette ombre
de jeune fille qui venait s'y profiler chaque soir, ces
yeux que j'avais vus rayonner derrière, ces lettres en
relief que j'avais lues sur la surface, ces émotions puis-
santes que j'avais ressenties, tout, enfin, me paraissait
aussi simple qu'un problème résolu. Aussi étais-je dans
un état à rendre un saint jaloux. On m'aurait couché
nu sur un buisson d'épines, que je n'eusse pas tant
souffert. Mieux vaudrait être mordu par un chien
hydrophobe et sentir un fer rouge sur la plaie, que
d'être atteint par la jalousie ; l'inquisition avec ses
cordes, ses coins, ses crocs, ses tenailles et tout l'attirail de ses supplices, n'est qu'un piètre bourreau à

côté d'elle. L'exaltation de la souffrance me troublait jusqu'au délire ; j'avais l'air d'un fou furieux. J'ouvris ma porte pour courir je ne sais où. Mon voisin me barra le passage.

« Là, là, me dit-il ; où courez-vous ainsi, à peine vêtu, sans chapeau et les yeux hors de la tête ? »

Je le regardais d'un air stupide.

« Voyons, écoutez-moi, ajouta-t-il. Vous êtes malade, rentrez chez vous : d'un mot je vais vous guérir.

— Eh ! m'écriai-je au paroxisme de la fureur, qui vous a dit, vieux misérable, que je voulais être guéri ? »

Je l'écartai brutalement et je descendis, le laissant grommeler tout à son aise. En quatre bonds je fus dans la rue. Je me plaçai en sentinelle devant la porte du nº 6, cette maison où vivait ma maîtresse. Un coupé à deux chevaux s'y arrêtait en ce moment. Il en descendit plusieurs hommes vêtus de noir comme pour un bal ou un enterrement. Tout d'abord, j'en remarquai un plus jeune que les autres, dont le visage pâle me causa un si furieux mouvement de haine que j'eus la certitude de voir mon rival. Je ne sais quelle force invincible paralysa mes membres et m'empêcha de céder au besoin que j'éprouvai de lui sauter à la gorge et de l'étrangler. Il me fut impossible de remuer avant d'avoir vu redescendre ces hommes. Leur visite dura une demi-heure. Ils montèrent en voiture et s'éloignèrent.

« Ah ! me dis-je avec désespoir en retournant dans

ma chambre, ils viennent sans doute de signer le contrat! »

Sur mon palier, l'impitoyable vieillard m'attendait, la tête passée dans l'entre-bâillement de sa porte. Mais, quand il aperçut mon œil hagard et l'altération de mon visage, il eut peur. Il retira vivement la tête, et tourna deux fois la clef dans la serrure.

. . . .

Des cris déchirants et terribles s'élevèrent tout à coup derrière le rideau. Il était nuit à peine depuis *quelques instants*. J'aperçus des ombres aller et venir avec une vivacité extraordinaire. Évidemment on cherchait à étouffer les cris, qui devenaient de plus en plus intenses. Les têtes de curieux affluaient aux fenêtres des alentours; des conversations s'engageaient d'une maison à l'autre. Au milieu des voix, je reconnus celle de mon voisin.

« C'est la voisine qui se meurt, dit-il; la pauvre fille... »

Je me bouchai les oreilles pour ne pas entendre le reste. Quand j'ôtai les mains de ma tête, les cris avaient cessé. Je grelottais comme par dix degrés de froid. Mon sommeil ne fut qu'un long et pénible cauchemar.

Quelle nuit! et quelle journée devait la suivre! Si au moins le temps eût été en harmonie avec la teinte sombre de mes pensées! Mais non, il faisait soleil; avec des parfums, le vent m'apportait un bruit vague de chansons lointaines; tout autour de moi avait un air de fête et me rappelait des souvenirs aimés, comme

7.

pour me faire sentir plus fortement l'amertume de
l'heure actuelle. Dans un état de prostration complète,
je me prêtais avec une sorte de volupté à ces cruelles
comparaisons.

Un léger tremblement du rideau vint me rappeler
au sentiment de la réalité. Les rides de l'étoffe m'aver-
tirent qu'un doigt se promenait sur la surface inté-
rieure. Les mouvements indécis de la main qui creu-
sait ces sillons me glacèrent d'effroi. Je compris clairement, à la mollesse et à l'irrégularité des lignes, que
les forces manquaient à la pauvre ouvrière, et ce fut
avec un serrement de cœur qu'aucune torture physique
ne peut faire comprendre, que je lus, dans la succession des lettres, ce mot : « Adieu ! »

Je voulus me persuader que j'avais mal vu ou
qu'une agitation du vent avait par hasard produit ces
caractères. Mais, le soir même, le rideau fut arraché,
et je pus voir dans la chambre plusieurs personnes qui
versaient des larmes autour d'un lit.

Jusqu'au jour, je me tins debout à ma fenêtre, l'œil
fixé sur le suaire qui enveloppait ma maîtresse morte.

Le lendemain, à l'heure où je quittais ma chambre,
des ouvriers tendaient de drap blanc la porte du n° 6.
Je me plus à examiner les détails de ces lugubres préparatifs. Deux croque-morts descendirent bientôt un
cercueil qu'ils placèrent sur des tréteaux, à l'aligne-
ment de la rue. Il était couvert de serge blanche. Des
cierges furent rangés autour ; une femme vint y dépo-
ser un bouquet de fleurs d'oranger à feuilles d'argent.

Je suivis le convoi, qui fit une station à l'église avant de se rendre au cimetière.

Là, je ne pus arriver jusqu'à la fosse, tant le cortége était nombreux. J'entendis des pleurs, des sanglots déchirants, des fragments d'oraison funèbre : « Nous sommes tous mortels... Tôt ou tard, elle devait mourir... Elle vivra éternellement dans la mémoire de ceux qui l'ont connue... Adieu ! ô la plus gracieuse et la plus tendre... là-haut ! »

Puis, gronda le sourd et sinistre roulement des pelletées de terre qui tombaient sur les planches de sapin.

Quand la foule se fut écoulée, m'approchant à mon tour, je m'agenouillai sur la tombe fraîche. J'étais en proie à cette tristesse que cause l'absence d'une personne aimée. De grosses larmes roulaient dans mes yeux.

« O mon amie ! dis-je de façon à n'être entendu de personne, ma douleur est grande ; mais je suis robuste et j'aime à sentir le sang couler dans mes veines. Ne craignez donc pas que je me noie dans les pleurs, ou que je parchemine ma chair à force d'abstinences. Non, il est des moyens moins vulgaires de prouver combien je vous aime. Au rebours des incrédules qui s'imaginent que vous gisez tout entière dans ce tombeau, je ne vous crois pas morte. L'esprit, pour s'échapper du vase dont il brise les parois, n'en existe pas moins. Il vague librement à travers l'espace, visitant tour à tour les objets de sa haine et ceux de son affection. Il caresse ceux-ci et tourmente ceux-là.

Vous me visiterez souvent, ombre chère ! vous vous
mêlerez à tous mes rêves, vous m'aiderez à vivre, et
peut-être parviendrai-je, par le supplice d'une longue
vie, à conquérir une place à côté de la vôtre. »

Je courus m'enfermer chez moi pour couver tout à
mon aise les développements d'un mal que j'aimais.
J'avais, par l'expression de mon désespoir, causé une
telle frayeur à mon voisin, qu'il avait tout à fait re-
noncé au plaisir de faire ma connaissance. Je n'avais
donc plus à craindre son zèle impertinent, et j'espérais
bien mourir avec la certitude d'avoir été aimé pour
mon âme une fois dans ma vie.

EXTRAITS

DES RAPPORTS D'UN AGENT DE POLICE

I

Paris, 10 novembre 1843.

Conformément aux ordres que vous m'avez fait
l'honneur de me transmettre, je suis allé, le 29 du mois
dernier, vers cinq heures du matin, me mettre en fac-
tion au débarcadère du Nord. Une pluie battante,
obstinée, faisait de chaque rue une petite rivière. J'eus
quelque peine à découvrir mon homme dans la mêlée
des voyageurs. Il avait à la main un paquet assez lourd,
enveloppé dans un morceau de lustrine de couleur
cendre et noué avec une sorte de ceinture étroite en
laine verte, à boucle. Du signalement qui m'a été remis,
ce paquet est peut-être la seule chose désignée scrupuleusement, car, pour ce qui est de l'individu lui-même,
monsieur l'employé aux passe-ports a fait son portrait
bien à la diable. On m'a pourtant affirmé que ce mon-

sieur est peintre. Après cela, vous me direz qu'une
plume n'est pas un pinceau. Je ne saurais trop m'ap-
pesantir là-dessus. Dans nombre d'affaires, quand le
succès ne répond pas à notre zèle, on nous taxe d'incapacité, tandis que, la plupart du temps, il ne faudrait
s'en prendre qu'à la négligence de ces messieurs. Il
me semble essentiel de mettre sous vos yeux ce signalement dérisoire :

« Agé *de trente ans*. — Taille *d'un mètre* 70 *centi-*
« *mètres*. — Cheveux *châtains*. — Front *découvert*. —
« Yeux *bleus*. — Nez *moyen*. — Bouche *moyenne*. —
« Barbe *noire*. — Menton *rond*. — Visage *ovale*. —
« Teint *uni*. — Signes particuliers, *néant*. »

Sans parler du nom qui s'orthographie Hégésippe
Vannier et non pas *Vanier*, de deux choses l'une,
Monsieur, ou celui qui a tracé ce portrait est aveugle,
ou il a prétendu se moquer de l'administration. No-
nobstant le paquet précité, j'avais encore l'esprit fort
perplexe. Pendant que le dit Hégésippe attendait la fin
du déluge à l'extrémité de la galerie *est*, je l'ai soigneusement dévisagé, et cet examen m'a mis hors de
moi. Il faut que vous sachiez que les cheveux sont
noirs et non *châtains ;* que l'œil est gris et point du
tout *bleu ;* que la bouche et le nez sont plutôt grands
que *moyens*. Mais ce qui notamment est à mettre sous
verre, est l'épithète *noire* appliquée à une barbe qu'on
prendrait, ma foi, ou je suis borgne, pour des copeaux
de palissandre. J'ajouterai que mon indignation a été

sans borne, quand j'ai aperçu au front du sieur Vannier, qui s'est décoiffé un instant, une cicatrice de la grandeur d'un haricot. Comment donc, aux *signes particuliers,* monsieur l'employé a-t-il écrit NÉANT avec les plus beaux parafes de sa plume? Ces inqualifiables inexactitudes n'allaient à rien de moins qu'à me faire commettre une bévue, et partant à me valoir une semonce de mon chef. D'honneur, je me serais démis, n'eussent été mes devoirs dont je suis esclave et ma passion pour l'état auquel je me suis voué.

Mais il me tarde de vous parler des mesures que j'ai prises en vue de parvenir directement et promptement au but que vous m'avez indiqué. Je crois avoir surpassé en conception mes plus célèbres confrères et avoir vraiment reculé les bornes de l'art.

Le sieur Vannier, en retard de trois termes, n'est revenu de voyage que pour recevoir un congé dans les règles. Mon étoile a permis qu'il y eût, à côté de la nouvelle chambre récemment louée par lui, un cabinet qui n'en est séparé que par une cloison assez mince. J'ai tout d'abord conquis les bonnes grâces du concierge par un denier à Dieu de cinq francs. Cet homme ne voulait rien moins que me faire l'histoire secrète de tous les locataires de la maison. Je n'en demandais pas tant. J'ai visité le nouveau logement de Vannier avec la plus scrupuleuse attention. Cette chambre est petite et obscure ; la fenêtre en est basse. Des poutrelles produisent au plafond une série d'entrevous pleins d'ombre. Toutes ces remarques cadraient on ne peut mieux avec le projet que je roulais dans ma tête.

L'enthousiasme ne me permettant pas un moment de délai, je suis arrivé le lendemain avec un coucher complet, des chaises, un fauteuil, une table et les outils nécessaires à l'édification de mon chef-d'œuvre. J'avais parfaitement observé la veille que le plafond uni de mon cabinet (ce cabinet est une annexe récente) était plus élevé que celui de la chambre de mon futur voisin. Juché sur un échafaudage construit avec ma table et une chaise, je pratiquai, à l'aide d'un vilebrequin, un trou juste à la jonction du plafond et du mur de la chambre de mon homme. Cet ouverture, grâce à mon coup d'œil, se trouva précisément entre deux poutrelles, dans un endroit où ne pénètre jamais le jour. Je l'arrondis en entonnoir au moyen d'une fraise, et j'y appliquai mon œil. Je constatai avec une joie indicible que je voyais l'intérieur de Vannier, non moins bien que si tout mon corps s'y trouvait.

Illuminé en quelque sorte par ce premier résultat, je poursuivis ma tâche qui n'était qu'à demi faite. J'eus recours à un ferblantier auquel je fis confectionner un petit tube dont le modèle m'était inspiré par les connaissances que j'ai puisées aux cours de la Sorbonne. Je n'eus pas plutôt cet instrument entre les mains que je courus à mon cabinet. A la même cloison, tout près du premier trou, je perçai sinueusement une ouverture du diamètre de mon tube, destiné dans ma pensée à remplir les fonctions d'un tuyau acoustique. Je fus contraint de m'y prendre à diverses reprises. Vannier, emménageant ses livres petit à petit, ne discontinuait pas d'aller et de venir. Puis, des outils d'une forme insolite me devenaient indispensables. Ma patience et mon courage eurent raison de tous les obstacles. Il ne s'agissait plus que de me livrer à une épreuve décisive et de savoir en fin de compte si j'avais plus de vanité que de mérite. Mon plan fut non moins vite réalisé que conçu.

Je descendis dans la loge et dis au concierge que mon état exigeait le plus grand calme, que je craignais bien d'être troublé par mon voisin, et que finalement je désirais qu'il vînt m'aider dans une petite expérience.

Il s'empressa de me suivre.

Nous entrâmes d'abord chez Vannier où je m'assurai que mes deux ouvertures, situées dans un coin très-sombre, ne pouvaient pas s'apercevoir. « Restez ici, » dis-je ensuite au concierge. « Je vais m'enfermer chez moi. Vous parlerez d'abord à haute voix, puis d'un ton moins haut, puis bas, puis très-bas, enfin vous pousserez un soupir. » De là, j'allai à mon échafaudage et mis mon œil à l'ouverture. J'aperçus avec satisfaction le concierge qui, se promenant par la chambre, semblait supputer la valeur des meubles, et fouillait curieusement dans les placards. Cet examen lui arracha même une assez vilaine grimace. « Y êtes-vous, Monsieur ? » cria-t-il tout à coup avec force. Puis, moins haut, selon mes instructions. « Hop! Monsieur, entendez-vous quelque chose? » Enfin, d'un ton graduellement de plus en plus bas, il répéta sa phrase et termina par un gros soupir. Il va sans dire que, si je ne perdis aucun de ses gestes, je recueillis jusqu'aux plus légères inflexions de sa voix.

Avais-je raison de m'enorgueillir ? A l'instar de l'araignée, j'ai tramé une si merveilleuse toile, que le plus imperceptible mouvement de l'ennemi ne saurait m'échapper. Pensez-vous qu'on ait jamais réalisé le moyen efficace d'entrer aussi avant dans une poitrine d'homme, dans sa cervelle, dans sa conscience ? Je m'applaudis d'autant plus volontiers, que le sujet soumis à mon analyse, soupçonné, à bon droit, j'en ai la conviction, de pensées ténébreuses et de projets coupables, est insondable comme la mer, discret comme la tombe, et semble se plaire à dérouter les yeux qui l'étudient. Ah ! il peut à l'avenir jouer au fin, s'enfermer à triple serrure, refuser au papier même l'apparence d'un aveu, se défier de ses plus intimes amis, même de sa maîtresse, je le dis avec orgueil : Je le tiens ! il est ma chose ! et j'aurai son secret, le cachât-il dans son talon !

N. B. Pour tout cela, loyer, denier à Dieu, pourboires, mobilier, outils, etc., j'ai à peine dépensé, en dehors de mon salaire quotidien, la modique somme de cent cinquante francs. Aussi, Monsieur, compté-je que vous ne me refuserez pas ce à quoi je tiens le plus au monde, votre estime et vos suffrages, et que vous daignerez me continuer votre bienveillance.

II

Paris, 15 novembre 1843.

En attendant, Monsieur, que l'ennemi déchire le
voile qui cache à n'en pas douter bien des scélératesses,
je vous donnerai, vaille que vaille, un aperçu de l'intérieur du personnage et quelques détails sur sa manière de vivre. J'y joindrai la copie d'une lettre, dont
j'ai eu communication au *Cabinet* en me prévalant de
votre signature. N'étaient vos ordres précis qui m'as-
treignent à noter religieusement les moindres faits et
gestes du sieur Vannier, j'eusse passé tout cela sous
silence. Au moins, si le présent rapport manque d'intérêt administratif, aurez-vous un spécimen de l'excel-
lence de mon engin, et une idée approximative des
services qu'on est en droit d'en attendre.

La chambre, à peu près carrée, est légèrement lam-
brissée du côté de la fenêtre. Une couchette en fer est
placée le long de la muraille qui me fait face, de telle
sorte que, de mon observatoire, je vois mon homme
fermer les yeux et les ouvrir. A la tête du lit, laquelle
est à ma gauche et regarde la croisée, se voit une caisse
noire dont il fait une table de nuit au moyen d'une
planche encombrée de papiers et de livres. De mon
côté, dans un angle, gît un pot à beurre que je devine

au son qu'il rend, quand on y puise de l'eau. Je compte en outre deux chaises et une table grande comme la main, sur laquelle est rangé tout ce qu'il faut pour écrire. Mon ouverture est si savamment pratiquée que j'aperçois même, en imprimant à mes yeux la direction la plus perpendiculaire possible, les cordes et le ventre rouge d'un gros violon, accroché au mur qui nous sépare. Enfin, au pied du lit s'ouvre un placard dont les rayons sont chargés d'un tas de bouquins, de journaux, de papiers noircis et d'un peu de linge. Je crois bien que c'est tout le mobilier.

Il est jour à peine que Vannier se lève. Il fait son lit et balaye sa chambre ni plus ni moins qu'une ménagère. Je balance à continuer, tant la chose est hétéroclite. Il vide à demi sa fontaine dans un seau en zinc et commence une cérémonie à stupéfier des canards. Je vous certifie qu'il n'y va pas de main morte et qu'il n'a nulle crainte de s'user la peau. C'est chose nouvelle, près de moi, qu'une pareille rage d'ablution. Je ne me lave guère que les jours de barbe ; voilà bien vingt ans que je ne suis entré dans une rivière ou dans une baignoire, et je ne m'en porte pas plus mal pour ça. Il ne manque jamais ensuite de passer l'éponge mouillée sur tous les carreaux du plancher et de les essuyer avec une loque. Après quoi il s'habille et s'agenouille près de son lit, pour réciter à mi-voix, les mains jointes et le nez en l'air, avec une ferveur hypocrite, capable de tromper le diable :

« Notre Père qui êtes dans les cieux, etc. »

Cela fait, il s'assied à sa table et se met à écrire avec une sorte de fièvre. Je jurerais que ce sont des écrits incendiaires. Il suffit, pour s'en convaincre, de voir son excessive contention d'esprit, les plis de son front, ses yeux hagards et méchants, les mouvements convulsifs de sa plume qui écorche le papier, et l'espèce de rage avec laquelle il rature parfois ce qu'il vient d'écrire. Dans ces moments, les veines de son front se gonflent à faire croire qu'elles vont éclater.

Vers dix heures, il ouvre son placard et en tire un pain de soldat, soigneusement enveloppé dans un linge blanc. Il en coupe une tranche, puise un verre d'eau, et déjeune. Je l'ai vu cependant compter et recompter plusieurs pièces de cinq francs. Enfin !... à la suite de cet étrange repas, il prend un livre et reste penché dessus jusqu'à midi, heure à laquelle il a coutume de sortir. Ce qu'il va ourdir dans les quartiers les plus éloignés, chez nombre de journalistes à juste titre suspects, je l'ignore encore; mais au moins peut-on présumer que les choses ne marchent pas à sa guise, car je constate que sa figure s'assombrit chaque jour davantage. Parvînt-il, au reste, à se composer un extérieur moins lugubre, que les airs qu'il joue sur son gros violon suffiraient à trahir le désespoir qui l'étreint. Je vous avoue, Monsieur, que je n'ai jamais entendu geindre d'une façon aussi lamentable; on en sangloterait volontiers. Je préférerais quelque chose de sautillant; mais d'une âme aussi funèbre ne peut probablement sortir une plus agréable musique.

Chose à peine croyable, Monsieur, il dîne aussi mai-
grement qu'il a déjeuné, avec un morceau de pain noir
et un verre d'eau. Enfin, à la nuit, à la suite d'une nouvelle promenade, et après avoir dit son oraison du
matin avec la même onction ridicule, il se couche et
s'endort.

Voilà une fois pour toutes, sauf de rares exceptions,
comment se partagent les jours de cet individu bizarre.
Dans ces habitudes en quelque sorte sauvages, vous
verrez comme moi, je n'en doute pas, une sourde révolte contre les coutumes sociales. La vie de cet homme,
sa solitude, sa mélancolie, son mutisme, ses yeux de
chat-huant, cachent, j'en suis convaincu, les plus sinistres projets. Aussi, ne douté-je pas que je n'aie avant
peu, grâce à mon observatoire, à vous révéler bien des
choses importantes.

Je transcrirai ici la lettre dont j'ai parlé, laquelle est
à l'adresse d'un certain Eugène Vachelot, actuellement en résidence dans une petite ville du pays de
Liége.

« J'aurai donc la douleur de n'avoir jamais rien d'heu-
« reux à t'écrire. Depuis mon retour ici, en dépit d'une
« dépense énorme de courage, aucun changement n'est
« encore survenu dans ma position. Je serais tenté de
« dire, comme le Spiegelberg de Schiller : « Le courage
« augmente avec le danger, la vigueur avec la con-
« trainte. Le destin veut sans doute faire de moi un
« grand homme, puisqu'il me barre ainsi la route. »
« Mais je lutte vainement contre la puissance des pres-

« sentiments qui s'obstinent à troubler mon âme. Il est
« dans la vie des hommes de ces accidents mystérieux
« et en apparence fatidiques qui bouleverseraient la
« tête la plus solide. Récemment, je traversais le bou-
« levard, abîmé dans mes rêveries, interrogeant les té-
« nèbres de l'avenir, quand, tout à coup, cette parole
« me fut glissée dans l'oreille : « *Destiné à toujours vé-*
« *géter.* » Je levai les yeux et considérai avec stupeur
« un homme qui marchait d'un air pensif et ne faisait
« nulle attention à moi. J'en fus presque épouvanté.
« On le serait à moins. N'est-il pas extraordinaire que
« dans Paris, où s'agitent deux millions d'hommes peut-
« être, je me croise avec un inconnu juste à l'heure où
« glisse entre ses dents une phrase dont l'à-propos fait
« si nettement un oracle à mon adresse ? Sans doute,
« la raison me crie : Hasard ! préjugé ! Mais mon senti-
« ment intime, malgré ma force de volonté, s'acharne
« à en faire contre moi des instruments de torture. Par-
« lons d'autre chose.

« Tu dois te le rappeler, tandis que, tout heureux,
« nous suivions en causant les rives de la Meuse,
« plusieurs fois, comme par hasard, un nom m'est
« venu aux lèvres, celui de Louise. Je n'attendais que
« la moindre marque d'une curiosité bien légitime
« pour te dire les détails d'une histoire que j'ai hâte
« d'accorder à ta discrétion. Aussi bien, à ne point
« mentir, est-ce ma consolation de parler d'une enfant
« que j'aime, et qu'à cause de cela précisément je dois
« m'abstenir de revoir.

« Son père et sa mère occupent la loge d'une mai-
« son dont ils auraient jadis pu être locataires. Note
« bien cela. Aubin m'y conduisit un jour, sous le pré-
« texte de divers tableaux que ces bonnes gens conser-
« vent à titre de souvenirs de leur ancienne aisance.
« Un spectacle navrant y prit sur-le-champ toute mon
« attention. Une pauvre fille, renversée sur une chaise
« longue, et à demi cachée sous les plis d'un vieux
« châle, paraissait en proie à une lente agonie. Sauf
« des taches rouges de mauvais augure, son visage
« était d'une lividité de morte. Ses yeux caves, cerclés
« de noir, étincelaient, ou plutôt, flambaient de fièvre.
« Elle toussait par instant à se déchirer la poitrine. Ces
« ravages étaient le résultat de rigueurs qu'elle s'était
« subitement imposées sans raison connue. Loin de
« prendre soin d'elle, dès qu'elle se sentait mieux, elle
« recherchait de préférence des travaux grossiers et
« fatigants, et répugnait à se nourrir. L'hiver, par les
« plus grands froids, on la surprenait dans sa chambre
« sans feu, marchant pieds nus sur le carreau. Le père
« et la mère, dont elle est l'unique enfant, vivaient dans
« le désespoir. Louise, muette à leurs questions et à
« leurs caresses, sans tenir compte ni de leurs prières
« ni de leurs larmes, s'obstinait dans un genre de vie
« qui la tuait sûrement et rapidement.

« Attiré par un intérêt invincible, je retournai dans
« cette maison et m'appliquai à recueillir les caractères
« de la maladie qui dévorait cette pauvre fille. Dans
« ma passion de connaître son secret, je ne me lassai

« pas de l'étudier. Elle fut bientôt pour moi d'une
« transparence de cristal. Il me fallut des épreuves
« réitérées pour ne pas croire à une erreur. Un orgueil
« sans mesure avait surgi soudainement dans l'âme de
« Louise pour y causer des désordres analogues à ceux
« d'un poison. Pour tout dire en une fois, elle rougis-
« sait comme d'un crime d'être la fille de concierges,
« et la honte et le dégoût de son état s'étaient déve-
« loppés en elle à ce point qu'elle avait résolu de se
« laisser mourir pour échapper au désespoir de vivre
« dans une *loge de portier*. C'est notre mal endémique
« d'aujourd'hui.

« J'entrepris de la guérir, ou mieux, de la ressusciter.
« Nous nous étions senti tout d'abord de la sympathie
« l'un pour l'autre. Sans paraître me douter des idées
« fausses qui la rongeaient, je conduisis nos entretiens
« sur le terrain même de ses préoccupations inces-
« santes. Je m'aperçus que la plupart des lieux com-
« muns sur ce sujet étaient *nouveaux pour elle*. J'y
« joignis tout ce que pouvait me suggérer ma propre
« conviction. Je réussis à la convaincre que la dignité
« est de tous les états, et qu'il est toujours possible,
« pour peu qu'on le veuille, de forcer le respect d'au-
« trui. Je lui fis inexorablement sentir le côté ridicule
« de son désespoir et l'énormité de ses torts envers son
« père et sa mère...

« Du jour où je la décidai à m'obéir, je la regardai
« comme sauvée. En effet, sous l'influence d'un ré-
« gime, le calme d'esprit et surtout la volonté aidant,

8

« les symptômes alarmants disparurent et elle reprit
« sensiblement des forces. Aujourd'hui, elle est mécon-
« naissable. Je voudrais que tu la visses. C'est une belle
« jeune fille, svelte et élégante, douée d'une physiono-
« mie expressive où brille un doux œil noir qui ruisselle
« pour moi de chastes tendresses. Le timbre musical
« de sa voix produit sur mon oreille l'effet d'une ca-
« resse et me remue jusqu'au fond de l'âme. Je ne
« connais pas, en somme, de charmes féminins qui lui
« manquent. Je ne parle pas de ce qu'elle sait, car à côté
« de ce qui est inhérent à elle, je regarde ce qu'elle a
« acquis comme fort peu de chose. L'enthousiasme
« avec lequel je t'en parle, te dit assez combien je
« l'aime.

« Mais se livrer bénévolement à une passion qui
« n'offre, si bien qu'on cherche, la perspective d'au-
« cune issue heureuse, me semblerait l'acte d'un fou
« ou d'un malhonnête homme. Cette pauvre fille se
« fanerait et périrait dans un milieu misérable. Je me
« reprocherais à l'égal d'une lâcheté insigne de la
« prendre pour femme avec la certitude d'en faire une
« malheureuse. J'ai donc pris le parti de la fuir. Je pré-
« tends qu'elle cesse graduellement de voir en moi un
« personnage nécessaire à son existence, et qu'elle ne
« m'aime, pour ainsi dire, que sous bénéfice d'inven-
« taire. Si mon horizon daignait se rasséréner un peu ;
« si, par impossible, je cessais de me briser la tête aux
« obstacles qui poussent sous mes pas, comme par en-
« chantement ; si je pouvais enfin toucher au but de

« cette ambition, pourtant si raisonnable, de gagner
« ma vie à la sueur de mon front, nous aurions tout le
« temps alors de songer à te donner une sœur qui
« t'aime déjà presque autant que moi-même.

« Par malheur, mon avenir se borne présentement à
« trente jours de vie assurée, et l'heure est proche où
« il faudra prendre un parti décisif. Pourvu qu'on
« n'exige rien de honteux, car alors plutôt mourir, je
« suis au moins décidé à faire tout, voire à donner la
« moitié de mon sang pour conjurer cette fatalité qui
« semble me suivre des yeux comme font les corbeaux
« un convoi de morts. »

Pendant que j'y suis, Monsieur, je n'omettrai pas
que Vannier vit en société d'un chat d'une beauté
surprenante, je veux dire d'une chatte angora aussi
blanche que la neige. Elle a de grands yeux rouges,
un museau rose arrondi à la manière d'un museau de
lion, des moustaches énormes, au total, un air bon
enfant. Ses mœurs sont presque aussi singulières que
celles de son maître. Je ne me rappelle pas l'avoir
encore entendue miauler. Elle dort en rond et file tout
son saoul tant que Vannier garde la chambre, et profite de son départ pour aller rôder dans la maison, par
les corridors et sur les toits. Mais à peine l'entend-elle
rentrer, qu'elle accourt gratter à la porte. C'est tout au
plus si elle vient de temps à autre se frôler le long des
jambes de son maître pour en avoir quelques caresses.

Je ne dois pas non plus oublier que je donne fré-

quemment des pourboires au concierge, que je suis
au mieux avec lui et qu'il est entièrement à ma discrétion. Voir la note ci-jointe.

III

Paris, 20 novembre 1845.

Dans l'anéantissement où me plonge le désespoir de
vous avoir aliéné, je me jette à genoux, Monsieur, et
vous supplie de m'accorder une grâce, celle d'en appeler au tribunal de mon chef et de lui épargner peut-
être la commission d'une injustice. Ah! tout fier de
mon merveilleux observatoire, il se peut bien que
j'aie été un moment *infatué de mon mérite* et que ma
chaleur de tête m'ait *empiégé comme un sot*. Mais Dieu
m'est témoin que, pas une seconde, je n'ai cessé
d'avoir la passion de l'obéissance passive et d'être relativement à vous ce que la bougie est au souffle qui l'é-
teint. J'ai tant de regret à vous avoir déplu, que j'arra-
cherais volontiers un de mes yeux pour expier mon
oubli cacodémonique. Un sourire de vous est plus doux
à mon âme qu'un rayon de soleil par un jour de pluie,
et la foudre m'est moins redoutable qu'un de vos regards de colère. Ne doutez donc pas que je ne m'abs-
tienne dorénavant de toutes *réflexions personnelles*,
que je ne veille scrupuleusement sur *mes écarts d'or-*

gueil, et que je ne parvienne à devenir un modèle *d'humilité et d'abnégation*. Je prends l'engagement solennel de ne plus penser à l'avenir que quand il vous plaira me le permettre.

Je notais des exceptions dans le régime que suit le sieur Vannier ; en voici une que j'ai assez habilement exploitée, bien qu'elle n'ait pas produit tout ce que j'en attendais.

Une ou deux fois par semaine, mon homme va le soir prendre son repas dans un cabaret, situé sur les boulevards extérieurs, et bien connu sous le nom de *Maison verte*. D'habitude, il s'attable dans un cabinet qui voit sur la cour, au fond de l'établissement. Quelques jeunes gens, trop orgueilleux sans doute pour se commettre avec le commun des mortels qui boit dans la salle d'entrée, fréquentent en cet endroit. Ces habitués, pour la plupart employés ou artistes, professent des opinions à ce point subversives, que j'ai cru sage, à une époque bien antérieure, de glisser parmi eux un sous-agent chargé de tenir un journal quotidien de leurs faits et de leurs dits. Mons Hégésippe, en conscience, ne pouvait donc pas mieux tomber. Le hasard encore ici me favorisait.

Je signifiai l'ordre à mon agent d'accorder une attention spéciale au sieur Vannier, et de tâcher, comme on dit, à lui arracher les paroles du ventre. Le sous-agent en question, sauf votre respect, est un pauvre diable que je suis parvenu, non sans mal, à dégrossir un peu, si bien qu'il comprend aujourd'hui, tant bien

8.

que mal, mes instructions et les exécute même quelquefois avec succès. Une chose que vous savez mieux
que moi, Monsieur, c'est que, dans notre état si difficile et si pénible, les hommes même médiocres sont
rares, *à fortiori* les sujets capables.

Mon agent, grand gaillard, robuste et sanguin, qui
zézaye un peu et porte des lunettes vertes, a réellement un extérieur impayable. Par malheur, il n'a guère
autre chose. Pourtant, il manœuvra d'abord assez bien
sa barque. A l'aide de détours adroits, il amena naturellement la conversation sur la politique. A cause d'un
penchant décidé pour les logomachies et notamment
d'une certaine facilité à parler de tout sans rien connaître et sans même se comprendre, il réussit auprès
de bien des gens à passer pour un homme érudit et
profond. De Campanella passant à Spinosa, de celui-ci
à Malthus, de ce dernier à Saint-Simon, Pierre Leroux,
Louis Blanc et Proudhon, il s'échauffa par degrés et
s'éleva finalement avec violence contre le gouverne-
ment. Ce Vannier, Monsieur, se méfierait du bon Dieu.
Malgré l'air candide et convaincu de mon agent, il faut
croire qu'il eut des soupçons, car toutes ces provocations à la révolte le laissèrent de marbre, et l'hypocrite,
sans défendre le pouvoir, trouva le moyen de n'en dire
ni bien ni mal. C'était à perdre patience. Mon agent
était plus rouge qu'un homard cuit, à ce point que le
sang lui sortait par les yeux ; il s'agitait comme un dé-
moniaque et faisait du bruit en respirant autant qu'un
soufflet de forge. A une nouvelle observation de Van-

nier, il feignit ne pouvoir se contenir davantage. Se tournant tout à coup vers ce Vannier, et frappant du poing sur la table : « Ta, ta ! » lui cria-t-il du ton de la fureur, « vous êtes un obscurant ! ! ! » Le croirez-vous, Monsieur ? à cet air de furie et à cette injure, atroce, au dire de mon agent, le reptile se borna à hausser les épaules et à garder un silence absolu. Peu d'instants après, il sortit d'un air fort calme en saluant chacun avec politesse.

Jusque-là, c'était bien. Voici qui n'est pas mal encore.

Un des assistants, nouveau venu en cet endroit, demanda ce qu'était ce Vannier. Mon agent, encore tout furieux, coupa la parole à celui qui répondait, et s'écria avec ce parfait naturel qu'il me doit : « Peuh ! m'est avis que ça pourrait bien être un mouchard. — Oh ! oh ! » hasardèrent timidement quelques voix. « Et si vous m'en croyez, » continua mon agent sans prendre garde à ces oh ! oh ! « la prochaine fois, nous le recevrons à coups de bâton ! (Ce dernier trait ne manque pas de mérite.) — Je crois, Monsieur, que vous vous trompez, » répondit un jeune homme.

La scène ne devait pas en rester là. Mon agent imbécile semblait avoir hâte de démentir ces premiers instincts de talent et de combler la mesure de son crétinisme et de sa lâcheté.

Quelques jours plus tard, Vannier retourna en ce lieu à une heure où mon agent n'était pas encore venu. Il est présumable qu'on lui apprit l'hypothèse injurieuse

élevée contre lui. Mon agent, qui arriva peu après,
remarqua qu'on l'accueillait avec un froid glacial. Il
accrocha son chapeau à une patère et vint hardiment
s'asseoir à la table et vis-à-vis du sieur Hégésippe. Mais,
au même instant, celui-ci bondit avec une vivacité de
tigre, devint plus blanc qu'un linge, ferma les poings,
et, fixant sur l'agent cet œil cruel que vous savez,
s'écria d'une voix étouffée par la rage : « Mouchard ! ! !... »

Il faut renoncer à comprendre ce qui suivit. Cette
simple démonstration suffit à effrayer mon lâche agent,
lequel me disait de son air le plus bête : « Monsieur, je
ne suis pas capon, non, certainement. Mais, voyez-vous,
quand j'ai vu cet œil bleu devenir noir, cette pâleur
qui tournait au vert, et puis je reviens là-dessus, cet œil
qui m'entrait dans la chair comme une vrille, et me
poussait vers le mur avec une puissance irrésistible,
ma foi, je l'avoue, je n'ai pu m'en défendre, j'ai eu
une peur de diable, j'ai pris mon chapeau et je me suis
sauvé. »

Et la table les séparait ! et cet agent d'ailleurs est
d'une force d'Hercule ! et d'un coup de poing il écra-
sait ce serpent ! Non, Monsieur, quand la nature n'y
est point, l'éducation ne saurait y remédier. On ne ti-
rera jamais rien de bon d'un homme qui s'amuse à
trembler devant des yeux de chouette. Mon mécon-
tement est inexprimable. Par suite de sa couardise, cet
homme s'est *brûlé* dans ce milieu où il ne peut plus
décemment reparaître. Je perds ainsi une occasion su-

perbe de soulever un des coins du linceul sous lequel
Vannier enterre ses pensées coupables. Par bonheur,
je possède en mon observatoire un télescope miraculeux bien plus sûr, pour fouiller dans les replis de son
âme, que la meilleure sonde et le plus solide harpon...

Je ne clôrai pas ce rapport sans faire au moins mention d'un incident de la journée d'hier, dimanche.
Vannier a reçu un billet avec lequel il est allé au concert. J'ai pris une stalle au contrôle, et me suis placé
de manière à ne pas perdre mon homme de vue. Ah!
Monsieur, quelle sotte musique on fait en cet endroit!
On n'y a pas exécuté, que je sache, un seul quadrille,
et je ne me souviens pas qu'on y ait chanté ce qu'on
peut appeler une romance. J'y ai pourtant entendu un
brouhaha de *Derviches tourneurs*, disait le programme,
d'un *M. Beethoven*, qui a failli me faire tourner comme
un toton ou, du moins, me donner des étourdisse-
ments. Je ne saurais attribuer à autre chose l'agitation
extraordinaire dans laquelle Vannier est sorti de là.

Les bras croisés sur la poitrine, il arpentait sa
chambre de long en large. Des sons inarticulés s'échappaient de sa gorge. Il se cachait la figure dans ses
mains, puis la relevait brusquement vers le plafond, de
l'air d'un homme qui n'a plus la tête à lui. J'enregistre
ses phrases décousues sans y rien comprendre.

« Quel homme!... quel génie! » s'écriait-il. « Et
quelle destinée!... Dire que des douleurs atroces et
implacables étaient la source de ses inspirations! que
sans le long et indicible supplice de sa surdité, il man-

quait peut-être de cette mélancolie sublime et conso-
lante qui coule à flots dans ses compositions impéris-
sables !... »

Tout à coup, il est tombé à genoux en sanglotant, et
s'est écrié, les mains appuyées sur son front : « O
mon Dieu ! au prix de ces douleurs et de mille fois plus
cruelles encore, que ne puis-je laisser de ces œuvres
qui ébranlent toutes les âmes et font couler les larmes
des yeux!... » A la suite de quoi, le visage encore tout
mouillé, il a saisi son gros violon et s'est mis à jouer
dessus des choses qui m'ont tout doucement assoupi.

IV

Paris, 25 novembre 1843.

Pour si gêné que je sois par la résolution que j'ai
prise de m'effacer absolument, encore faut-il vous apprendre que la sténographie est un art auquel je ne
suis point étranger. Jaloux d'étendre mes connaissances, mes rares loisirs ont été employés à la création
et à l'exercice de tout un vocabulaire de signes et d'a-
bréviations, et cela avec un tel succès, que je suis
parvenu à écrire presque aussi vite que la parole. On
peut dire de mes rapports qu'ils sont de vraies photo-
graphies à la plume.

Aujourd'hui, à l'heure où Vannier a coutume de

prendre son gros violon entre ses jambes et de lui faire
suer des larmes, on a frappé à la porte d'une façon
évidemment convenue. Vannier a ouvert tout de suite.
Un nommé Aubin est entré. Cet individu aurait déjà
pu se trouver au bout de ma plume, car le sieur Hégésippe a passé avec lui la plus grande partie du jour de
son arrivée, et en a reçu déjà une visite. Mais je n'ai
rien appris de compromettant sur son compte. Il est
petit et peut avoir deux fois l'âge de Vannier, qu'il
traite, au reste, d'une manière toute paternelle. Je me
suis laissé dire qu'il était peintre en portraits. Sans
perdre une seconde, je saisis ma planchette, garnie
d'un encrier, de papier et de plumes, et l'œil au trou,
l'oreille à mon tuyau acoustique, je m'apprêtai à noter
religieusement ce que j'allais voir et entendre.

« J'ai vu Louise, » a dit le peintre... « Tout le temps
de ma visite, elle n'a pas discontinué de me questionner
sur vous. Elle s'étonne et s'inquiète beaucoup de votre
indifférence. Tout me fait présumer qu'elle viendra ici,
si vous n'allez pas chez eux. »

« Pauvre fille ! » a fait Vannier d'un ton rêveur.

Il rêverait sans doute encore sans le peintre qui poursuivit...

Mes notes présentent ici une lacune que mes souve-
venirs ne suffisent pas à combler. Je les reprends à
l'endroit où ma manche a cessé de boire l'encre fraîche,
et d'en faire un effroyable barbouillage. C'est Vannier
qui parle :

« J'aime la vie avec passion, » disait-il ; « ce que j'ai

fait et ce que je fais encore chaque jour en est la preuve irréfragable. Je ne suis point poitrinaire, j'ai de la santé et des forces, et, quoi qu'en puisse penser un croque-mort de ma connaissance qui, me voyant gai, demandait si j'étais ivre, la tristesse ne fait pas partie intégrante de mon caractère. »

Il reprit haleine, et ajouta :

« J'ai eu jadis de l'ambition. A cette heure, elle est à mes yeux moins que du fumier ; je ne prétends pas un fétu sur cette fumée enivrante qu'on appelle gloire. Vivre, vivre, mon Dieu ! je ne demande pas autre chose, serait-ce au prix des plus rudes fatigues, voire à celui des travaux manuels. »

Le sieur Aubin penchait la tête et paraissait horriblement triste.

Montre en main, ils sont bien restés un quart d'heure sans rien dire.

« Ah ! mon ami, » reprit enfin Vannier, « l'étrange métier que celui des lettres ! (Quelles lettres ?) De mes seules tribulations, je tirerais aisément un gros livre tout aussi effrayant que celui des sept cercles infernaux du Dante. Je pourrais à la fois vous faire pleurer et vous faire rire...

« Hier encore, j'ai eu l'inappréciable bonheur de voir le propriétaire d'un journal qui jouit de dix mille abonnés. Je me suis trouvé vis-à-vis d'un monsieur qui à la mine d'un valet de chambre, et qui m'a toisé d'un air insultant.

« — Monsieur, ai-je dit avec politesse, je venais vous

offrir un petit travail qui, je crois, ne jurerait pas trop
avec la nuance habituelle de votre excellent journal.

« — Monsieur, j'ai ma rédaction, je n'ai pas besoin
d'articles...

« — Je n'ai pas, Monsieur, ai-je ajouté, l'insolente
prétention de me faufiler subrepticement parmi vos ré-
dacteurs ordinaires. Je suis un passant. Il se peut que,
par hasard, j'aie fait quelque chose que vous jugiez susceptible de plaire à vos nombreux abonnés... Daignez
seulement prendre connaissance de mon manuscrit...

« — Ce serait inutile, Monsieur.

« — Voyez le titre, Monsieur ; le titre dit beaucoup.

« — Vous perdez votre temps, Monsieur : je ne veux
rien lire.

« — Mais enfin, Monsieur, dis-je encore, il se pourrait que je vous apportasse une chose curieuse, inté-
ressante...

« — Vous m'apporteriez un chef-d'œuvre, Monsieur,
un chef-d'œuvre incomparable, que je ne le lirais pas
davantage.

« Je restai confondu. Se redressant, il ajouta d'un
air souverainement hautain et dédaigneux :

« — D'ailleurs, Monsieur, il me faut des NOMS....

« Je lui tournai le dos. Dans le bureau qui précédait
son cabinet, acajou et velours, je feuilletai un numéro
de son journal, en vue de savoir ce que cet homme
important entendait par des *noms*. J'y trouvai des articles signés, et cela est de la plus rigoureuse exactitude,

9

Coquerlet, Janicot, Desnoisettes, etc., etc. Après cela, ce sont peut-être des académiciens... »

Les deux amis parlèrent ensuite d'un personnage bien connu, à ce qu'il paraît, dans le monde des arts, qui consacre sa vie, au dire du sieur Hégésippe, à se préparer de *belles funérailles*.

« Savez-vous, » disait celui-ci, « le tour étrange que m'a joué ce vieillard ? On m'engageait récemment à l'aller voir, me disant qu'il était de facile abord, d'une bonté inépuisable et méritait vraiment par là le surnom de *père des artistes*. Sur les vives instances d'un tiers, j'avais déjà reçu de lui, indirectement, un service tout à fait inefficace, purement négatif. Je choisis de lui rendre visite sous le prétexte de le saluer et de lui marquer ma reconnaissance.

« — Bien, bien, me dit-il en me coupant la parole, j'aime à vous voir dans ces bons sentiments. *Confiez-moi tous vos chagrins. J'ai des oreilles pour les entendre et un cœur pour y compatir.*

« Innocent j'ai été, je suis, je serai. Ému jusqu'au fond de l'âme :

« — Je suis fermement résolu, lui répondis-je, à ne reculer devant aucun travail, quelque pénible qu'il soit, et je meurs littéralement de faim.

« — Pauvre garçon ! dit-il d'un air de pitié profonde. Vous m'intéressez. Je veux faire quelque chose pour vous.

« — Que je sois toute ma vie misérable, m'écriai-je avec une émotion croissante, si je l'oublie jamais !

« — Bien, bien, dit-il encore, moi aussi je suis ému. Tenez, asseyez-vous là. Voici du papier, des plumes, de l'encre. Pendant que je vais réfléchir, mettez là-dessus, avec votre cœur, l'expression de cette reconnaissance.

« Je le regardai avec stupéfaction.

« — Oui, oui, ajouta-t-il, tout ce que vous voudrez, *currente calamo*... Et il passa dans une autre pièce.

« A votre place, » fit observer le peintre, « je n'aurais rien écrit.

« J'étais pris à l'improviste, » répliqua Vannier. « D'ailleurs, ce qu'il est bien de dire ou de faire, ne me vient à l'idée que quand il n'est plus temps. J'écrivis machinalement ce qui me passa par la tête, une série de banalités.

« Mon protecteur rentra. Je lui présentai mon griffonnage. Il le prit, le poudra de sablon, le plia soigneusement en quatre sans le lire et le serra non moins précieusement dans un carton. Puis, se tournant vers moi :

« — J'ai votre affaire, dit-il. Je vais vous remettre une lettre. Je ne doute pas qu'on ne vous procure, à ma prière, un travail quelconque.

« Je fus anéanti. Le cas était tellement extraordinaire que je ne sus ni que penser, ni que dire. Je pris la lettre qu'il m'offrait, et me retirai la mort dans l'âme. Je n'ai pas encore pu m'expliquer cette précaution injurieuse. Jamais il ne m'est venu à l'idée de dire du mal de ce monsieur. S'il m'eût simplement répondu :

Je ne puis rien, je n'eusse certes pas songé à me plaindre. A-t-il peur que je vienne un jour m'écrier sur sa tombe : — *Il n'a rien fait pour moi !!!*

« Et la lettre ? » demanda Aubin.

« J'en ferai l'épreuve dans quelques jours, » répondit Vannier. « Si j'obtiens quelque chose par elle, eh bien ! je me bornerai à dire que mon protecteur voulait prendre des arrhes sur ma reconnaissance. »

A vous parler franchement, Monsieur, je crains bien que cet homme n'ait le cerveau quelque peu dérangé. Je ne l'en crois que plus dangereux. Des feuillets que je retrouve pour avoir oublié, je ne sais comment, de les joindre à mon dernier rapport, me confirment de plus en plus dans cette opinion. Bien que Vannier ait des pipes, il ne fume pas, ou du moins ne fume plus. Au peintre qui lui en demandait la raison, il a répondu par des divagations qui m'ont causé un étonnement dont je ne suis pas revenu à l'heure que je vous écris.

« Non, » a-t-il dit, « je ne fume pas et ne veux plus fumer, parce que je suis fondé à croire la pipe une habitude immorale.

« Ah ! ah ! » s'est écrié le peintre.

« On devrait, à mon sens, » a continué Vannier, « rougir de fumer, comme on rougit d'une action honteuse.

« Vous allez trop loin, » dit Aubin en aspirant et en rejetant la fumée d'un cigare.

« Écoutez-moi, » a repris Hégésippe. « Laissons de

côté l'action physique du tabac sur le corps. Que, selon quelques physiologistes, il gâte les dents, affaiblisse les yeux et la mémoire, attire le sang à la tête et aux poumons, et dispose par conséquent aux maux de tête et aux affections de poitrine, et puisse occasionner des crachements de sang et la phthisie chez les personnes qui ont des prédispositions à ces maladies, peu importe. Je n'en veux parler qu'au point de vue des habitudes et des idées... Or, ma conviction, conviction imperturbable, est que la fumée du tabac agit d'une manière funeste sur le cerveau, qu'elle use et détruit à la longue toutes les facultés, même le sentiment...

« Vous ne connaissez qu'une partie de mes misères. Il est en moi des plaies incurables... J'aimais ma mère de toutes les forces de mon âme. Cinquante années de douleurs inénarrables comblèrent sa vie. J'aspirais passionnément à vivre pour elle, à lui créer des jours supportables, un peu de bonheur pour tant de chagrins... Elle est morte, morte, sans même se douter combien je l'aimais !... Je sais un vieillard, le dévoûement incarné. Je voudrais lui rendre un peu de l'amour dont il a enveloppé ma jeunesse. Il a aimé, il aime ma mère ; son unique promenade est d'aller visiter son tombeau. Ce vieillard souffre. Eh bien, il mourra peut-être, lui aussi, sans connaître mon âme, mon amour. Sont-ce des douleurs ! J'en passe... Une pipe ! et de ces sources de tortures vont jaillir des rêves consolants, et mon âme malade va flotter dans une sorte de clair-obscur poétique, et ma solitude va se transformer en pa-

radis, et mon avenir incertain et sombre, en riante
perspective... Non, je ne fumerai pas! cette satisfaction
serait infâme. Ce serait avouer que ceux que j'aime, je
les aime d'un amour stérile, d'un amour égoïste qui
s'épanche en paroles et en projets...

« L'évidence nous crève les yeux, la pipe tend de
plus en plus à isoler les hommes, à les rendre mous,
lâches, indifférents, à amoindrir les facultés de leur
âme, et, par tout cela, à détendre, à briser les intérêts
qui nous lient, à dissoudre la société entière.

« Je me résume ainsi : Si le tabac avait des effets
prompts, s'il attaquait ostensiblement l'organisme et le
cerveau, on s'en défierait. Il ne procède point de la
sorte. Longtemps même, ni le corps ni l'esprit ne pa-
raissent en souffrir ; on dirait même par instants qu'il
aide à l'élucubration des idées. Ce n'est que par des
gradations si bien ménagées qu'elles échappent à l'observation la plus pénétrante, qu'il énerve, use, flétrit, démoralise le corps et l'âme, c'est-à-dire, tout
l'homme, et le réduit fatalement, dans un temps plus
ou moins long, à un état d'insensibilité complète... »

Que dites-vous, Monsieur, de ce tissu d'extravagances?
Si ce n'était qu'extravagant, passe encore; mais je vous
ferai observer que du train dont il y va, il arriverait
promptement, si on le laissait faire, à la ruine du plus
solide des gouvernements. Avais-je tort ou raison de
l'appeler un fou dangereux?

V

Paris, 5 décembre 1843.

Mes rapports se succèdent, Monsieur, et je ne reçois toujours pas de nouveaux ordres. On m'assure que l'encombrement de divers services entrave pour un moment celui dont je fais partie. Je compte au moins que je ne serai pas tancé plus tard pour avoir omis de déclarer combien l'urgence de mon travail me paraît décidément contestable. Si mince que soit mon mérite, je me crois digne d'une tâche supérieure à celle d'observer une sorte de *fesse-mathieu* qui ravaude ses chaussettes, et fera quelque jour la lessive. Sentinelle perdue, pour ainsi dire, esclave de mon devoir, je n'en resterai pas moins à mon poste jusqu'à l'heure où l'on jugera à propos de venir me relever...

Vers le milieu de la semaine dernière, le sieur Vannier a reçu la visite de la Louise dont il a été question. C'est, ma foi, une fille très-appétissante qui, avec une peau d'un blanc de muguet, a des joues de roses et des yeux pétillants à la perdition de son âme. Elle releva, en entrant, la voilette noire qui cachait en partie son visage. Dans l'air de surprise d'Hégésippe, elle déchiffra apparemment un blâme.

« Puisque vous ne venez pas nous voir, » dit-elle résolûment, « il faut bien que je vienne chez vous. »

Je m'aperçus que le sieur Vannier fermait sa porte dont la clef était en dedans, et je fus un peu alarmé. Je suis marié et père de famille, et puis bien dire le modèle des pères, car, encore que mon petit soit estropié et innocent, je l'aime autant que s'il était gentil et malin. J'ai été toujours considéré à cause de mes mœurs irréprochables... Hélas ! à quoi ne sommes-nous pas exposés ? Par bonheur, les choses se sont passées avec plus de décence que je n'espérais.

Assis vis-à-vis l'un de l'autre, ils se sont regardés longtemps comme des chiens de faïence, sauf ceci, qu'ils semblaient se dire un tas de choses avec les yeux.

« Voulez-vous savoir, » a fait tout à coup Vannier, « l'idée que vous éveillez en moi, avec votre robe noire et votre figure mélancolique ?

« Voyons, dites...

« Il me semble voir une gentille veuve venant pleurer au cimetière sur une tombe.

« Quelle pensée funèbre !

« De l'abondance du cœur, la bouche parle.

« N'avez-vous pas quelque espérance ?

« On m'eût jadis écrasé sous un pressoir, que les espérances eussent ruisselé à remplir des tonnes... Mon amie, la précieuse nourriture et les chauds vêtements pour une femme, que les espérances ! La douce consolation pour un homme d'âme, de répondre à sa famille qui crie la faim et le froid : « Mes bien-aimés, le sang de ma chair, la moelle de mes os, tenez, rassasiez-vous,

voici des espérances !...» Croyez-moi, Louise, ne pro-
noncez jamais ce mot. C'est un pain qui trompe l'âme
sans nourrir le corps. Il n'a été pour moi qu'une exci-
tation perpétuelle à un travail d'écureuil. Si j'avais encore la folie d'en tenir compte, et, sous son influence,
de m'acharner à la poursuite d'un rêve jadis caressé
avec passion, à mes souffrances personnelles je join-
drais celle, tortures bien autrement atroces, d'être
supplicié dans ma femme et dans mes enfants.....

« Est-ce donc moi qui vous inspire cela ? » dit
Louise d'une voix attendrie.

« Et l'étendue de mon désespoir te donne la mesure
de ma tendresse. A mon ambition de vivre pour ma
mère, avait succédé celle de vivre pour toi, en toi.
J'oublierais tous mes mauvais jours, si Dieu m'accordait
le bonheur suprême de t'appeler ma femme et de descendre à tes côtés la vie, quand même si pénible.

« Pourquoi pas ? » dit Louise les larmes aux yeux.

« Dans mon impuissance à te créer un milieu con-
venable, que signifie le mot *aimer* entre nous ? Où il
fait froid et faim, l'amour est une misère de plus, et un
ridicule par-dessus le marché. Un Werther en haillons
soulèverait le cœur. L'amour est une des mille mani-
festations de l'âme. La première condition, la condition essentielle, pour que cette âme existe et se manifeste sous toutes ses formes, il faut que le corps vive.
Un homme misérable n'est qu'une portion d'homme.
Dans un corps affamé et mal vêtu, l'âme devient une
superfluité gênante... Il faut attendre, subordonner

9.

inflexiblement nos sentiments à la! nécessité, sous peine
de les voir tourner à l'aigreur, peut-être à la haine, et
peut-être encore, pensée horrible! à l'indifférence...
Puis, la misère isolée peut encore être digne. Au sein
de la famille, elle est ignoble, elle pousse à toutes les
indignités, à toutes les bassesses, elle avilit, dégrade
l'homme sous une avalanche de pitié stérile...

« Venez au moins nous voir de temps à autre, » dit
la jeune fille ; « je vous jure que je ne me lasserai jamais d'attendre.

« Chère enfant, » a répondu Vannier, « d'ici à quelques jours, j'aurai mis un terme à toutes tes incertitudes.
D'une façon ou d'une autre, mon avenir sera décidé...
S'il est vrai, comme d'aucuns le prétendent, que la logique gouverne le monde, que nos actions s'engrènent
fatalement et conduisent à un résultat fatal, que nous
ne puissions rien sur les événements, pas plus que nous
ne pouvons empêcher un fleuve de couler, au moins
sommes-nous maîtres d'une chose, d'être des hommes
ou des guenilles, de nous ennoblir ou de nous avilir,
de nous développer en Dieu ou de descendre vers les
animaux. Je serai digne quand même, aucune puissance
humaine ne sera capable de faire que je m'avilisse, la
faim même, je la dompterai!... Encore un peu de patience. »

Louise profita d'un moment où Vannier détournait
la tête pour glisser sur la table, parmi les livres, un
porte-monnaie qu'elle tenait caché dans sa main.

« Il ne faut plus revenir, » reprit bientôt Hégésippe.

« J'ai besoin de tout mon courage. Les larmes énervent... Je vous écrirai... »

La jeune fille ne fut pas plutôt sortie que Vannier découvrit le porte-monnaie. D'un bond, il alla entr'ouvrir la porte, et, d'un accent fébrile, rappela Louise qui descendait l'escalier. Celle-ci remonta toute tremblante. Hégésippe, s'enfermant de nouveau avec elle, l'obligea de s'asseoir et s'agenouilla à ses pieds. Vous eussiez dit un saint transporté au septième ciel.

« Ah! mon amie, » dit tendrement Vannier, « quoi qu'on en puisse dire, nous nous aimons bien autant que s'aimaient Roméo et Juliette. Notre amour ne participe d'aucune vanité ; c'est une sympathie à un degré d'intensité extrême. Je le comparerais volontiers à l'adhérence irrésistible de deux aimants. Tout est si bien commun entre nous, pensées, rêves, âmes, que je ne saurais concevoir une chose à toi qui ne soit pas à moi aussi... Mais, chère bien-aimée, je tiens pour absurdes les sacrifices inutiles... » Il fit voir le porte-monnaie et ajouta : « Si cet argent m'était nécessaire, je le garderais comme mon bien. Il ne peut me servir, autant vaudrait l'enfouir dans un puits : reprends-le... »

Louise, toute rouge, disait :

« Je n'ai que faire de cela, et vous pouvez en tirer parti. » Devant un refus plus ferme de Vannier, elle continua d'une voix éteinte par l'émotion : « Hégésippe, accepte cela pour l'amour de moi ! »

Vannier tint bon. La jeune fille se fâcha.

« Vous ne m'empêcherez pas de voir là, » dit-elle

avec une vivacité qui la faisait ravissante, « une défiance blessante pour moi, et de votre part un orgueil
déplacé. »

Hégésippe la saisit par le milieu du corps.

« Si j'ai encore quelque orgueil, » lui dit-il avec passion, en imprimant un long baiser sur ses lèvres, « c'est
d'être aimé de toi ! »

Louise s'échappa toute bouleversée des bras d'Hégésippe. Peu après, elle s'en alla. Alors, le front dans
ses mains, la tête renversée en arrière, Vannier s'écria :

« Mon Dieu, pitié pour cette enfant ! Mon Dieu, je
vous en conjure, donnez-moi mon pain de chaque jour !
Amoncelez les chagrins en mon âme, que des douleurs
d'une violence inconnue la déchirent ; mais, ô mon
Dieu, faites que je vive ! »

VI

Paris, 10 décembre 1845.

Monsieur, j'apprends à la fois et que des mutations
ont eu lieu dans le personnel des bureaux dont je re-
lève, et que je suis sous un nouveau chef, et que la
plupart de mes précédents rapports n'ont point encore
été dépouillés. Dans l'espérance que vous lirez celui-ci
prochainement, j'oserai me féliciter d'être sous les ordres d'un homme auprès de qui Rabelais n'eût fait

œuvre, et qui passe, à bon droit, pour n'avoir pas moins d'esprit que n'en avait M. de Voltaire.

Votre prédécesseur, à la veille de prendre sa retraite, vous aura laissé bien de la besogne sur les bras. En vue d'économiser votre temps, je pourrais, sur le brouillon que je possède, faire un résumé succinct de mon travail. Après cela, il vous suffira peut-être de savoir qu'il s'agit d'un coquin original qui a la manie des ablutions, des prières, du pain noir trempé d'eau, des courses, des visites, et la rage de salir du papier ou de geindre sur un gros violon. Hors de cela, je le surprends des heures entières immobile comme un bloc de marbre. Le diable connaît seul ce qui se passe alors dans cette tête résolue et sinistre. S'il remue les lèvres, il parle toujours comme s'il pensait que je suis là pour l'entendre. Depuis quelques jours seulement, un travail nouveau l'occupe. Il passe en revue, avec un soin minutieux, tous les objets qui encombrent sa chambre, livres, papiers, lettres, etc. Il range ces choses dans un certain ordre et en fait des lots.

Il a pour ami un peintre avec lequel il s'entend à merveille pour faire mentir toutes mes prévisions. Cet ami est venu hier au moment où le sieur Hégésippe achevait de se toiletter.

« Louise est venue, » dit ce dernier. (Voir mon précédent rapport.)

« Je le sais, » a dit l'autre. « Elle m'a tout conté. Prenez-vous donc plaisir à briser le cœur de cette pauvre fille ?

« Mieux vaudrait sans doute, n'est-ce pas? creuser dans son cœur un vide que je ne comblerai jamais, nourrir en elle l'espérance d'un bonheur dont la réalisation semble s'éloigner chaque jour davantage.... »

Je passe ici une série de lamentations incompréhensibles qui témoignent que ce Vannier a le cerveau bien malade. Je dois cependant, quelque dégoût que j'éprouve, ne pas omettre les détails et les résultats d'une visite que mon homme annonçait depuis plusieurs jours. Sa volubilité de langue me contraint, au reste, de ne vous offrir qu'un résumé de sa conversation avec le sieur Aubin.

« Je suis donc allé chez ce personnage, » disait-il ; « car c'en est un par sa position, son influence, sa fortune... Je lui dois la justice de dire qu'il m'a reçu d'une manière aimable. Il m'a fait asseoir... Après une lecture attentive de la lettre et un examen spécial de la signature, il m'a dit d'un air de surprise : « Que fait ce monsieur? Je connais plusieurs personnes de ce nom... N'est-il pas ?... Ah ! oui, j'y suis ; je me rappelle l'avoir vu *une fois*... Enfin, peu importe ! Que me voulez-vous, Monsieur ? »

« Accablé de confusion d'abord, je repris courage à l'air bienveillant de mon interlocuteur. Je lui exposai en peu de mots que je travaillais depuis dix années, que, sans me croire un aigle, je pensais avoir quelque talent ; que, du reste, il m'apprécierait mieux que je ne faisais moi-même, s'il daignait me confier un travail.

J'ajoutai tout ce que je jugeai capable de lui donner
une bonne opinion de moi et de le toucher...

« Il m'interrompit pour me demander si j'étais marié
et si j'avais des enfants. Il semblait penser : « A moins
que de cela, comment m'intéresserais-je à vous? »
Ainsi, pour avoir manqué du triste courage de lier le
sort d'une femme à mon horrible sort, et de voir à ma
suite une demi-douzaine de misérables affamés, ma
misère ne mérite aucun intérêt! Diderot était plus
juste : *Ou n'ayez pas de famille, ou ayez du talent*. Du
reste, je me fais un plaisir de le répéter, il a été envers
moi d'une politesse excessive. Une heure durant, il n'a
pas discontinué de me tenir sous le charme de son éloquence. Les oreilles m'en tintent encore. Il pesait ses
paroles et s'écoutait parler, comme il arrive aux
hommes dont la pensée est le reflet de celle des autres.
La littérature, à laquelle pourtant il doit d'être ce qu'il
est, et qui est pour les rhéteurs de sa force un excellent
véhicule au pays de Cocagne, était la cible qu'il trouait
pédamment de lieux communs à jeter hors des gonds
l'être le plus pacifique. Cette phrase : *C'est un état qui ne
peut nourrir son homme*, était comme le *tutti* obligé de
ses tirades plus longues que des fusées, mais, à coup sûr,
moins brillantes. Enfin, après s'être épuisé en variations
sur ce thème, il s'est recueilli dans une pause analogue à
celle qui, dans un feu d'artifice, sépare le bouquet des
autres pièces, et m'a dit de cet air et de ce ton qui pré-
sagent une chose sublime : « Tenez, récemment, notre
grand poëte national disait devant moi à une personne

de marque : *La littérature ne saurait être tout au plus qu'une badine, mais jamais une canne pour s'appuyer.* »

« Je n'avais qu'à courber la tête devant des autorités aussi graves. « D'ailleurs, ajouta-t-il, quand on veut tenir une plume il faut avoir quelque chose à dire. » D'accord. Mais que sait-il de moi? Est-il disciple de Gall ou de Lavater? J'avoue que, dans la bouche d'un homme aussi bien élevé, une pareille phrase m'étonne. A moins qu'il n'ait tenu à me prouver qu'il empruntait bien plus à sa mémoire qu'à son intelligence.

« J'ai entamé le chapitre des places. La bureaucratie l'a fait parler d'or. L'expression *bureau* tenant lieu du mot *lettres*, il a renouvelé une argumentation identique à celle dont il venait de me combler. J'ai vu l'instant où il allait me dire : « Tenez, tel disait devant moi à tel : *Le bureau ne saurait être tout au plus qu'un croquet pour tromper l'appétit, mais jamais une brioche pour le rassasier.* » Finalement, il a bien voulu me donner le judicieux conseil de planter là le métier des lettres, de ne plus songer aux bureaux, et de tâcher à gagner ma vie avec autre chose. Avec quoi?

« Ainsi, vous le voyez, avec le parti pris spontané de ne rien faire pour moi, il tenait encore à me prouver et à se prouver à lui-même qu'il était le meilleur des hommes et à acquérir des droits à ma reconnaissance...

« Je manquai à lui répondre bien des choses. Il ne m'eût même pas écouté. Il m'eût reproché amèrement mon endurcissement, sinon mon ingratitude, et m'eût jeté à la porte. Et j'eusse été privé du bonheur de toucher la main de cet honnête homme et du plaisir de l'entendre faire des vœux pour ma prospérité, ce qui certes ne m'a pas fait de mal. »

Vannier a ensuite parlé d'un voyage qu'il allait entreprendre. L'air singulier dont il a dit cela me porte à croire qu'il va enfin exécuter le mauvais coup qu'il prémédite depuis tant de jours. Je veille !

VII

Paris, 20 décembre 1843.

Monsieur, je vous écris sous l'influence d'une impression affreuse. Quand je considère la simplicité de la cause, je ne comprends pas d'où vient qu'elle a produit des effets si surprenants.

Je ne dors jamais que d'une oreille, l'autre fait toujours le guet. Je né m'étonne donc point d'avoir été réveillé par un bruit aussi doux que le souffle d'une brise. Mais, en levant les paupières, mes yeux furent attirés vers le milieu de ma chambre, à la hauteur de ma tête, par deux regards rouges qui rayonnaient dans l'obscurité comme deux bougies au fond d'une lanterne. Donner une idée de la secousse que je ressentis est la chose du monde la plus impossible. Ces deux prunelles de démon, ardentes, immobiles, fixées sur moi, accrochaient ma chair comme deux crocs rouges du feu de la forge. Le ressentiment d'une douleur atroce qui

courait jusqu'au fond de mes os, faisait de mon corps
un mur de cave humide, glaçait mon sang, me médu-
sait. Mon cerveau même semblait de pierre. Si j'étais
incapable d'action, je ne l'étais pas moins de penser et
de vouloir.

J'obéissais, sans même chercher à m'en défendre, au
mouvement circulaire, douloureux à l'excès à force de
lenteur, de ces petits globes enflammés qui fouillaient
obstinément dans ma poitrine et mes entrailles. Je ne
saurais calculer combien de temps je restai en proie à
cette folle terreur. J'ai été soumis à bien des épreuves :
j'ai eu la jambe cassée d'un coup de pied de cheval ;
j'ai dû me faire couper un doigt brisé d'un coup de
bâton ; mais de ma vie, de mes jours, je n'ai aussi
cruellement souffert que durant cette heure qui m'a
semblé plus longue qu'un siècle. Un moment de plus,
et je m'évanouissais.

Par bonheur, un léger miaulement m'a débarrassé
tout à coup de cet horrible cauchemar. J'ai compris que
j'avais affaire à un chat, et ma satisfaction a été si profonde que je n'ai même pas songé à me mettre en colère. D'ailleurs, j'eusse craint d'appeler l'attention de
mon voisin qui précisément, comme je le vis en appli-
quant mon œil au trou, ne dormait pas et travaillait
toujours. J'ai entr'ouvert ma porte avec précaution, et
le chat s'est empressé de sortir pour aller gratter à la
porte d'Hégésippe. J'ignore encore comment cette bête
est entrée chez moi. Qu'elle ne tombe jamais sous ma
main, dans un endroit sûr !

Au jour, Vannier était encore couché sur sa table, la plume à la main. Il était fort pâle et avait le tour des yeux tout violet. S'il fallait un exemple de ce que peuvent sur l'homme les passions détestables et la fainéantise, jusqu'à quel point elles sont capables de le changer et de le défigurer, il suffirait de montrer le sieur Hégésippe. Je l'ai vu, cet homme, le cœur gonflé d'envie et de rage, chaque jour maigrir et se courber. Actuellement, son visage n'a plus de chair, les lueurs sinistres de son œil brillent au fond de cavités profondes, le poids de sa tête fait ployer son corps décharné. Ceux qui l'ont rencontré il y a un mois, ne le reconnaîtraient certainement plus à cette heure. Les bras croisés sur la poitrine et le front penché, il tourne parfois dans sa chambre comme une bête fauve dans sa cage. D'autres fois, il joint les mains et lève les yeux au ciel, l'hypocrite ! c'est le désespoir vivant.

Il avait prié le sieur Aubin de repasser dans quelques jours. Le peintre a été longtemps sans pouvoir obtenir une parole de lui.

« Je vais enfin quitter cette chambre, » a-t-il dit soudainement d'un air lugubre ; « et je n'en suis point fâché. Tout ici m'inquiète et me fait mal. Il faut sans doute que le chagrin réagisse sur mon esprit et le trouble, car je suis aux prises avec les plus étranges visions. Il me semble qu'on m'espionne. Je suis obsédé par un individu que je trouve sur mon passage n'importe où que j'aille. J'ignore quel est cet homme à face plate, à l'air abruti, au teint livide, et en quelque sorte venimeux, sur lequel les yeux semblent jetés comme deux éclaboussures. Sa barbe est étiolée comme une toison galeuse. Je le sens à toute heure sur ma tête, mes reins, ma poitrine. Ici même, je ne puis me soustraire au poids de son œil qui paraît me tenir en laisse. C'est la fascination de la torpille. Sans doute, l'imagination entre pour beaucoup dans cette impression. Toujours est-il que cette impression m'accable et m'engourdit.... »

Tandis qu'il disait cela, il regardait précisément de mon côté. J'ai ôté involontairement mon œil du trou. On eût dit que son regard infernal passait à travers le mur et me dévisageait. Je ne pense pas cependant qu'il voulût parler de moi. Le miroir que je consulte me renvoie une image qui ne ressemble nullement au portrait.

Le peintre lui a demandé où il allait et quand il partait.

« Je vous écrirai, » a répondu Hégésippe. Il a ajouté, après un long silence, au moment où son ami se disposait à sortir : « J'attends de vous un service qui exige une grande ponctualité. Je vais devoir ici un terme. Je n'ai point d'argent, et je ne veux point avoir de discussion avec le propriétaire. Je lui abandonne ce qu'il y a ici. Je me suis arrêté à lui apprendre mon départ au moyen d'une lettre. » Puis, retirant de son pupitre une lettre écrite et cachetée depuis hier, et la remettant au peintre : « Voici cette lettre, » a-t-il dit ; « gardez-la jusqu'au 25. Ce jour-là, *ni plus tôt ni plus tard*, veuillez la remettre vous-même au concierge de la maison. » Il a beaucoup insisté sur ces détails et a fait promettre dix fois au peintre de s'y conformer rigoureusement.

Il a encore retenu son ami pour lui parler longuement de Louise. « Allez-la voir souvent, » a-t-il dit, « et faites-lui comprendre que le désespoir est une faiblesse stérile. Je ne suis pas plus maître de moi qu'un homme entre quatre gendarmes. Je pars, parce qu'il faut que je parte. Je me sépare d'elle avec la conviction de la revoir un jour. »

Aubin s'est levé de nouveau. Vannier est devenu plus sombre.

« Peut-être ne nous reverrons-nous jamais, » a-t-il balbutié d'une voix altérée. « Le voyage que j'entreprends est long et périlleux... Mon vieil ami, vous m'avez vu bien jeune. Vous connaissez la maison où ma mère m'a mis au monde, la cour où j'ai joué, les champs, les vignes, la rivière dont le souvenir m'est si doux, le cimetière où je voudrais avoir une petite place à côté de cette mère que j'ai aimée, que j'aime éternellement... Vous avez été témoin de mes efforts ; mieux qu'un autre vous savez ma vie et mes douleurs... Avant de nous séparer, mon ami, que je vous serre la main et que je vous embrasse... »

Les larmes coulaient de ses yeux. Je vis l'instant où le peintre allait pleurer aussi. Il se hâta de partir.

« Mon Dieu, » s'est écrié Vannier d'un air abattu et profondément mélancolique, « détournez de moi ce

calice ! » Puis, des sanglots dans la gorge : « Mon
Dieu, » a-t-il repris, « que votre volonté s'accomplisse
jusqu'au bout !... »

Le lendemain, à la suite d'une courte absence, Hégésippe est rentré avec un objet assez volumineux,
enveloppé dans un papier épais. C'était un fourneau
en terre cuite. — Voilà, pensai-je, un singulier usten-
sile pour voyager. Je supposai que mon homme, las de
pain sec, allait cuisiner un peu pour se donner des
forces. A ma grande surprise, dans la même journée,
il est sorti trois fois et rentré, rapportant chaque fois,
avec les mêmes précautions, un instrument semblable.
Je me suis inutilement creusé la tête en vue de découvrir l'usage auquel il réserve ces trois fourneaux qu'il a
soigneusement cachés dans son placard. Sa tristesse
croissait de plus en plus. Il a employé une partie de la
soirée à mettre le feu à des papiers et à des lettres,
répétant sans cesse : « Mon Dieu, que votre volonté
s'accomplisse !... »

Le 18, il a procédé à une acquisition notable de
charbon. Il en a rempli ses trois fourneaux jusqu'aux
bords. Moins que jamais, je comprends le but de ces
préparatifs. Trois fourneaux pour un homme qui ne
fait pas habituellement la cuisine et qui est à la veille
de son départ, j'avoue que cela me paraît bien surprenant. J'ai vainement attendu l'arrivée des comestibles.
Hégésippe continuait de manger son pain sec et de
boire son verre d'eau. La chose de brûler ses papiers
semblait le contrarier beaucoup ; son visage avait par-

fois la pâleur d'un mort. Je frémissais de rage, moi, car ces papiers noircis contenaient sans doute bien des secrets. Et toujours il levait les yeux au ciel et suppliait Dieu d'avoir compassion de lui. S'il est un Dieu, s'occupe-t-il d'un tartufe pareil?

A l'heure que je vous écris, sa cheminée est à demi pleine de cendre noire, et sa fureur de brûler n'est pas encore affaiblie. Je saurai sans doute bientôt à quoi tendent toutes ces manigances. Il est présumable que mon prochain rapport satisfera pleinement votre curiosité à ce sujet. Je ne perds pas mon homme de vue. Je suis horriblement fatigué. J'ai dans la tête des douleurs névralgiques intolérables. Je ne serais nullement étonné, s'il m'arrivait de faire une maladie.

VIII

Paris, 25 décembre 1845.

Monsieur, je vous envoie mon dernier rapport sur le sieur Hégésippe Vannier. Une lettre, à la même adresse que la première, et que j'ai surprise de la manière que vous saurez plus loin, va vous apprendre comment j'ai décidément terminé ma tâche. Voici cette lettre :

« A l'heure où tu liras cette lettre, j'ai pris mes me-
« sures, tout sera irrévocablement fini. On dira que,
« *devenu fou d'impuissance*, j'ai recouru au suicide.

« On dira peut-être la vérité, car je crois qu'un homme
« ne peut mourir qu'il n'ait produit tout ce qu'il avait
« à produire, qu'il ne soit plus, pour ainsi parler,
« qu'un sac vide. Cependant, jamais je n'eus plus de
« santé et d'énergie, jamais des facultés plus saines,
« jamais je ne me sentis plus voisin du but, qu'à cette
« heure où je m'en vais. Ce serait le cas de s'écrier :
« *Fatalité !* J'aurais mauvaise grâce, je ne commettrai
« point cette sottise. Enrayé par le besoin, provenu en
« partie d'une maturité trop tardive, j'ai échoué. Je
« pouvais tout aussi bien me trouver mûr juste au jour
« où la misère est venue s'asseoir à ma porte, et réus-
« sir, et la *fatalité* devenait *destinée.* D'où, avec raison :
« *Destinée, conscience,* a dit un Allemand, *deux mots*
« *pour une même idée.* Fatalité ! préjugé funeste contre
« lequel l'homme doit faire rage. L'être assez malheu-
« reux pour y croire ne tarde pas à être frappé de
« vertige ; il se tord lui-même les entrailles, quand il
« est convaincu de succomber sous la puissance d'un
« destin inexorable.

« D'ailleurs, je ne suis pas libre de reproches. Il
« fallait, moins absorbé dans mon travail, moins âpre-
« ment préoccupé du but, consacrer un temps à l'é-
« tude de la vie. Solitaire, je me suis fait le centre
« d'un cercle d'idées absolues, quand il n'est de pos-
« sible en pratique que les idées relatives. L'homme
« assuré contre la faim peut seul, et encore ! suivre
« inflexiblement la ligne droite, se dispenser de men-
« songes, n'obéir, dans l'expression de ce qu'il sent et

« pense, qu'à l'influence de sa conviction. Au néces-
« siteux, le machiavélisme n'est pas moins nécessaire
« que le talent. *Pour s'établir en ce monde, il faut y*
« *paraître établi.* On ne tombe pas sous le coup d'un
« article du Code pour un peu intriguer, un peu men-
« tir, un peu mendier, voire un peu voler. Faute de
« souplesse, je me brise. Je ne profère d'imprécations
« contre personne. J'ai rencontré nombre d'hommes de
« cœur. J'en connais un, entre autres, d'un caractère
« ferme et loyal, d'un esprit élevé, d'un grand talent,
« d'un jugement rare, à qui j'eusse de bon cœur ou-
« vert mon âme. Mais, précisément parce qu'il est
« ainsi, pour en avoir été bien traité, pour l'estimer
« profondément, à ses yeux moins qu'à ceux de tout
« autre, jamais je n'eusse consenti à manquer de di-
« gnité, à me faire mendiant... »

  « Dieu connaît seul quelle était ma profonde passion
« de vivre. Que je ne regrette pas amèrement la vie,
« cela est impossible. N'y aurait-il que toi avec qui je
« comptais vivre un jour, et Louise, pauvre fille qui
« nous eût créé un intérieur si plein de charmes; ne
« songerais-je qu'à ces peintures éblouissantes qui m'eni-
« vraient, à ces symphonies sublimes qui me cau-
« saient des joies ineffables, comment ne serais-je pas
« abîmé dans l'affliction ? »

  « Si seulement il m'eût été possible de me cacher
« en ce monde, de m'enfouir dans quelque lieu
« comme dans un tombeau ! J'eusse été, simple ma-
« chine aimante, en quelque ferme ou à quelque coin

10

« de rue offrir le service de mes bras. Cela ne peut
« être. Suppose-moi au fond de la Sibérie, ou en Chine,
« ou en Amérique, chez les sauvages, eh bien ! je ne sais
« par quel hasard, à une heure donnée, il passera un
« homme qui m'a connu et s'en ira dire où et comment
« je vis. Et de cela, je ne pus jamais supporter l'idée.
« S'il n'est pas vrai toujours de dire que passé oblige,
« au moins est-il sûr que celui qui a vécu dans un mi-
« lieu intellectuel, qui a laissé s'accréditer sur son
« compte certaines idées, ne peut pas dans ce même mi-
« lieu, ou dans tout autre où on pourrait le découvrir,
« consentir à descendre au niveau de l'idiot ou du cheval
« borgne.

« Je ne prétends point donner ma mort en exemple.
« Je ne songe pas davantage à la justifier. Mais je vou-
« drais que l'analyse de ma vie, la note de mes tra-
« vaux incalculables, le récit des douleurs atroces qui
« m'ont conduit à me détruire, parvinssent partout où
« il y a des hommes vraiment pères. Si l'on pouvait
« connaître une fois pour toutes ce que vaut cette vie
« isolée, privée des joies de la famille, murée par la
« haine ou l'indifférence, grosse de terreurs et de
« doutes, et qui, la plupart du temps, n'aboutit qu'à la
« misère et au désespoir ! Si l'on pouvait enfin se con-
« vaincre combien celle du paysan ou de l'ouvrier est
« belle à côté, combien, après tout, il est préférable de
« respirer l'air à pleins poumons dans les champs ou
« même de s'étioler dans un étroit espace, de con-
« duire une charrue ou de manier le rabot ou la lime !...

« Mais je ne dois laisser aucune trace. Je suis comme
« un fruit vert qu'un coup de vent arrache de l'arbre. Je
« n'ai pas écrit cent lignes jusqu'à ce jour que j'eusse
« volontiers signées de mon nom. J'ai brûlé tous mes
« papiers : projets, ébauches, manuscrits informes,
« idées décousues. Je ne laisse rien, et probablement
« il ne sera plus question de moi dans huit jours.

« Du moins, on laissera mes cendres en paix, et mon
« ombre ne sera pas troublée par quelqu'un de ces
« généreux personnages qui prennent le tombeau des
« morts pour piédestal de leur colossale et indécente
« vanité.

« Adieu, ami bien-aimé, ou plutôt, au revoir ! Je
« m'en vais dans la mélancolie, mais aussi dans la résigna-
« tion et l'espérance. Quand, après une jeunesse privée
« de ses joies, arrive l'âge mûr sans sécurité et sans con-
« sidération, que reste-t-il en perspective, sinon une
« vieillesse isolée, misérable, maudite ? Je ne perds
« donc pas grand'chose, je ne fais que devancer une
« heure qui tôt ou tard sonne pour chacun. L'homme
« a le tort de vouloir oublier un fait inévitable qui con-
« sole et moralise. La mort, somme toute, n'est qu'une
« fontaine de Jouvence, et, à ce point de vue, n'a rien
« d'effrayant. Peut-être, qui sait ? me reverras-tu encore
« sous les traits d'un petit enfant, avec des bras pour te
« caresser et un cœur pour te chérir. »

Actuellement, Monsieur, je reprends mon récit à l'endroit où je l'ai laissé. Le sieur Hégésippe n'a pas quitté

sa chambre le 22. Je ne sache pas qu'il ait mangé en
ce jour qu'il a employé, comme les précédents, à
brûler des lettres, à ranger tout chez lui et à faire des
paquets. Cette besogne l'a occupé jusqu'au soir. Sa
chambre, dont le contenu, mis en lots, étiquetés, était
symétriquement entassé le long des murs, ressemblait
en petit à la salle d'un commissaire-priseur. La nuit
venue, je pensai qu'il allait dormir. A l'encontre de
cette attente, il commença à écrire des lettres et me
parut décidé à veiller fort tard. Je me couchai.

Au jour, je m'aperçus qu'il avait passé la nuit sur sa
chaise et la plume à la main. L'excès de sa fatigue se
trahissait par une excessive pâleur et un grand désordre dans ses traits. On voyait aussi qu'il avait pleuré.
Il plia et cacheta trois lettres, y mit l'adresse, et dormit
environ deux heures, le front dans ses mains et les
coudes sur sa table. De temps en temps, il rêvait tout
haut et proférait des phrases entrecoupées. Une fois
même, il s'est réveillé en faisant un bond. Son visage
exprimait une profonde terreur. Il a rappelé ses souvenirs et a souri mélancoliquement...

En le voyant prendre une des lettres et se disposer à
sortir sans chapeau, j'eus le pressentiment de ce qu'il
allait faire. Je le devançai chez le concierge où je
m'assis dans le coin le plus sombre. Vannier y entra en
effet bientôt. « Veuillez, » dit-il, « jeter cette lettre à
la poste. Je n'ai pas le temps de sortir, j'ai beaucoup à
faire chez moi. » Il déposa la lettre et une pièce de
deux francs sur la table et sortit. Je dis alors au con-

cierge du ton le plus naturel : « Je vais précisément à la poste. Si vous ne voulez pas vous déranger, je ferai de bon cœur votre commission. » Cet homme ne demandait pas mieux. Je courus à mon autre domicile, je décachetai la lettre avec précaution et la copiai en toute hâte. Je fus promptement de retour à mon poste.

Voici maintenant minute par minute les dernières heures du sieur Hégésippe.

Je fus bien surpris, me doutant du dénoûment, de voir ce Vannier prendre encore la peine de laver soigneusement le carreau de sa chambre, de défaire son lit, de retourner son matelas, de plier sa couverture en quatre, et enfin de mettre des draps blancs. Non content de cela, ce qui est encore plus incompréhensible, il s'est aspergé d'eau fraîche, selon sa coutume, s'est parfumé la tête et la barbe et a passé sa meilleure chemise. Je l'ai vu ensuite tourner deux fois la clef dans sa serrure, boucher hermétiquement l'ouverture de sa cheminée, et introduire des chiffons dans les interstices de sa fenêtre. Après quoi il a tiré successivement les trois fourneaux du placard et s'est appliqué à mettre le feu au charbon.

Sa pâleur était livide ; ses mains tremblaient ; de ses lèvres frémissantes s'échappait à tout instant ce cri : « Mon Dieu ! mon Dieu ! » Sa passion d'ordre ne lui a pas laissé de repos qu'il n'ait eu plié proprement ses habits et noué son linge sale dans une serviette. Pendant ce temps-là, les fourneaux s'allumaient et la vapeur de charbon remplissait la chambre. Le chat dormait en rond sur l'une des chaises. Vannier s'est mis alors à genoux et a prié mentalement avec une ferveur extraordinaire.

Ah! Monsieur, mon état m'a souvent appelé dans les églises, mais j'avoue n'y avoir jamais vu une pantomime aussi merveilleuse. Bien des dévots eussent pu venir à mon observatoire prendre des leçons.

Le sieur Hégésippe a mis fin à sa prière en ces termes : « Mon Dieu ! je remets mon âme entre vos mains ! Mon Dieu! Seigneur de toutes choses, mieux que moi-même, vous connaissez cette âme ! Pardonnez-moi, ô mon Dieu ! je pars pour rester digne de vous !... »

J'étais haletant, Monsieur, et vous le comprendrez. L'attention m'arrachait les yeux. Il s'est enveloppé dans ses draps comme dans un suaire. Les fourneaux étaient déjà presque ardents. Des flammes blanches et bleuâtres se promenaient sur les charbons rouges. Ces charbons pétillaient à la manière des gens qui jouent des coudes pour avoir de la place, et lançaient des étincelles, vraies paillettes d'or enflammées C'était fort réjouissant à voir. Malgré moi, je songeais aux flammes si jolies du punch. Vannier passait du rouge au blanc et *vice versâ*; ses yeux roulaient machinalement dans leurs orbites...

Le chat s'est tout à coup réveillé. Il a ouvert un grand œil plein de frayeur. Il a fait le tour de la chambre en vue évidemment de trouver une issue. Il s'est mis à hérisser ses poils et à faire des bonds. A ses miaulements plaintifs, Hégésippe s'est ranimé. « Pau-

vre bête, » a-t-il dit, « je t'oubliais. » Il s'est levé, non
sans faire d'efforts, et, chancelant comme un homme
ivre, est allé entr'ouvrir la porte. Le chat s'est échappé
comme une flèche. Il poussait des cris déchirants à
faire croire qu'il appelait au secours, ou voulait donner l'éveil. Il a parcouru ainsi toute la maison. Sa
voix lamentable s'est graduellement perdue dans le
lointain. On ne l'a pas revu depuis.

Les fourneaux étaient rouges. Un brouillard épais
obscurcissait l'air. Vannier toussait fréquemment. Sa
respiration devenait courte. Il étouffait. Sa peau ne discontinuait pas de changer de couleur et de prendre
tour à tour des teintes rouges, noires, blanches, vio-
lettes...

A ce moment, on a frappé légèrement à la porte.
Vannier entendit sans doute, car il fit un mouvement.
Le heurt se renouvela et une voix se fit entendre, voix
aussi douce qu'une musique : « Hégésippe ! Hégésippe ! » C'était Louise.

Vannier a un peu soulevé la tête et a dirigé ses yeux
vers la porte. Un regret a horriblement contracté son
visage. Il a ouvert la bouche et essayé de parler, et la
voix a expiré sur ses lèvres entr'ouvertes ; il a réuni
toutes ses forces pour se lever, et ses membres déjà
roides ont refusé d'obéir. C'était tellement horrible
que, moi, qu'on ne taxera pas de sensiblerie, je faillis m'attendrir. La tête est retombée lourdement sur
l'oreiller. Il était en proie à l'agonie. Comme des ombres funèbres, des nuages de sang noir passaient et re-

passaient sur son front; on ne voyait déjà plus que le blanc des yeux, dont la prunelle discontinuait de s'agiter follement pour disparaître sous la paupière supérieure. Son râle battait une mesure de plus en plus précipitée; il ouvrait la bouche grande, une mousse rose venait à ses lèvres et sortait de ses narines par petits flocons. Puis, tous ces symptômes de convulsions internes s'effacèrent graduellement, et les muscles contractés du visage reprirent peu à peu l'expression du calme. Enfin quelques soupirs analogues à ceux d'un soufflet sans âme, et je ne vis plus rien remuer...

J'entendis les pas de la jeune fille qui s'éloignait. Je ne pouvais pas me compromettre en la rappelant. D'ailleurs, à mon sens, la mort de ce Vannier était un bien et non un mal. C'était le cas ou jamais d'agir comme à l'égard des repris de justice. A quoi bon intervenir, s'ils s'entr'égorgent! c'est autant de besogne de moins pour nous, pour les juges et pour le jury. Je n'ai pas pensé qu'un homme de cette sorte méritât de la pitié. Il s'est fait justice lui-même. J'ajouterai que mes instructions me faisaient simplement le devoir de le surveiller, et non celui de lui sauver la vie.

Au moment de fermer ce rapport, je reçois l'ordre formel de quitter mon poste et de me tenir prêt à une nouvelle mission. Il me reste, Monsieur, à me recommander à vous. On aura égard, je l'espère, à l'intelligence que j'ai déployée dans ce beau travail. Ce qu'il m'a fallu de patience, et ce que j'ai enduré de fatigues est inappréciable. Sans compter des courses intermina-

bles à travers Paris, et cela durant des jours entiers
j'ai dû quelquefois rester des vingt-quatre heures sur
ma chaise, sans bouger plus qu'un terme, l'œil au trou,
la plume à la main, et n'ayant, pour me soutenir, d'autre nourriture qu'un peu de tabac dans ma bouche. Ma
vue s'en est affaiblie et mon estomac en est tout dérangé. Je suis bien en outre l'Hercule de l'économie. Je
gage que, depuis les sept semaines environ que cela
dure, je n'ai pas dépensé sept cents francs, tout compris. On pèsera toutes ces considérations, et l'on trouvera légitime, j'en ai la confiance, le désir d'avance-
ment que j'ose manifester. Je compte d'honorables
services, et je doute qu'on découvre au monde un
homme plus amoureux que moi de son état, et qui
l'exerce avec une aussi profonde conscience. Enfin, je
n'ai jamais failli à l'honneur, et je compte bien vivre
perpétuellement dans ces bons sentiments.

UNE CHANTEUSE DES RUES

I

« Je me trouvais avec deux de mes amis, commença Philippe, à la fête de Vincennes... »

Philippe, peut-être importe-t-il ici de connaître celui qui parle, était un étudiant en médecine de troisième année, ce qui indique à peu près son âge. Il se promenait dans les environs, par un temps magnifique, avec un de ses amis, lequel s'appelait Jean, peut-être, et exerçait apparemment le métier de conteur. Philippe prétendait avoir vingt sujets de romans dans la tête, et Jean était tout oreilles. Philippe disait donc :

« Je me trouvais avec deux de mes amis à la fête de Vincennes. C'était l'année dernière, précisément à pareille époque. Nous étions entrés dans vingt endroits sans obtenir qu'on nous servît à manger, tant l'affluence des consommateurs était grande. En revanche, nous nous étions désaltérés plus que de raison. Tout mauvais qu'il fût, le vin m'inspirait de la gaieté, de l'audace et cette brutale conviction qu'il me suffisait d'adresser la

parole à une femme pour en faire sur-le-champ une
victime. Aussi regardais-je les jeunes filles avec lesquelles nous nous croisions d'un air passablement in-
solent. J'avais failli plusieurs fois déjà me prendre de
querelle avec des maraîchers du pays, que mes airs de
don Juan taquinaient et irritaient au plus haut point.

« Dans ces dispositions, je rencontrai, suspendue
amoureusement au bras d'un ouvrier endimanché, une
jeune femme que j'avais jadis connue, je vous dirai
tout à l'heure en quelles circonstances. *Ma fatuité ne
sut pas se taire à la vue de cette femme qui ne pouvait
cependant me rappeler que de doux et honnêtes souvenirs.* Je me comportai vis-à-vis d'elle en conquérant
mal-appris, et la traitai avec une familiarité hautaine
qui ne me seyait nullement. « Tiens, te voilà, ma pe-
« tite Louise! » m'écriai-je sans faire attention à
l'homme dont elle tenait le bras. « Qu'est-ce que tu
« deviens? Où demeures-tu? Es-tu toujours à Paris? »
Je pris la rougeur qui lui monta au visage pour l'effet
de l'impression profonde que je faisais sur elle. « Oui, »
balbutia-t-elle d'un air interdit. « Je vous présente mon
« mari, monsieur Philippe. » Je me crus décidément
un personnage. « Ah! ah! » fis-je en toisant dédai-
gneusement l'ouvrier. « C'est vrai, je ne me souvenais
« plus... Vous avez là, mon brave, » continuai-je en
m'adressant au mari, dont les yeux sortaient de la tête
à force de colère, « une bien gentille petite femme. »
Puis, me tournant vers Louise : « Es-tu heureuse, au
« moins? » lui demandai-je d'un ton protecteur. « Oh!

« oui, » répliqua la pauvre enfant en se serrant contre son mari avec tendresse. « Allons, tant mieux, tant « mieux, » dis-je toujours du même ton. « Au surplus, » ajoutai-je, « si jamais tu avais besoin de moi, tu con- « nais mon adresse... » Et, lui faisant un petit signe de la main, je m'éloignai tout fier de mon importance. En manières et en paroles, j'avais été d'une telle indiscrétion, que mes deux amis ne doutèrent pas un moment que cette jeune femme n'eût été ma maîtresse, et, bien que cela ne fût pas, j'eus la lâcheté de le leur laisser croire. Je dormis paisiblement sur l'une et l'autre oreille, sans même soupçonner que j'avais terni ma journée par une faute énorme, comme je devais l'apprendre bien des mois après, d'une façon vraiment surprenante...

« Vous savez que mon père, avant de venir ici, était marchand de vin en gros à Auxerre. Nous habitions hors de la ville, dans un faubourg. La mère de cette Louise, qu'on appelait communément *mère Leclère*, demeurait dans le voisinage. Elle venait journellement à la maison, où une seule bonne ne suffisait pas toujours à la besogne. Son souvenir me réjouit encore, tant elle était propre, avenante, joyeuse ; il n'est pas possible que j'oublie jamais sa cotte bleue, rayée de noir, son corsage rouge, dont les manches courtes laissaient à nu de robustes bras, hâlés par le soleil, son fichu blanc à fleurs en quinconce, son petit bonnet blanc de paysanne, sous lequel s'épanouissait son honnête face rougeaude. Elle était notamment chargée de veiller sur moi et de

me mener à la promenade. Louise avait mon âge ; ne
quittant jamais sa mère, elle était naturellement la
compagne inséparable de tous mes amusements. Nous
ne nous quittions guère que pour dormir. Je ne suis
pas romanesque, il s'en faut de beaucoup, et la réalité
a eu peu à faire pour étouffer le grain de poésie qui a pu
s'égarer dans mon cerveau. Cependant, je ne puis pas
vous dire combien profondément cette époque de ma
vie est gravée en moi, et avec quel bonheur je m'en
rappelle chaque incident. Je pourrais vous décrire
jusqu'au plus petit des sentiers où nous avons couru,
et compter le nombre des arbres à l'ombre desquels
nous nous sommes reposés. Je vois d'ici l'endroit favori
de nos récréations, un chemin à ornières profondes,
qu'on appelait la *rue Verte*, à cause d'un peu de gazon
épargné par le pied des chevaux et les roues des voitures. Elle était bordée de fossés, où coassaient des gre-
nouilles et d'exubérantes haies d'églantiers, de pru-
nelliers et de mûriers sauvages où les oiseaux, au
printemps, faisaient leurs nids. Tout entier au plaisir
de nous remuer, nous ne songions guère à nous plaindre de la chaleur du soleil qui rayonnait sur nos têtes,
et encore moins à jouir du silence délicieux dans lequel se fondait si harmonieusement le bourdonnement
des mouches ou le petit cri d'un insecte sous l'herbe.
Fouillant les haies avec une implacable curiosité, sans
crainte d'égratigner nos doigts ou de déchirer nos vêtements aux épines, si nous trouvions un nid, ou pensions
seulement en avoir découvert un, quelle joie ! J'en suffo-

quais. « Maman Leclère, un nid ! venez vite ! » avais-je coutume de crier d'une voix étouffée par l'émotion. Hélas ! la plupart du temps, ce n'était qu'une motte de terre arrêtée par la bifurcation de deux ou trois branches. D'autres fois, las de ne rien dénicher, je me bornais à cueillir des mûres ou des prunelles, dont j'offrais une part à ma petite amie pour, un moment après, mauvais enfant que j'étais, la taquiner et la faire pleurer. « Maman, » s'écriait-elle alors, « Philippe me fait « endêver ! » Et la bonne femme, s'efforçant de se faire la voix rude sans y réussir, ne tardait pas à répliquer : « Attends, attends, Philippe, je vas à toi ! » J'ajouterai qu'à tout cela se mêlent parfois, je ne sais comment, dans ma pensée, le son des cloches, la vue des reposoirs de la Fête-Dieu, des maisons pavoisées de tapisseries, de rideaux ou de loques multicolores, des rues jonchées de verdure, de coquelicots, de bluets, et par-dessus cela, les odeurs enivrantes des feuilles et de la terre après une légère pluie.

« C'est encore dans cette *rue Verte* que, plus tard, je devais faire clandestinement mon apprentissage de fumeur. La tête me tourne rien que d'y penser. Ah ! soit dit en passant, qu'on affronte de supplices, et qu'on dépense de courage pour contracter une habitude funeste qui doit causer un jour, aux gens sensés, de si cuisants repentirs !

« Tandis qu'on m'envoyait au collége, on plaçait Louise dans un atelier. Pendant des années, je ne la vis plus qu'à de rares intervalles. Sa mère mourut.

J'y pris à peine garde, non, je crois, par insensibilité,
mais faute de comprendre la mort. En souvenir de la
défunte, et aussi par inclination, ma mère se chargea
volontiers de Louise. L'orpheline ne tarda pas à faire
partie intégrante de la maison, où son intelligence, son
activité, sa perpétuelle bonne humeur, la rendirent
bientôt indispensable. Elle pouvait avoir quinze ans ; si
elle était laide ou jolie, je ne l'avais pas encore remarqué. La vie de collège avait déjà singulièrement entamé
mon bon naturel ; un petit monstre d'orgueil gonflait
mon habit de collégien. Je savais parfaitement mesurer
la distance qui me séparait de la jeune fille, et je commençais à trouver ses tutoiements à mon endroit d'une
intolérable impertinence. Je m'appliquai à le lui faire
sentir. Je m'efforçai de me donner en sa présence un
air froid et hautain, j'affectai de lui dire *vous* et de
l'appeler *mademoiselle*. Elle n'eut pas l'air de s'en
apercevoir. Loin de là, plus le *tu* me blessait, plus la
maudite particule semblait sortir aisément de ses lèvres. J'en fus longtemps désolé et presque malade.
Condamné à me rencontrer avec elle chaque dimanche,
j'allai jusqu'à me faire priver de sortie pour la voir
moins souvent. Je me flattais de l'intimider à la longue,
et de l'amener insensiblement à me *respecter* davantage. A mon grand chagrin, je fus trompé dans mon
espoir. La patience m'échappa, je me fâchai. « Pour-
« quoi me tutoyez-vous ? » lui dis-je un jour brutalement. Elle me regarda avec stupeur. « Oh ! monsieur
« l'orgueilleux ! » fit-elle. Et elle me tutoya plus que

jamais. Chose à peine croyable, je me creusais la tête,
je me mettais l'esprit à l'envers, je ne cessais de combiner des stratagèmes, uniquement en vue de me soustraire à cette insolente familiarité. Rien n'y fit. L'orgueil l'emporta à la fin sur tout autre sentiment, même
sur une vague crainte d'être ridicule. J'allai trouver
ma mère et lui dis tout d'une haleine :

« Je ne sais pas pourquoi mademoiselle Louise se
« permet de me tutoyer. Je ne suis plus un enfant. Si
« on savait cela au collège, qu'est-ce qu'on dirait ? »

« Ma mère partit d'un grand éclat de rire, et je fus
la fable de toute la maison. J'eusse voulu être un géant
à mille bras pour anéantir le monde entier et moi avec.
Les vacances arrivèrent.

« J'avais pour camarade et confident un mien cousin
dont on avait changé le nom de baptême de Jacques
en celui de *Jacquot*. Précisément, à l'instar des perro-
quets, il avait quelque mémoire et manquait entièrement de jugement. Sa tête, d'ailleurs, n'était pas sans
analogie avec celle de cet oiseau désagréable. Au fond,
il avait le génie de la patience : c'était un homme à scier
les grilles avec un ressort de montre, et à percer un
mur de vingt pieds d'épaisseur avec un cure-dents. Il
était envieux comme tout parent pauvre. Quand je
voyais les fraîches couleurs de ce garçon joufflu, et son
gros œil d'émail, je ne me doutais guère qu'il fût sournois et perfide plus que le traître Sinon. Insinuant,
flatteur, doué, en outre, d'un air excessivement bête,
il était beaucoup aimé de ma mère, et possédait

toute ma confiance. On le destinait au commerce.

« Jacques, ou Jacquot, comme je l'appelais de préférence, applaudissait à mon orgueil et trouvait que j'avais *admirablement* raison de ne pas vouloir être tutoyé, *moi, collégien*, par une petite fille qui, somme toute, selon lui, n'était que notre domestique. « A ta « place, » me disait-il une fois entre autres, « je sais « bien ce que je ferais. — Que ferais-tu? » m'écriai-je. « D'abord, je n'y ferais pas plus attention que si elle « n'existait pas, et quand elle me parlerait, je lui tour- « nerais le dos. — Hélas! mon ami, j'ai usé de ce « moyen et de bien d'autres, et j'ai échoué. — Eh « bien, je m'enfermerais dans ma chambre, et je mour- « rais de faim plutôt que de descendre m'asseoir à table « à côté d'elle. » Le conseil, dans l'espèce de désespoir où j'étais, ne me déplut pas. J'y réfléchis mûrement, et, le croira-t-on? je me résolus à le suivre. Une découverte inopinée occasionna une totale révolution dans mes sentiments.

« J'errais de chambre en chambre, à la recherche de mon cousin, lequel me croyait à la ville. Au droit d'une porte derrière laquelle travaillait Louise, des éclats de rire me firent dresser l'oreille. Retenant mon souffle, je m'approchai. Ce que j'entendis figea le sang dans mes veines. Jacquot était là. Il faisait l'aimable auprès de Louise, et, en ricanant, lui racontait d'une voix de clarinette fausse, mes tourments, mon désespoir, sans oublier ma résolution de ne plus manger pour échapper à la honte de m'asseoir à côté d'elle.

Imaginez-vous ma stupéfaction ! Quel coup de massue
que cette brusque certitude d'être le jouet et la dupe
d'un coquin que je tenais pour un franc imbécile ! En
un clin d'œil, je fus plus vieux d'une année au moins.
J'eus la force de me contenir et de résister à l'envie de
faire un éclat. Je me retirai à pas de loup, comme je
m'étais approché. La conduite du cousin me donna
beaucoup à réfléchir. Évidemment, il avait des vues
sur Louise, et projetait de me tenir incessamment à
l'écart, par peur sans doute de trouver en moi un
rival. Il en résulta que pour la première fois, depuis
bien des années, je songeai à regarder Louise. Que ne
suis-je peintre ou poëte ! De ma vie, je n'avais vu une
fille si fraîche, si jolie, si bien faite, si gracieuse, si
coquettement habillée, en un mot, si essentiellement
attrayante. Où avais-je donc les yeux ? Quelle folie
était la mienne ? D'orgueil, comme vous le pensez bien,
il n'en fut plus question. Au contraire, je fus tout à
coup assailli par la crainte de ne pas être préféré à Jacquot. Il me semblait actuellement que j'eusse un droit
antérieur à celui de tout autre à l'affection de la jeune
fille, et qu'on me volât mon bien en touchant à ce
droit. Je ne fis pas néanmoins amende honorable sur-
le-champ. En cela, je pensais bien moins à ménager
mon amour-propre qu'à donner le change au cousin,
que maintenant j'avais en grande aversion. Je persistai
à bouder Louise ostensiblement, pendant que, dans le
particulier, tout en faisant parade d'un peu de mauvaise humeur, je lui montrai graduellement un meil-

leur visage. Je réussis en effet à tromper tout le monde, excepté elle.

« Mon premier aveu m'échappa en quelque sorte par inadvertance. Un dimanche soir, mon père et ma mère jouaient aux cartes ; j'étais assis à côté de mon père ; Louise me faisait vis-à-vis ; Jacquot feuilletait un volume tout près de nous. D'aventure, le petit pied de Louise heurta le mien sous la table. Je ressentis une commotion qui me causa tant d'aise que je voulus la renouveler à l'instant même. Affectant de m'intéresser vivement au jeu de mon père, et respirant à peine, je marchai, dans l'ombre, avec une lenteur de tortue, à la rencontre du plus mignon pied qui fût au monde. A mon contact, il se replia sur lui-même comme l'escargot, au toucher, fait ses cornes. Je ne me décourageai pas. Après quelques minutes de ce colin-maillard, je saisis enfin la sensitive pantoufle et la tins longtemps embrassée avec passion. Une sorte de magnétisme envahit tout mon être et me combla d'un bonheur indicible. Durant ce temps, la jeune fille et moi évitions avec grand soin de nous regarder et paraissions totalement étrangers l'un à l'autre. Que cette soirée, où je fus loué de ma sagesse, me parut courte, et que j'eus de mal à m'endormir ! Toute la nuit je rêvai de Louise, et, en m'éveillant, ma première pensée fut pour elle. Actuellement, le *tu* dans sa bouche produisait sur moi l'effet d'une ineffable caresse. J'eus bientôt, de mon côté, ressaisi le privilége d'user, en lui parlant, de la magique syllabe. Je ne sais pas ce que je n'eusse

pas fait pour étouffer en elle le souvenir de ma ridicule fierté. Je ne pouvais plus me rassasier de la voir
et de l'entendre ; j'épiais, avec une ruse de sauvage, les
occasions de me trouver seul avec elle.

« Mais je dois me hâter de dire que sa conduite fut
précisément l'inverse de la mienne. A mon cruel désappointement, elle devint chaque jour plus réservée,
et discontinua peu à peu de me dire *tu*. J'en fus horriblement affligé. En fait de badinage entre nous, elle
était d'une intolérance outrée. A peine faisais-je mine
de la provoquer et de la lutiner, qu'elle me signifiait
d'un petit air fâché d'aller jouer avec mes égaux. Je
ne puis pas vous dire combien je souffrais. Mon imagination, en grossissant mes torts, ajoutait à mon supplice. J'eusse donné la moitié de ma vie pour recon-
quérir ses bonnes grâces. Cependant, sa froideur
augmentait ; elle usait maintenant du *vous* respectueux
avec une impitoyable fermeté. Les assiduités mieux
accueillies de mon cousin achevaient de m'exaspérer.
On eût dit qu'elle prît plaisir à irriter ma jalousie, et
voulût m'infliger la peine du talion. Elle causait volontiers avec Jacques, et affectait au contraire de m'éviter
comme je faisais jadis avec elle. Je ne pouvais plus
vivre ainsi.

« Je réussis à la surprendre seule, un matin, à la
cuisine. Elle avait les cheveux en désordre, le bonnet
et le fichu de travers, la jupe retroussée par un coin ;
ses pieds se perdaient dans des sabots grands à la contenir tout entière ; les cordons d'un tablier bleu cei-

gnaient sa taille ; ses bras étaient nus jusqu'aux coudes.
Accoutrée ainsi, elle se tenait près de l'évier et savon-
nait des dentelles. Je m'approchai sur la pointe du
pied ; je passai doucement la tête par-dessus son
épaule ; puis, je balbutiai d'une voix à peine intelligi-
ble, tant le cœur me battait fort : « Louise ! » Sans
étonnement, comme si elle m'eût senti venir, mais
aussi sans me regarder : « Qu'est-ce que vous me
« voulez ? » me dit-elle d'une voix non moins mal
assurée. « Pourquoi ne me tutoies-tu plus ? continuai-
« je. — Parce que ça vous fait de la peine, répli-
« qua-t-elle. — A cette heure, repris-je, je veux que
« tu me tutoies. — Et moi, je ne veux pas, dit-elle.
« — Pourquoi ? — Parce que..... — Tu ne m'aimes
« donc pas ? — Non. » Quel non ! Je m'enhardis
jusqu'à poser mes lèvres sur son cou ; puis, je me
sauvai.

« A ne point mentir, je ne sais pas si mon inclination
eût longtemps encore conservé ce caractère d'inno-
cence. Vu à travers cette aventure, l'avenir n'offrait
d'ailleurs que des perspectives fâcheuses. Quoi qu'il
arrivât, je ne pouvais que troubler profondément
l'existence de Louise, en supposant même que, chez la
pauvre fille, la raison restât maîtresse du sentiment. Mais
mon honorée mère était une femme d'une perspicacité
notable. Je crois bien, au reste, que Jacquot lui avait
déjà donné l'éveil. Toujours est-il qu'elle s'aperçut du
danger que courait sa pupille et qu'elle y mit ordre sur-
le-champ. Avant que j'eusse eu le temps de me recon-

naître, dans les quarante-huit heures, j'étais interné dans un collége de Paris..... »

II

Philippe et son ami marchaient depuis une heure sans songer à la fatigue. En ce moment le soleil les éclairait d'aplomb et chauffait l'atmosphère au degré de l'étuve. A un détour du chemin une jolie guinguette offrit tout à coup à leurs yeux l'abri de ses tonnelles en houblon. Ils s'assirent sous la plus ombreuse devant un pot et des verres. Philippe bourra sa pipe en bois et en approcha la flamme.

« Cinq ou six ans plus tard, reprit-il après s'être désaltéré, mon père se retira du commerce et vint, avec ma mère, s'établir ici près de moi. Louise fit naturellement partie de l'émigration. N'ayons garde d'omettre que mon cousin les y avait devancés pour entrer chez un droguiste. Il en résultait que fréquemment nous nous retrouvions tous autour d'une même table comme autrefois en province. Mais combien, les uns et les autres, le temps nous avait déjà modifiés ! Les grâces, chez Louise, lesquelles n'étaient jadis pour ainsi dire qu'en bourgeons, s'épanouissaient actuellement en belles fleurs qui l'enveloppaient de charmes irrésistibles. Pendant que Jacques, devenu un grand et robuste garçon, aspirait, du consentement maternel, ouvertement à l'épouser, je sentais renaître en moi mes vieilles

prétentions sur elle, avec l'émotion juvénile en moins.
Je l'avoue à ma honte, une pensée de séduction vulgaire m'animait ; je ne méditais rien moins que de
l'emmener vivre avec moi au quartier latin. A l'exemple de beaucoup d'hommes, plus vicieux par fanfaron-
nade que foncièrement vicieux, j'eusse été heureux de
faire pièce à mon cousin en lui enlevant une femme
qui pouvait devenir sienne, et fier de montrer à mes
amis une maîtresse si belle et si décente. En attendant,
parce que je craignais que la perspective d'un mariage
ne fît pencher, dans l'âme de Louise, la balance en faveur de Jacques, je ne me faisais pas faute de le mor-
tifier et de le ridiculiser devant elle toutes les fois que
l'occasion s'en présentait. Dans le nombre des plaisan-
teries que je renouvelais sans cesse, il en était une qui
manquait rarement son effet. Du ton le plus sérieux :
« Bonjour, Jacquot, » lui disais-je chaque dimanche
matin en l'apercevant, « as-tu déjeuné ? » Dans leur
argot, les rapins appellent cela une *scie*. Jacques ne
pouvait pas s'y habituer. Il se tenait à quatre pour ne
pas se fâcher ; sur son visage assez pâle, le sang se portait de préférence à son nez en bec d'oiseau comme à
la crête d'un dindon en colère, et lui donnait un air
vingt fois plus grotesque. Avec un peu plus de pénétra-
tion, je me serais épargné le souci d'en avoir peur.
Louise ne l'avait jamais aimé ; mais depuis qu'il l'entretenait de mariage, qu'il lui parlait de ses travaux,
qu'il lui confiait ses espérances, elle en était venue
presque à le haïr.

« Au reste, je n'en étais guère plus avancé. L'intelligence et le caractère de Louise s'étaient singulièrement développés depuis nos premières et innocentes amours. La pauvre fille, qui était l'honnêteté même et qui savait parfaitement que je ne voulais pas être son mari, ne parvenait qu'à force d'indulgence à ne pas voir dans mes propositions autant d'injures. Elle se bornait à prendre des précautions pour ne pas se trouver seule avec moi. Si le hasard me ménageait, quoi qu'elle en eût, un tête-à-tête avec elle, je me trouvais en face d'un petit dragon qui me tenait tête et me raisonnait au point de me dérouter et de me réduire au silence. J'étais froissé, irrité, exaspéré, je n'oserais dire *malheureux ;* car, en toute cette aventure, j'étais le jouet bien moins de la passion que de ma vanité.

« Entre ma mère, d'une part, qui, de plus en plus sensible à l'hypocrisie de Jacques, avait décidé qu'il épouserait Louise ; de l'autre, entre mon cousin et moi qui la courtisions dans des vues essentiellement différentes, la position de la jeune fille était intolérable. Parce qu'il ne lui convenait ni d'épouser Jacques ni d'être ma maîtresse, la maison devenait pour elle une sorte de purgatoire où elle expiait les prétentions et les sottises d'autrui. En dessous, et c'était son droit, elle songeait à s'en échapper au moyen d'un coup de tête qui s'accordait avec les élans de sa nature aimante. Tandis que nous nous disputions ses faveurs, mon cousin et moi, un troisième amoureux, dans la coulisse, nous faisait jouer, sans le savoir, le rôle ridi-

cule des deux voleurs de la fable. Vous devez présumer quelle fut notre stupéfaction à nous tous le jour
où Louise, prenant ma mère en particulier, lui avoua
en rougissant qu'elle aimait quelqu'un et qu'elle dé-
sirait avoir son consentement pour se marier.

« Je renonce à vous peindre l'état de ma mère à
cette nouvelle. Ce fut plus que du désappointement,
presque du désespoir. Louise, à la longue, lui était devenue nécessaire ; à moins de sa pupille, elle se sentait
tout aussi gênée qu'un premier rôle de tragédie sans
confident. Outre cela, la jeune fille, *qui était gaie*, qui
avait une *mémoire heureuse*, une voix juste et d'un
timbre agréable, chantait, tout en travaillant, ou des
noëls ou de vieilles chansons, et rendait par là l'intérieur de la maison moins monotone et moins triste.
Une considération personnelle, mais, je crois, purement instinctive, plaidait chez ma mère en faveur de
Jacques, bien plus que celle des perfections de
ce Jacques. Le mariage de ce dernier était naturellement *subordonné à sa position ; or,* sa position était
loin d'être assez solide pour le poids d'un ménage :
il y avait donc tout lieu de croire que Louise resterait
encore de longues années à la maison. Au total, ma
mère, excellente femme du reste, comme vous le verrez plus tard, avait néanmoins ses petits défauts ; elle
était d'un caractère entier et opiniâtre. Sans parler des
droits qu'elle se croyait à la reconnaissance de Louise,
elle la considérait un peu comme sa fille, et, à ce titre
comme un fief, une propriété, un nègre en servage

dont elle se flattait de pouvoir disposer à sa fantaisie. A part mon cousin et le reste, rien ne pouvait la froisser plus cruellement que de voir la jeune fille se choisir un mari sans la consulter.

« Dans la maison dont nous occupions un étage, rue des Marais, habitait, depuis près de six ans, un jeune ouvrier facteur de pianos, Allemand de Vienne, qui s'appelait Georges Moser. Représentez-vous un garçon de vingt-cinq à vingt-six ans, de moyenne taille, avec des cheveux blonds, des yeux bleus, un nez aquilin, un teint blanc et rose, et une petite touffe de favoris laineux d'une nuance excessivement claire de chaque côté des joues. Tout en son visage, plus qu'en celui d'aucun autre, respirait l'honnêteté, la candeur, la sérénité. Il travaillait dans les ateliers d'É-rard, cour de Bretagne, au faubourg du Temple. Chose à noter, peut-être, sans ma mère n'eût-il jamais même soupçonné l'existence de Louise. Ma mère s'ennuyait et voulait se remettre au piano. Son instrument, pour n'avoir pas été accordé depuis quinze ans au moins, avait besoin d'une réparation considérable. Il était naturel qu'elle pensât à Moser, dont on lui avait parlé comme d'un très-habile ouvrier. Le jeune Allemand s'éprit de Louise à première vue, et Louise devina sur-le-champ sans déplaisir le sentiment qu'elle lui inspirait. Il était jeune, doué d'une figure charmante, gagnait bien sa vie, passait pour un garçon rangé, avait, en un mot, tout ce qu'il fallait pour plaire à une fille raisonnable. Louise l'encouragea d'abord des yeux. Ils se rencontrèrent dès lors fréquemment dans les escaliers ou à la promenade. Ils avaient eu insensiblement des entretiens furtifs ; finalement ils étaient convenus de se marier.

« Ma mère se flatta tout d'abord de découvrir dans une enquête sur la vie de Moser des prétextes de s'opposer raisonnablement au mariage, mais à la suite de renseignements puisés à des sources authentiques, elle fut contrainte de s'avouer à elle-même que le choix de la jeune fille était excellent. Ses objections contre ce mariage ne pouvaient donc plus être prises que dans le sentiment. Voici à peu près ce qu'elle dit à sa pupille : « Je n'ai pas cessé d'avoir pour toi la tendresse « d'une mère et, à ce titre, j'ai bien quelques droits à « ton obéissance. Je me suis flattée que tu ne sortirais « pas de la famille et que tu épouserais Jacques. C'est « un brave garçon qui t'aime et qui te rendra heu- « reuse. Tu me blesserais mortellement en trompant « mon espoir. Réfléchis. » Quelle impression cela pouvait-il faire sur le cœur d'une fille amoureuse ? Louise se borna à répliquer qu'elle aimait Moser et qu'elle n'aimerait jamais mon cousin, ce qui était décisif. Ma mère n'en persista pas moins opiniâtrément à vouloir la faire changer d'avis. Notre maison se partagea en deux camps. Si mon père et moi nous déclarâmes en faveur de la jeune fille, il n'est pas besoin de dire à quel parti Jacquot se rangea. D'ailleurs, la fermeté virile que Louise puisait dans l'amour la rendait capable de tenir tête à toute la maison. Sa résistance inflexible occasionna chez ma mère une irritation profonde. Quelques jours avant le mariage, dans une dernière scène, sous l'empire du ressentiment, elle lui dit : « Je te déclare, Louise, que, si tu passes « le seuil de cette maison pour te marier avec « Moser, je ne te reverrai jamais, que tu seras pour « moi absolument comme si tu étais morte.— Vous « me mettez au désespoir, madame, répondit la « pauvre fille les larmes aux yeux. Si je vous obéis, « je suis malheureuse ; si je vous résiste, vous me « retirez votre tendresse. Vous ne pouvez pas dou-« ter de mon respect et de mon dévouement. Mais je « vous redirai avec douleur que j'ai engagé ma parole « et que je ne puis pas y manquer. J'espère encore, « madame, que vous finirez par me rendre justice et « que votre colère contre moi ne durera pas toujours. » Elle se maria, et je ne la revis plus.

« Notre intimité, je l'affirme, ne dépassa point les bornes que j'ai indiquées. Peut-être trouverez-vous que je me suis trop appesanti sur ces détails; toutefois, je ne l'aurai pas fait inutilement, si vous êtes actuellement convaincu qu'il n'exista jamais de fille plus honnête et plus imperturbable dans sa droiture. Après cela, il vous est permis d'apprécier si j'avais le droit de la traiter comme je le fis à Vincennes et jusqu'à quel point, en cette rencontre, ma conduite fut gratuitement brutale. J'appartenais alors à la catégorie de ces jeunes gens qui s'imaginent que l'argent supplée toutes choses. Je fus littéralement un autre homme du jour

que je pus mesurer l'étendue du mal qui était résulté
de ma sotte outrecuidance..... »

III.

A ce point du récit, Philippe, qui se sentait les paupières lourdes, s'avisa que Jean faisait des efforts hé-
roïques pour ne pas dormir. Sous l'influence de la
fraîcheur du berceau, les deux amis se livrèrent insensiblement au sommeil. Après une heure environ de
cette méridienne, ils se réveillèrent pour se regarder
en riant. Puis, tout à fait reposés et rafraîchis, ils quittèrent la guinguette et poursuivirent leur promenade.
Le soleil s'inclinait déjà sensiblement vers l'ouest; les
ormes de la route projetaient de grandes ombres obliques; un vent léger se levait du nord et caressait
agréablement le visage. A la prière de Jean, Philippe
reprit :

« Pour renouer la fête de Vincennes au jour où je
revis Louise, il faut faire ici une enjambée de sept à
huit mois au moins. J'allais chaque matin à la Charité,
comme j'y vais encore aujourd'hui, où j'ai, sous le docteur Maison, un service actif dans deux salles : l'une
de femmes, la salle Sainte-Anne, à titre d'aide clinique;
l'autre d'hommes, la salle Saint-Charles, à titre d'externe
des hôpitaux.

« Avec cette indifférence stoïque que donne bientôt
le spectacle des souffrances les plus aiguës, j'entrai un

jour de meilleure heure que de coutume dans la salle Sainte-Anne, où j'avais divers pansements à faire. C'était un peu avant la visite du chef de clinique et la leçon du professeur. Tout en accrochant mon chapeau à un lit et en liant un tablier autour de moi, je dis à la fille de service : « Eh bien, madame Élisabeth, qu'y a-t-il de « nouveau ce matin? — Il y a quelqu'un au n° 22, me « répondit-elle. — Qu'est-ce que c'est? ajoutai-je. — « Je ne sais pas, repartit madame Élisabeth; elle me « fait l'effet d'être bien mal. Depuis hier soir qu'elle « est ici, le délire ne l'a pas quittée. Les numéros d'à « côté se plaignent de n'avoir pas pu dormir à cause « du tapage qu'elle a fait cette nuit. » Ces détails étaient pour moi d'une banalité peu capable de frapper mon attention. Je n'en préparais pas mes emplâtres avec moins de flegme.

Toutefois, au droit du n° 22, dominé par une curiosité purement machinale, je tournai la tête vers la nouvelle malade. Quelle secousse! Je ne sache pas qu'on puisse être, à l'improviste, remué par une commotion plus forte et plus douloureuse. Appréciez-en la cause. Dans le visage pâle et bouleversé de la malade, je retrouvais tous les traits de Louise!... Après cela, peut-être me trompais-je. Je m'approchai. Pour mon supplice, il n'était pas d'erreur possible. La physionomie que j'avais sous les yeux, bien que ravagée par la maladie, était gravée dans mon souvenir en caractères si nets et si profonds que je ne pouvais pas me méprendre. Louise!... La stupeur me clouait sur place, tandis que

des angoisses déchiraient ma poitrine. Que d'imagina-
tions douloureuses affluèrent en même temps à mon
esprit! Elle, que j'avais quittée si heureuse, quelle
série de malheurs l'avait donc jetée sur un lit d'hôpital?
Sa présence ici pouvait-elle recouvrir moins qu'un
drame horrible? Quel était ce drame? Je lui pris la
main, je la questionnai, je l'appelai par son nom. Elle
ne me vit ni ne m'entendit. Sa peau était moite et
brûlante; sa respiration embarrassée, pénible; ses
yeux hagards roulaient follement dans les orbites.

« Si je fis ma besogne à la hâte, si les malades eurent à se plaindre de ma brusquerie et de mon inatten-
tion, c'est ce dont je ne me préoccupai guère. J'étais
aux prises avec les plus vives anxiétés, j'attendais dans
une mortelle impatience l'arrivée du chef de clinique.
A peine, dans sa tournée, approcha-t-il du n° 22, que
j'accourus. La situation morale de Louise rendait extrêmement difficile, sinon impossible, l'appréciation
exacte de son état physique; il fallait, au préalable,
s'efforcer d'éteindre la fièvre intense à laquelle elle
était en proie. Le chef de clinique qui, à ma prière, se
livra à un long examen, ne sut en définitive que pres-
crire une potion calmante. Je la fis prendre moi-même
à la pauvre femme. Je ne m'éloignai de son lit qu'à
regret; j'étais pitoyablement affecté. Avant de partir,
je la recommandai chaudement à madame Élisabeth;
non content de cela, je vins demander de ses nouvelles
dans la soirée. J'eusse de bon cœur veillé toute la nuit
auprès d'elle. Pour la première fois, depuis bien long-

temps, mon sommeil fut plein de trouble. Toute cette
agitation, peu en harmonie avec l'insouciance que vous
me connaissez, pourra vous surprendre, et, de fait, j'ai
assisté à bien d'autres misères sans m'émouvoir. Mais,
vous le concevrez aussi sans beaucoup de peine, Louise
était pour moi un être à part; elle me rappelait mille
doux souvenirs : mon pays, mon enfance, mes promé-
nades, la mère Leclère qui tant de fois m'avait porté
dans ses bras, enfin, les premières et indicibles sensations de l'amour, et, ma foi, j'avais beau me tenir à
quatre, tout cela échauffait mon sang et élevait la froide
température de mon âme...

« Le lendemain, à mon entrée dans la salle Sainte-
Anne, je fus accueilli avec les paroles les plus rassu-
rantes. Louise avait passé une nuit calme, et la raison
lui était entièrement revenue. Dans la crainte que ma
présence inopinée ne lui causât une trop vive émotion,
je n'allai pas tout de suite à elle, quelque envie que
j'en eusse; je chargeai madame Élisabeth d'aller la
prévenir qu'il y avait là une personne qui demandait à
la voir, un ami, Philippe, étudiant en médecine, de
service dans la salle même. Madame Élisabeth vint
bientôt me dire que la malade m'attendait.

« Dès qu'elle m'aperçut, Louise essaya de se lever;
je lui fis signe de n'en rien faire. J'avais des battements
de cœur à étouffer, et je me rappelle même que mes
jambes n'étaient point trop solides. D'une voix éteinte
par l'émotion : « Toi ici, ma pauvre Louise! dis-je en
« lui prenant la main, qu'est-ce que ça veut dire ? que

« t'est-il arrivé?» Elle attacha sur moi des regards pleins
de mélancolie où je lus à la fois que je méritais des reproches et qu'elle me pardonnait. « Ah ! sans le vou-
« loir, dit-elle, vous m'avez fait bien du mal, mon-
« sieur Philippe. » Je reculai d'un pas et la regardai
avec stupeur. « Moi ! fis-je. — J'ai dit sans le vouloir,
« reprit-elle ; car je vous sais incapable d'avoir eu ja-
« mais l'intention de me rendre malheureuse. » Mon
intérêt était excité au plus haut point. Je me rappro-
chai. « Je ne te comprends pas, ma bonne Louise, dis-je
« à mi-voix; à part une pensée mauvaise que j'ai nour-
« rie contre ton honnêteté, pensée que tu as déjouée
« par ta conduite, je ne sache pas que j'aie d'autre
« faute à me reprocher dans mes relations avec toi. —
« Avez-vous donc oublié notre rencontre de Vincennes ?
« me demanda-t-elle. — Non, certes, répondis-je ; je
« me souviens même de m'y être conduit assez gros-
« sièrement. Mais je dois dire, pour ma défense, que
« je n'avais pas la tête bien libre. — Je ne vous en
« veux pas, me dit Louise. Cependant, apprenez que
« de cette rencontre ont découlé tous les maux qui font
« que vous me voyez ici. » J'étais confondu.

« En effet, j'avoue que, pour moi, jamais plus impénétrable problème n'avait été proposé à la sagacité
d'une intelligence humaine. Je renonçai sur-le-champ
à l'honneur d'en découvrir la solution, et suppliai
Louise de m'épargner, par une explication rapide, la
peine de la chercher. Fragment par fragment, en partie avant la visite, en partie après, elle m'apprit tant

bien que mal ce que j'avais hâte de savoir. Avec votre
imagination, vous comblerez à loisir les lacunes d'un
récit nécessairement fort incomplet. Je suis certain, en
outre, que les ressources d'une psychologie ingénieuse
ne vous manqueront pas pour expliquer et souder des
faits dont je ne puis que vous garantir la parfaite exactitude... »

IV

Philippe se reposa un moment et poursuivit :

« Vous connaissez Louise, et j'ai peu de chose à
modifier dans le portrait que je vous ai fait de Moser.
Il eût été difficile de rencontrer deux natures mieux
assorties, c'est le mot; car, sans se ressembler, elles
se complétaient l'une l'autre. Au rebours de ce qui
devrait toujours être dans les ménages, la femme, en
celui dont je parle, y représentait la raison, et l'homme,
le sentiment. Moser n'avait pas tardé à reconnaître la
supériorité de sa femme en matière d'intérêt, et s'en
était bientôt exclusivement reposé sur elle pour tout ce
qui est relatif à l'économie domestique. Il se bornait à
tâcher d'atteindre chaque jour le maximum d'un salaire dont il apportait, tous les samedis, la somme in-
tégrale. Il avait, en échange, un intérieur propre et
joyeux, une nourriture variée et solide, du linge toujours blanc, des vêtements toujours en état et bien
brossés. Leur vie, si elle était privée de grandes joies,

était exempte aussi de grandes peines. De temps à
autre, le soleil et la solitude de leur quartier les attiraient dehors : ils passaient la barrière, erraient à travers la campagne, et dînaient à l'ombre des arbres, au
bruit des quadrilles d'un cabaret. Et quand l'uniformité
de cette vie menaçait de la leur rendre à charge, il leur
naissait un enfant, lequel, en réalisant leurs plus chères
espérances, rajeunissait en quelque sorte les charmes
de leur association. Tout, en un mot, leur souriait. Les
couches de Louise s'accomplissaient sans l'apparence
même d'un accident; elle se trouvait bientôt sur pied,
aussi fraîche, aussi gaie, plus belle qu'auparavant. Six
mois après environ, ils inauguraient la reprise de leurs
tranquilles promenades. Confiant le sommeil de leur
gros garçon aux soins d'une vieille voisine, ils mettaient
un beau jour à profit et partaient pour Vincennes, où
ma mauvaise étoile, comme je vous l'ai conté, me jetait
sur leur passage.

« Ne prévoyez-vous pas déjà les conséquences de
cette funeste rencontre? Était-il possible que ce qui
parut clair jusqu'à l'évidence à mes indifférents amis,
ne parût point tel à un mari d'un caractère ombrageux
et du jugement le plus borné? Ajoutez que Moser, depuis son mariage, n'avait pas discontinué de vivre comme
un coq en pâte, c'est-à-dire dans l'aisance, sans trouble,
sans chagrins, et qu'il avait en quelque sorte à expier
cette longue sérénité dont il était encore à connaître le
prix. A l'avidité, on peut dire, avec laquelle il se saisit
du soupçon et l'implanta en lui, on eût juré qu'il fût

las des bienfaits d'une paix profonde et aspirât à subir
des épreuves. Louise épuisa en vain des trésors de persuasion et de tendresse : elle lui expliqua qui j'étais et
entra dans tous les détails capables de justifier, jusqu'à
un certain point, la familiarité de mes manières et de
mon langage. Il n'eut pas même l'air de l'entendre. Il
l'entendit toutefois, mais pour trouver dans chacune de
ses paroles, autant de témoignages d'une liaison qui devait prendre, à ses yeux, des caractères de plus en plus
criminels. Un soupçon inique le gagna de proche en
proche et l'envahit comme une gangrène. Son sommeil,
d'ordinaire si paisible, fit place à des insomnies douloureuses. Il eut le front perpétuellement chargé de
nuages, il ne parla plus que par monosyllabes, il re-
poussa avec rudesse les caresses de sa femme et affecta
même de n'avoir plus aucun souci de son enfant. Son
intérieur lui devint odieux, il se déshabitua peu à peu
de prendre ses repas chez lui, se leva le matin de plus
en plus tôt et rentra chaque soir toujours plus tard.
Louise ne pouvait lui adresser la parole sans qu'il s'ir-
ritât plus encore ; elle se taisait donc et contenait ses
larmes dans l'espérance que le temps, mieux qu'elle,
aurait raison d'un désespoir fondé sur des chimères.
Mais loin de là, le temps, au lieu d'atténuer l'énergie
du poison que j'avais versé à ce malheureux, semblait
en accroître la violence. Il en vint à souffrir au point
qu'il chercha dans la débauche un allégement à son
supplice.

« Pour comble de malheur, il n'échappa point à ce

besoin de communication que nous éprouvons tous
dans la tristesse, comme dans la joie. Je dis pour comble
de malheur, puisque aussi bien il choisit, d'après l'extérieur, celui de ses camarades qui était le moins apte à
ce rôle, un Parisien joyeux et sceptique, lequel, sous
des airs de franchise et de bonhomie, cachait un rail-
leur à outrance. Il n'appelait Moser que *Choucroute-*
mann et ne l'aimait point, d'abord parce qu'il n'était
point de Paris, ensuite parce qu'il était marié, laborieux, économe. Si, après les avoir provoquées, *il*
écouta volontiers ses confidences et parut prendre la
plus vive part à son chagrin, ce fut pour l'encourager
dans sa jalousie, s'en faire un jouet et le tourner en ridicule. Parmi les ouvriers de l'atelier, tous bientôt in-
struits comme d'une chose avérée de la mésaventure
de Moser et au fait de ses tortures, quelques-uns trouvèrent plaisant de lui serrer la main à tour de rôle et
de lui apporter leurs condoléances railleuses. Sans parler de cela, il n'était pas de jour où le Parisien ne l'en-
traînât à la barrière et ne lui fît faire nombre de stations chez les marchands de vins. Entre deux bouteilles,
remarquant sa mélancolie incurable, il lui disait : « Tu
« es encore pas mal bête de t'affliger pour si peu. S'il
« n'arrivait jamais de plus grand malheur ! Sache donc,
« mon vieux *Choucroute-mann*, pour ta gouverne, que
« nous le sommes tous, avant ou après. Allons, vide
« ton verre, nous irons boire un litre plus loin. » Moser buvait, mais au milieu même de son ivresse, le
souvenir de Louise, traversant tout à coup son esprit,

12

remplissait ses yeux de larmes et sa gorge de sanglots.

« Ce n'est pas tout. Si le pauvre diable n'était pas
l'objet d'une vive sympathie, sa femme était détestée
de trois ou quatre commères qui n'admettaient pas
qu'on s'occupât exclusivement de son ménage et qu'on
refusât de frayer avec elles. Il ne faut pas demander
si elles saisirent cette occasion d'assouvir leur rancune.
D'accord avec des maris trop complaisants, elles atti-
rèrent Moser dans leur société et s'appliquèrent à envenimer ses blessures sous le prétexte de les panser.
L'une lui disait : « Toutes ces pimbêches se ressem-
« blent. Avec leurs airs de sainte nitouche, elles sont
« pires que les autres. Ça serait à n'y pas croire, si on
« ne savait pas où mène l'hypocrisie. » Une autre reprenait : « Dieu, que vous êtes bon ! Ah ! moi, à votre
« place, je ne m'amuserais pas à fondre en eau. Je fe-
« rais comme elle, nous serions quitte à quitte. » Il ne
pouvait se retourner qu'il ne sentît la pointe acérée de
quelque propos semblable. On eût dit d'un malheureux couvert de plaies qu'on plongerait dans un bain
d'acide. A force de ne plus voir que des gens si bien
convaincus de son malheur, il finissait par en avoir la
certitude. En proie à des douleurs dont le sujet était
perpétuellement remis sous ses yeux, il n'allait plus
qu'avec dégoût à son atelier et ne rentrait plus chez lui
qu'avec une sorte d'horreur. Aussi acceptait-il de plus
en plus fréquemment la moitié du lit que lui offrait le
Parisien. Sous la conduite de ce digne ami, il ne tra-
vailla bientôt plus qu'à de rares intervalles et prit tout

doucement racine dans les guinguettes et les estaminets. Pour suffire aux exigences de ces désordres, il
retira peu à peu ses économies de la caisse d'épargne.
Depuis longtemps déjà, il ne remettait plus à sa femme
le salaire de la semaine. Il lui imposa graduellement
de plus dures privations, et ainsi jusqu'au jour où il
dut se faire violence pour lui apporter à peine le nécessaire.

« Je m'étonne pourtant moins que vous ne pourriez
le croire de l'imbécillité de ce Moser. Tout d'abord, sans
doute, en admettant même que sa conviction fût fondée, il ne peut manquer de paraître inexcusable. Il
devait tant de bonheur à Louise, qu'une amnistie du
passé eût été moins de la générosité que de la justice
et de la prudence. Mais Moser ne participait ni de notre
éducation ni de nos idées. L'occasion, depuis, m'a été
souvent donnée de le voir et de l'étudier. Je me suis
trouvé vis-à-vis d'un homme tendre, passionné, de
l'esprit le plus étroit, complétement soumis aux con-
tractions de son diaphragme, et aussi bien capable
d'une confiance absolue que d'une méfiance outrée. A
la faveur des brouillards qui troublaient sa tête alle-
mande, il s'était forgé un idéal qu'il avait cru trouver
dans sa femme. J'avais tout à coup ruiné son illusion.
Louise n'avait bientôt plus été que la réalisation souil-
lée du rêve de sa vie. Il s'était imaginé que cette femme,
dont il était fier et pour laquelle il avait un amour
mêlé de vénération, loin de mériter ce culte, n'était
plus digne que de mépris. Sous le voile de l'aversion,

une atroce jalousie rétrospective l'avait envahi et avait
étouffé en lui jusqu'aux apparences du libre arbitre.
De bonnes paroles, de sages conseils l'eussent infailliblement ramené à des sentiments plus humains. Ses
brutalités n'étaient que la conséquence du mal d'amour
qui le dévorait, et il ne devait pas être malaisé d'inspirer
au moins le pardon à une âme si faible et si fortement
éprise. Mais ses prétendus médecins n'étaient que des
bourreaux qui retournaient le poignard dans ses blessures et y versaient du vinaigre au lieu de baume. Ses
souffrances ne lui laissaient pas un instant de relâche
et le maintenaient perpétuellement dans un égarement
tout proche de la frénésie.

« Cependant la situation de Louise devenait de jour
en jour plus précaire. A cause des soins que réclamait
son enfant, il lui était interdit d'entreprendre un travail
suivi. Sans compter les besoins auxquels elle se trouvait en proie, elle était encore journellement harcelée
par des créanciers à bout de patience. Jusqu'alors elle
avait tout enduré sans se plaindre. Après avoir essayé
de la persuasion et de la tendresse, elle avait embrassé
l'unique parti qui lui restait, celui de se taire et d'attendre; mais son dénûment était parvenu à un degré
qui ne souffrait plus de délai. Elle s'arma de résolution
et attendit son mari. Des larmes dans la voix, elle lui
exposa énergiquement l'extrémité à laquelle elle était
réduite, et l'impossibilité où elle se trouvait de vivre
plus longtemps ainsi. Le pauvre insensé était ivre : il
l'écouta d'un air méprisant. Dès qu'elle eut fini, il

éclata en injures ignobles et s'oublia jusqu'à porter la main sur elle. Toutefois, il s'arrêta brusquement et s'enfuit, comme honteux de sa propre fureur...

« Comptant les heures, les minutes, les secondes, Louise attendit un jour, deux jours, une semaine ; son mari ne reparut pas. Ceux à qui elle en demanda des nouvelles lui répondirent qu'il ne travaillait plus cour de Bretagne, et qu'il avait changé de quartier. Présentement, elle ne devait donc plus rien espérer de lui. Pour lutter contre une misère incommensurable, ses forces seules lui restaient. Elle se replia sur elle-même et mesura hardiment les profondeurs de l'abîme. Sans crédit, avec des dettes de la pire espèce, elle avait encore engagé ou vendu tout ce qui chez elle avait une valeur quelconque. Elle sentait positivement les premières atteintes de la faim. Il n'était pas au monde une famille, un parent, un ami à qui elle pût légitimement s'adresser. Les dernières paroles de ma mère retentissaient encore à ses oreilles comme une malédiction : « Que je ne te revoie jamais ! A dater de ce « jour, tu es morte pour moi. » Ce n'est pas qu'elle manquât du courage d'implorer sa pitié ou qu'elle désespérât de l'attendrir : elle eût de grand cœur, pour son enfant, foulé l'orgueil à ses pieds ; mais il fallait laisser entrevoir aussi l'inqualifiable conduite de Moser, avouer au moins tacitement qu'elle avait eu tort de l'épouser, et toutes ses forces s'évanouissaient à la seule idée d'accuser son mari. Si elle songea à moi, ce fut pour renoncer sur-le-champ à une démarche

12.

qui pourrait donner une apparence de justice aux
soupçons injurieux dont elle était victime. Elle n'é-
chappait à aucun des affronts de la misère. Dans sa
détresse, deux fantômes ne cessaient de passer et de repasser devant elle : la mort et la mendicité. Défaillant
de terreur, elle serrait convulsivement son enfant dans
ses bras et suppliait le ciel de lui envoyer une inspiration.

« En ce moment sa porte était entr'ouverte. Quelqu'un descendait l'escalier. L'apparition d'une petite
fille qui, dans la maison, occupait un des coins du
grenier, fit jaillir en l'âme de Louise l'éclair qu'elle
attendait. Cette petite fille n'était rien moins qu'une
de ces fauvettes souffreteuses qui, pour vivre, raclent
les cordes d'une guitare et arrachent de leur gosier
quelques notes aigres et fausses. A cause de sa peau
bistrée, des flammes de son grand œil noir, de son air
sauvage, vous l'eussiez prise pour une autre Mignon
regrettant le pays où mûrissent les pommes d'or.

« Louise appela l'enfant et l'accabla de questions.
Les renseignements qu'elle en obtint la déterminèrent
à une résolution qu'on peut qualifier hautement d'admirable, voire d'héroïque. A force de prières et de
larmes, elle parvint à émouvoir deux de ses plus féroces créanciers et à s'en faire des protecteurs bienveil-
lants. Ils consentirent à l'accompagner chez le commissaire de police, où ils attestèrent volontiers la vérité de
l'histoire qu'elle y raconta. Le visage coloré par la
honte de mentir, et d'une voix qu'elle essayait vaine-

ment de rendre ferme, elle dit que Moser, son mari, était allé en Autriche pour voir ses parents, et que, depuis son départ, qui remontait à plus de trois mois, elle n'avait pas eu de ses nouvelles. Elle ajouta qu'elle ne pouvait attribuer son silence qu'à une maladie, et que certainement, un jour ou l'autre, s'il n'arrivait pas, il écrirait. En attendant, elle avait épuisé ses ressources et se trouvait sans moyens d'existence. Résolue à profiter des chansons qu'elle savait pour vivre, elle venait prier M. le commissaire de lui donner les certificats nécessaires. Sur le témoignage des témoins patentés, l'officier public délivra à Louise le papier dont elle avait besoin. En possession de ce papier, sur lequel il était déclaré « qu'on ne voyait pas d'inconvénient à « ce que la permission de chanter fût accordée à ladite « femme Moser, » Louise courut à la préfecture de police, où elle conquit, sans de grands efforts, le droit d'exercer sa nouvelle profession dans les estaminets et les cours de certains quartiers... »

V

, A mesure que Philippe entrait dans ces détails, Jean redoublait d'attention, ce qu'il manifestait en ouvrant de grands yeux et en élargissant pour ainsi dire les oreilles. Il rappelait, par son attitude et son air, l'homme chez lequel se réveillent des souvenirs endor-

mis, ou encore celui que deux ou trois notes mettent
sur la trace d'une réminiscence musicale.

Quand Philippe lui peignit la nouvelle existence de
Louise et lui représenta celle-ci errant, ou plutôt se
traînant avec son enfant de cour en cour, de café en
café, incessamment aux prises avec la crainte d'encou-
rir le mépris, et, ce qui était mille fois plus douloureux, avec celle d'être reconnue par quelqu'une de
ses anciennes connaissances, il ne put retenir un cri
de surprise.

En même temps, il tournait brusquement la tête
vers son ami et le regardait avec une sorte de stupeur.

« Qu'avez-vous ? demanda Philippe.

— Vous le demandez ! s'écria Jean. Mais je crois
connaître votre histoire.

— J'en serais surpris.

— Quand je dis votre histoire, je veux dire un épisode qui certainement s'y rapporte.

— Vous me rendez curieux. »

Jean se recueillit et parut rappeler ses souvenirs.

« Je persiste, fit-il tout à coup avec des gestes mul-
tipliés ; il ne peut s'agir évidemment que de votre
Louise.

— Allez, je vous écoute, » répliqua Philippe.

A la suite d'une pause :

« C'est rue Saint-Antoine, si j'ai bonne mémoire,
continua Jean d'une voix d'abord lente, bientôt de plus
en plus rapide, dans un estaminet quelconque, une
après-midi, que la scène a dû se passer. Attendez. Je

n'ai encore souvenir que de l'impression, mais les détails vont me revenir.... J'y suis.... Une jeune femme, qui tient dans ses bras un enfant endormi, se glisse jusqu'au comptoir de l'établissement et sollicite de la demoiselle qui y est assise l'autorisation de chanter. Son joli visage et son air d'honnêteté disposent tout de suite en sa faveur, en même temps que ses yeux rouges de larmes et ses traits amaigris attestent de vifs chagrins et de grandes privations. Sa mise, bien que fort propre, est misérable.

« *Je tâche de ne rien oublier d'essentiel.*

« Debout au milieu des tables, les paupières obstinément baissées, elle essaye de faire entendre les accents d'une voix que l'émotion étouffe dans sa gorge. On comprend malaisément ce qu'elle chante : vous diriez d'un piano usé dont la moitié des touches ne parlent plus. L'attention bienveillante qu'on lui prête décuple son embarras, et sa voix faiblit en raison du silence qui se fait autour d'elle, quand tout à coup une exclamation déchirante fait tourner toutes les têtes vers l'angle le plus obscur de l'estaminet.

« Un tableau étrange flottait, pour ainsi parler, dans la pénombre.

« Trois jeunes gens, attablés devant des bouteilles et des verres, y jouaient bruyamment aux cartes. Au milieu du silence croissant, la voix de la chanteuse parvenait bientôt jusqu'à leurs oreilles. A cette voix, l'un d'eux tressaillait comme si une balle l'eût touché au cœur. Presque simultanément, il levait la tête, poussait un cri, lâchait ses cartes, se dressait d'un bond, renversant verres et bouteilles, portait la main à ses yeux, donnait enfin des marques du plus violent désespoir.

« Cependant, de ce jeune homme, dont la pantomime excite la surprise, les yeux des spectateurs sont bientôt ramenés vers la chanteuse qui, de son côté, se taisant et examinant avec stupéfaction celui que tout le monde regarde, jette un cri sourd et tombe en faiblesse. On se lève, on fait cercle autour d'elle, on s'empresse de lui porter secours. Elle ne sort de son évanouissement que pour chercher l'inconnu des yeux.

« Mais celui-ci avait profité du désordre pour s'échapper de l'estaminet. Ses traits, assurait-on, étaient bouleversés, ses yeux hagards ; il semblait dans un état voisin de l'égarement. Ses deux amis, stupéfaits, cloués à leurs places, n'avaient pas même essayé de le retenir.

« Comprenez-vous actuellement ma stupéfaction ? » demanda Jean à son ami.

Et sans attendre il ajouta :

« Serait-il possible que ce jeune homme ne fût pas Moser ? Et cette jeune femme qui pressée de questions ne fait que des réponses évasives et ne songe qu'à se soustraire à la sollicitude dont elle est l'objet, se pourrait-il qu'elle ne fît pas une seule et même personne avec votre Louise ? »

Philippe n'avait pas cessé de balancer la tête en signe d'approbation.

« Il est hors de doute, fit-il, que vos personnages sont les miens. J'ajouterai que la scène s'est passée effectivement ainsi. De qui tenez-vous cela ? Peut-être l'aurez-vous lu dans les *Faits divers* d'un journal. Après tout, il n'y a pas de quoi crier au miracle. Quelque coureur de nouvelles pouvait bien se trouver parmi les témoins oculaires de cette scène... Mais ce que votre nouvelliste n'a pas seulement pressenti, ce que nul ne pouvait savoir, à l'exception de Louise, est ce que la pauvre femme avait souffert dans son nouvel état, avant et jusqu'à cette dernière crise. J'étais ému à pleurer comme une femme, moi, quand elle me contait *les luttes cruelles* qu'elle avait soutenues avant de se décider à implorer la pitié des hommes et à leur tendre la main. Durant les quelques jours qu'elle exerça cet horrible métier, le supplice atroce qui la martyrisait fut de toutes les heures. Elle passait et repassait vingt fois devant un lieu public avant d'y entrer. A peine y était-elle qu'elle avait besoin d'efforts surhumains pour ouvrir la bouche. Son front rougissait de honte, ses jambes tremblaient sous elle et son cœur battait à lui rompre la poitrine. La plupart du temps, à bout de courage, elle s'en allait sans même oser faire de collecte. Déjà affaiblie par des mois d'anxiété, d'insomnies, de privations, ses forces l'abandonnèrent absolument le jour où, étant entrée dans un estaminet, elle reconnut son propre mari parmi ceux dont elle venait solliciter la compassion et l'aumône. A la suite de son évanouissement elle grelottait de fièvre. Elle sortit de l'établissement aux prises avec une douleur incommensurable et fléchissant sous le poids de son enfant.

Toujours plus incapable de se soutenir, marchant devant elle au hasard, elle se trouva sans savoir comment au cœur d'un quartier qui lui était inconnu. Il pouvait être quatre heures du soir. Sa démarche incertaine commençait à éveiller la curiosité des passants. Elle sentait sa raison se troubler et voyait les objets danser autour d'elle. Le cœur lui manqua enfin. Sans cesser de serrer son enfant dans ses bras, elle s'affaissa le long d'un mur et perdit connaissance. A partir de ce moment, elle n'avait plus de souvenirs. Il lui était impossible de se rappeler ce qui avait eu lieu depuis sa chute jusqu'à l'heure où elle s'était éveillée dans la salle de l'hospice... »

VI

La promenade des deux amis approchait de son terme. Outre qu'ils avaient fait de nombreuses stations, ils n'avaient que lentement mesuré le chemin, et n'avaient pas songé à compter les heures. La journée, pour eux, avait filé avec la rapidité d'une flèche. Philippe, bien que fatigué par un si long récit, se donna à peine le temps de reprendre haleine.

« En me contant ses infortunes, dit-il, Louise, s'oubliant elle-même, s'était interrompue vingt fois pour me demander ce qu'était devenu son enfant, s'il serait bien soigné, puis pour s'inquiéter de son Moser et s'attendrir sur lui. Quant au premier, j'étais en mesure de la rassurer sur-le-champ. Selon ce qui a lieu en pareil cas, tandis qu'on transportait la mère à l'hospice, l'enfant était envoyé au dépôt des hôpitaux. Il serait rendu aux caresses de Louise dès qu'elle serait rétablie. Pour Moser, je ne pouvais que promettre de m'en occuper sans retard, avec ardeur. Il s'agissait avant tout de savoir positivement à quoi s'en tenir sur la maladie de Louise. Ne me fiant pas à mes seules connaissances, je priai notre professeur de vouloir bien, par exception, examiner une malade à laquelle je portais un intérêt tout particulier. Le docteur Maison, homme excellent, accéda volontiers à ma prière. Il fut d'un avis diamétralement opposé à celui de son chef de clinique et désapprouva toutes ses prescriptions. Au fond, il conclut de même. Les douleurs morales plus encore que les privations avaient déterminé chez Louise un commencement de pneumophémie, pardon du mot ; les suites n'en étaient déjà plus à craindre ; tous les symptômes permettaient même d'assurer qu'elle ne tarderait pas à entrer en convalescence.

« Tranquille de ce côté, je résolus sérieusement de me mettre à la recherche de Moser. J'eus bientôt dressé mon plan. J'allai directement à l'atelier du faubourg du Temple. Moser n'y avait pas été vu depuis environ trois mois, et aucun de ses camarades ne savait ce qu'il était devenu. Je pris alors un almanach du commerce et notai scrupuleusement l'adresse de tous les facteurs de Paris. Consacrant chaque jour quelques heures à des démarches, en moins d'une semaine j'eus

visité la plupart de ces ateliers. A mon grand chagrin,
je perdis mon temps et mes pas. La pauvre Louise,
qui était au fait de mes courses, m'attendait, le matin,
dans la plus vive anxiété, et, dès que j'apparaissais,
me dévorait des yeux. Elle devinait promptement à
mon air que je n'avais rien d'heureux à lui apprendre.
Malgré les torts de son mari, elle l'aimait toujours
aussi profondément; elle savait bien qu'il n'était coupable que par excès de sensibilité et d'amour. Ses inquiétudes croissaient d'heure en heure, et, en la pri-
vant du calme dont elle avait besoin, ralentissaient
d'autant les progrès de sa guérison. Je m'efforçais de
lui donner de l'espoir, quand, au fond, j'étais décou-
ragé. Une dernière ressource me restait, celle d'aller
à la préfecture de police, au bureau des garnis. Pourvu
toutefois que Moser n'eût pas quitté Paris, je réussirais
peut-être là, sous un prétexte honnête, à obtenir l'in-
dication de son domicile. J'avoue, par exemple, que
cette démarche me causait la plus profonde répugnance. Je reculais devant la nécessité de la faire, et
la renvoyais tous les jours au lendemain.

L'ennui dans lequel je vivais ne peut pas se mesurer. Mes malades ne laissèrent pas que de s'en ressentir. Il est certain que le moment eût été mal choisi pour
mettre ma patience à l'épreuve. Cependant, toutes les
fois que je pénétrais dans la salle Saint-Charles, la salle
des hommes, je crois vous l'avoir dit, un fait singulier
ne manquait pas de se produire. Un malade, lequel
était entré à l'hospice offrant les symptômes d'une es-

pèce de gastro-entérite, autre gros mot qu'il faut me
pardonner, se livrait, dès que je passais au droit de
son lit, à une pantomime qui commençait à m'intriguer
et à m'irriter. Ce malade était jeune. Des cheveux blonds
frisés, une barbe claire, plus blonde encore, et aussi
un teint d'une blancheur de lait, donnaient un peu à
sa tête les apparences de celle d'un mouton. Il se mettait
sur son séant à mon approche, et me dévisageait avec
des yeux bleus qui éclataient de fureur. Au fond de
mon souvenir gisait une image analogue à cette figure,
mais une image si confuse et si effacée, que j'étais impuissant à m'en rappeler l'origine.

« Je ne remarquai pas tout de suite le manége du malade. Quand je m'en aperçus, je ne m'en inquiétai pas
d'abord. J'y pris insensiblement attention, et je jugeai
la chose de plus en plus étrange. Enfin, le malade me
parut impertinent, et occasionna en moi des impatiences fébriles que j'eus toujours plus de peine à répri-
mer. Il en résulta qu'un jour où j'étais dans une disposition d'esprit plus fâcheuse encore que de coutume,
je me sentis vivement blessé des regards du jeune
homme. Je m'approchai brusquement de lui.

« Est-ce à moi que vous en avez ? » lui demandai-je
d'un ton de colère.

« Les narines ouvertes, les dents serrées, il plongea
ses yeux dans les miens avec une expression de haine
effrayante.

« Est-ce que vous me connaissez ? » ajoutai-je, de
plus en plus surpris,

« Il agita la tête affirmativement, et continua de fixer sur moi ses yeux d'où jaillissaient des flammes.

« Vous vous trompez sans doute, » dis-je, après un instant de réflexion ; « moi, je ne vous connais pas. »

« Il essaya de parler, mais l'émotion étouffa la voix dans sa gorge.

« J'étais confondu.

« Aujourd'hui, je ne puis assez m'étonner de n'avoir pas deviné sur-le-champ à qui j'avais affaire. Cette rencontre, à dire vrai, était si loin de ma pensée !

« Comment vous appelez-vous ? où m'avez-vous « vu ? » dis-je encore.

« La fureur paralysait sa langue ; les muscles de son visage s'agitaient sous la peau comme des reptiles sous un linge ; ses poings se crispaient de rage.

« Les menaces de ce chétif garçon étaient à mes yeux plus ridicules que redoutables. D'ailleurs, je n'y comprenais rien. L'idée que j'étais peut-être l'objet d'une méprise, ou que je me trouvais en présence d'un fou, traversa mon esprit et me rappela à moi-même. Je tournai le dos et passai outre, prenant à part moi la résolution de ne plus m'occuper de ce pauvre diable.

« L'instinct fut plus fort que ma volonté : mon trouble persista. Une curiosité ardente m'envahit graduellement, et m'arrêta au moment où j'allais sortir de la salle. Peut-être, après tout, s'agissait-il d'une aventure sortie de ma mémoire. A tout hasard, je voulus connaître le nom de cet homme. Rien ne m'était plus facile. Je revins sur mes pas avec une certaine précipitation.

« Aidé des images les plus énergiques, je ne parviendrais pas à vous peindre l'épouvante dont je fus frappé, quand je lus sur la pancarte accrochée au pied de son lit : GEORGES MOSER, *facteur de pianos.*

« Quelle rencontre ! en pouvais-je faire une plus stupéfiante ?

« Le mari de Louise, que j'avais inutilement cherché dans tout Paris, était devant moi, sur un lit de l'hospice, dans une salle située précisément au-dessous de celle où gisait sa femme. Je reçus une telle secousse que j'en fus hébété, ou mieux, pétrifié. Longtemps je ne pus détourner mes yeux de Moser. Outre la stupeur que me causait cette rencontre, je sentais en moi des mouvements comparables à ceux du désespoir. Voilà donc quel était mon ouvrage ! Pour avoir obéi en esclave à un accès de vanité, j'avais désuni deux êtres excellents et fait leur malheur. Comment serais-je resté indifférent en présence même des conséquences de ma faute ? Comment n'aurais-je pas été remué jusqu'au fond des entrailles ? Je ne manquais pas de cœur à ce point ! Les tourments de ma conscience me poussèrent jusqu'aux dernières limites du repentir. Je jurai mentalement de ne prendre aucun repos que je n'eusse rétabli en son premier état un ménage où j'avais si maladroitement semé la discorde et le chagrin... »

Jean semblait ravi. Il profita d'une pause de son ami pour s'empresser de dire son opinion sur ce nouvel incident.

« J'en suis émerveillé, fit-il. Pourtant, je m'y attendais. Je dois même avouer une pensée coupable qui
m'est venue. A l'instant même, tout en vous écoutant,
je me disais *in petto* que si Moser ne se trouvait pas à
l'hospice, je me permettrais de l'y mettre. L'événement me donne raison et j'en suis bien aise. Une fois
de plus j'acquiers la preuve que la réalité peut quelquefois être d'accord avec les désirs de l'imagination.
Quant au dénoûment, il m'en coûte de le pressentir.
Je le voudrais heureux ; mais, en vérité, je ne vois pas
comment il vous sera possible d'agir efficacement *sur
l'esprit de ce malheureux et d'entamer une conviction
qui y paraît si fortement enracinée.*

— Je partageais vos craintes tout d'abord, repartit
Philippe. En songeant au caractère ombrageux de
l'homme, à la nature de ses préventions, à la ténacité
de sa rancune, je m'attendais, en effet, à assiéger une
place imprenable. Eh bien, il en fut tout autrement.
En dépit de la haine que je lui inspirais, je sus prendre
assez d'empire sur lui pour m'en faire écouter. Si je
me heurtai au début *contre une sorte de rocher, on eût
dit vraiment que ce rocher fût de neige, tant finalement
il fondit vite sous la chaleur de mes protestations. Ce
garçon était las de haïr, il était à bout de forces et de
douleurs : sa passion, d'ailleurs, décuplée par une séparation d'environ cinq mois, le possédait avec plus de
violence que jamais. Et n'allez pas croire que j'usai de
ménagements envers lui. Au contraire, intentionnelle-
ment, je lui parlai avec une hauteur dédaigneuse;*

j'abusai sans réserve de tous les avantages que me donnaient sur lui l'éducation et la fortune.

« Je lui rappelai que sa femme était une orpheline recueillie par ma mère, et qu'elle n'avait jamais été chez nous que dans une condition tout à fait subalterne. Sans compter que j'étais trop fier pour me lier avec une fille qui, tout honnête qu'elle fût, n'en devait pas moins être rangée dans la classe des domestiques, on faisait injure à ma mère, en supposant, même un instant, que, dans sa maison, sous ses yeux, il ait pu exister entre Louise et moi des relations coupables. J'avais eu tort, sans doute, de la traiter comme une servante, alors qu'elle était mariée et au bras de son mari; toujours est-il qu'il n'était pas moins ridicule de lui faire un crime de ma familiarité que de la rendre responsable de mon orgueil et de ma suffisance. J'ajoutai que, pour ma part, je ne savais pas au monde de femme plus pure que ne l'était Louise, et que si jamais elle avait commis une faute, c'était celle d'épouser, contre l'avis de ma mère, un homme qui ne la valait pas.

« Insensiblement le pauvre garçon ouvrit les yeux à la lumière. Je ne saurais vous exprimer l'énergie de ses regrets et de son chagrin. C'était un spectacle navrant que celui de le voir se noyer dans les larmes et s'agiter dans son lit sous l'effort d'intolérables douleurs. D'autres fois, il restait plongé dans une prostration profonde dont rien ne pouvait le tirer. Il essaya d'atténuer à mes yeux la brutalité de sa conduite, en m'avouant qu'un moment il avait cessé d'être maître de lui. La

jalousie lui avait infligé des tortures atroces, un supplice incessant, sous l'empire duquel, frappé d'une
sorte de démence, il avait abandonné sa femme et son
enfant. De perfides conseils avaient achevé de le désespérer et de le perdre. Incapable bientôt de lutter
contre ses souffrances, il avait cherché l'oubli dans des
désordres qui graduellement avaient altéré sa santé
et l'avaient conduit demi-mort sur le lit d'un hôpital.

« Je fus bien des jours impuissant à le consoler. Il ne
pensait pas pouvoir jamais expier un passé dont il avait
horreur, et ne parvenait qu'imparfaitement, malgré
mon langage affirmatif, à croire au pardon de Louise
et à espérer des jours plus heureux. Il me donna beaucoup plus de tracas que sa femme, qui, dans mes as-
sertions réitérées, puisant une confiance de plus en
plus ferme, était actuellement en pleine convalescence. »

VII

Philippe et son ami n'avaient plus que très-peu d'instants à rester ensemble. Il se faisait tard. A l'est, l'ombre envahissait graduellement le ciel, tandis qu'à l'horizon opposé, de gros nuages se teignaient des couleurs
éclatantes du couchant. C'était quelque chose de merveilleux à voir que ces longues zones horizontales qui,
du bleu pâle, passaient au vert tendre, puis au violet,
puis au rouge sanglant, puis à l'or en fusion. Vous
eussiez dit une splendide écharpe indienne bordée

d'une frange d'or. C'était l'heure où le pierrot pares-
seux, sur le bord de son trou, piaille comme un enfant qui a sommeil ; où la chauve-souris entr'ouvre son
œil clignotant et étire ses bras palmés; où les hiron-
delles, jalouses de présager, par leur vol à perte de
vue, un beau lendemain, se croisent dans l'air et y
dessinent de grandes courbes analogues à celles d'un
patineur sur la glace. En même temps que l'allumeur
de candélabres, armé de sa lampe, plus longue que la
lance d'un Cosaque, enflammait successivement le gaz
des lanternes, quelques étoiles, comparables, sur le
crépuscule, à des pointes de fer rougies à blanc, émer-
geaient cà et là dans l'espace.

Jean, qui ne voulait pas attendre jusqu'au lendemain la fin de l'histoire, pressa son ami de lui en dire
rapidement le dénoûment.

« Je n'ai plus, au reste, que deux ou trois faits à
mentionner, ajouta Philippe. Comme vous le devinez
sans doute, je me gardai bien d'instruire le mari et la
femme de leur sort respectif. J'éprouvais la plus profonde répugnance à les voir se réunir et se réconcilier
dans la salle même de l'hospice. Je me bornai à leur
affirmer que tout irait bien et à exiger d'eux un peu de
patience. Intérieurement, je méditais les moyens de
faire couler de leurs yeux autant de larmes de joie que
j'en avais fait couler de chagrin, et à acquitter avec
usure ce que je considérais comme une dette envers
eux.

« Je choisis un jour où précisément mon cousin

13.

dînait à la maison. Mon silence et ma tristesse, depuis
quelque temps, ne laissaient pas que de surprendre
mon père et ma mère. Jusqu'alors, dans ma famille,
on ne m'avait pas fait l'honneur de m'attribuer des
sentiments sérieux, et j'y passais, avec assez de raison,
pour plus enclin au plaisir qu'au travail. J'avais même
bien des fois essuyé à ce sujet des reproches mérités.
Un accident m'avait tout à coup mûri et fait homme.
Je ne pensais plus qu'il fût honteux d'avoir de la sensibilité et de la laisser voir.

« Le soir venu, contrairement à mon habitude, je
ne sortis pas. Interrogé des yeux par ma mère et ver-
balement par mon père, je les terrassai brusquement
l'un et l'autre par cet aveu énigmatique :

« En effet, dis-je d'un ton d'humeur, tel que vous
« me voyez, je suis très-malheureux. Sans y penser,
« sottement, avec une légèreté inexcusable, j'ai causé
« le malheur des deux meilleurs êtres du monde. Je
« ne vous cacherai pas que je prétends à n'importe
« quel prix réparer ma sottise et que j'ai besoin pour
« cela de votre concours. »

« A cette déclaration, mon père, ma mère, mon cousin s'entre-regardèrent avec la plus profonde surprise.
Je présume qu'ils craignirent un instant que je ne fusse
devenu fou. Je les tirai au reste bien vite d'erreur.

« Reprenant aussitôt la parole, je racontai ma rencontre à Vincennes avec Louise et toutes les misères
qui en étaient résultées pour elle. Si je glissai assez volontiers sur le mobile déplorable qui m'avait inspiré

en cette occasion, je m'appesantis du moins sur les conséquences qu'avait eues ma faute. Je fis minutieusement l'historique des infortunes de Louise et les présentai sous le jour le plus touchant. J'eus vraiment de l'éloquence. Mon récit n'arracha d'abord que des syllabes de stupéfaction. A la scène du café, je vis les yeux de ma mère se remplir de larmes. Elle ne put décidément retenir ses sanglots, quand je lui peignis Louise, à la suite de cette scène, errant comme une folle à travers les rues, succombant sous le poids de son enfant, et enfin s'évanouissant pour être ramassée et transportée à l'hospice. Mon père, lui aussi, était ému jusqu'aux larmes ; il ne cessait de répéter : « Oh ! la « pauvre enfant ! la pauvre enfant ! » Le cousin seul, dans le coin de son œil, ne trouvait pas une larme, au fond de son cœur, pas un mot de compassion. Sous son air contrit, je reconnus même les indices d'une joie maligne. La rancune prospérait au fond de sa mauvaise nature ; le souvenir des dédains de Louise y était aussi vif qu'au premier jour ; je ne pouvais pas douter qu'il ne se réjouît de la voir malheureuse. Aussi sentis-je au dedans de moi s'amasser et gronder une sourde colère contre lui.

« Ma mère, dans son émotion, ne puisait pas encore les sentiments que j'attendais d'elle. En son âme, le malheur de Louise n'étouffait qu'à demi un vieux levain de ressentiment. A peine eus-je laissé entrevoir ce que je comptais faire, qu'elle gâta son attendrissement par cette réflexion cruelle :

« Elle est à plaindre, beaucoup à plaindre sans doute :
« mais c'est bien aussi un peu sa faute : pourquoi m'a-
« t-elle quittée ? »

« Cela me parut barbare. Jacques, qui n'avait pas
encore soufflé mot, s'enhardit jusqu'à ajouter :

« Ma tante a raison. »

« Je ne fus plus maître de moi. Les sourcils froncés,
l'œil étincelant, les narines ouvertes, respirant à peine,
je me tournai vers lui d'un bond et lui lançai cette
apostrophe comme une flèche empoisonnée :

« De quoi se mêle monsieur Jacques? Qui est-ce qui
« lui demande son avis? Les gens de cœur et lui n'ont
« rien à démêler ensemble! »

« A la suite de cette sortie qui le rendit muet comme
un poisson et le fit en quelque sorte rentrer sous terre,
je fis face à ma mère et m'adressai à elle.

« Sans me départir du respect que je lui devais, je
lui fis remarquer avec force qu'elle ne pouvait, à
moins de la plus criante injustice, blâmer la conduite
de Louise et l'accuser d'ingratitude.

« Je soutiens, continuai-je, que par son travail, ses
« soins, sa patience, son dévouement, elle vous a
« rendu, et au delà, les bienfaits dont vous prétendez
« l'avoir comblée, et qu'au contraire, vis-à-vis d'elle,
« vous pouvez bien avoir un instant oublié d'être bonne
« et généreuse.

« — Elle a bravé mon autorité, dit ma mère ; elle a
« méconnu tous ses devoirs envers moi.

« — En quoi? répliquai-je. Pour avoir refusé de lier

« son sort à un homme ridicule qui ne lui inspirait que
« de l'aversion, et avoir obéi à son penchant, elle n'est
« pas après tout si criminelle.

« — D'ailleurs, reprit ma mère, nous ne lui devons
« rien.

« — Mais moi, m'écriai-je, je lui ai causé un préju-
« dice presque irréparable. Sous peine d'être un mal-
« honnête homme, sous peine de commettre une là-
« cheté qui empoisonnera ma vie entière, il m'est
« interdit de m'envelopper dans mon égoïsme et d'as-
« sister les bras croisés à un malheur dont je suis l'u-
« nique source. »

« Ma mère, par son hochement de tête et par son
air, m'indiquait qu'elle trouvait mon opinion exagérée.

« Oui, poursuivis-je avec une chaleur croissante,
« dans ma conviction, pour que mon honneur soit
« sauf, pour que ma conscience soit tranquille, pour
« que tout mon avenir ne soit pas entaché, il faut une
« réparation, une réparation éclatante qui dépasse, si
« c'est possible, l'importance de mon tort. »

« Je suivais sur le visage de ma mère les oscillations
de sa volonté ébranlée. Je touchais au but. Je m'empressai d'ajouter :

« Avez-vous donc perdu la mémoire ? Mais cette en-
« fant, vous l'avez vue naître, elle s'est développée sous
« vos yeux, elle a été la compagne de mon enfance :
« son gracieux visage, sa jolie voix, son attachement
« tout filial pour vous n'ont cessé de charmer vos yeux,
« vos oreilles, votre cœur. Faut-il que je vous rappelle

« encore sa mère, cette brave femme qui a été la pro-
« vidence de mes jeunes années, dont les soins et les
« veilles m'ont sauvé la vie? Et vous hésitez ! Et votre
« cœur ne se fend pas en songeant que cette Louise,
« presque votre fille, en a été réduite à errer par les
« rues comme une mendiante, à chanter dans les cafés,
« à tendre la main ! Et vous n'avez que des larmes sté-
« riles, quand vous savez qu'elle gît sur le lit d'un hos-
« pice, qu'elle est à la veille d'être mise dehors, sans
« ressources, avec son enfant, et tout cela par ma faute,
« par la faute de votre fils ! »

« Ma mère sanglotait de nouveau et semblait me
demander grâce. J'étais dur sans doute, mais il le
fallait. A moins de cela, je n'eusse peut-être pas
réussi à vaincre son ressentiment. Je terminai en regardant mon père. Je le savais le meilleur homme du
monde, mais en même temps un peu trop économe,
sinon parcimonieux.

« Finalement, dis-je avec une fermeté qui dut le
« faire frémir, je vous préviens que je suis prêt à sa-
« crifier une partie de la dot que vous me destinez, à
« engager ma signature, à grever mon héritage, à me
« ruiner pour avoir l'argent dont j'ai besoin. »

« Je veux bien croire que ma mère ne fut point fâchée de m'entendre parler avec cette chaleur. Le fait
est que je réussis à lui faire partager toutes mes intentions. En réalité, sa tendresse pour Louise n'était
qu'endormie ; elle se réveilla, en son cœur, avec une
nouvelle intensité. Mon père, de son côté, aida à cette

heureuse révolution en convenant qu'il fallait s'occuper
de Louise et la rétablir dans la situation où elle était
avant l'accident. Je vis ma bonne mère aussi ardente
bientôt que d'abord elle avait été tiède, et l'entendis
avec bonheur déclarer qu'elle prétendait se charger
de tout. Je lui donnai de grand cœur carte blanche,
sachant qu'elle était libérale et plus capable que personne de bien faire les choses. Quant à Jacques, il ne
savait plus décidément quelle contenance garder. Dans
la petite guerre qui venait d'avoir lieu, il avait embrassé
maladroitement le parti de l'injustice. Il se trouvait vis-
à-vis de nous *tous* dans la position la plus fausse. C'est
ce qu'il comprit parfaitement. Son nez s'en allongea et
devint rouge, selon ce qui arrivait toujours dès qu'il
était en proie à une émotion quelconque. »

VIII

Philippe qui, sans y songer, avait continué de se
complaire en son récit, parut décidément jaloux d'être
bref. Il reprit avec précipitation :

« Le jour arriva enfin où fut signé l'*exeat* de Louise.
Je lui avais prodigué les espérances, mais je ne lui
avais fait aucune promesse formelle. Le matin, au moment de s'habiller, elle trouva près d'elle, sur une
chaise, l'une des robes que la misère l'avait obligée de
mettre en gage. Vers onze heures, je vins la chercher
et la conduisis moi-même au parloir. Ma mère en per-

sonne l'y attendait ; elle tenait le petit Moser sur ses
genoux. A cette vue, Louise fut saisie d'une émotion
qui faillit l'étouffer. Je sentis tout son corps trembler et
vis l'heure où elle allait perdre connaissance, ce qui
me fit regretter un instant de ne pas l'avoir prévenue.
Mais le bonheur de voir et d'embrasser son enfant lui
donna la force de surmonter cette faiblesse. Elle me
quitta brusquement et courut d'une haleine à son petit
garçon qu'elle souleva dans ses bras et dévora de caresses. Elle prit ensuite l'une des mains de ma mère et
l'inonda de larmes. Ma bonne mère, elle aussi, pleurait, et embrassait sa pupille avec effusion. J'étais troublé dans la satisfaction que me causait cette scène pathétique par la présence de deux ou trois témoins
étrangers. Le plaisir que je ressentais ne m'absorbait
pas, comme Louise, au point de me rendre indifférent
à ce qui se passait autour de moi. Je pressai ma mère
de partir. Nous montâmes en voiture et prîmes le chemin de la rue des Marais. En route, Louise, incapable
de tenir en place, se remuait comme une folle ; elle ne
pouvait se rassasier de contempler son enfant, de le
baiser, de le serrer contre elle ; sa reconnaissance pour
nous éclatait dans ses yeux et dans des exclamations de
joie. Elle s'interrompit tout à coup au milieu de ces
élans pour m'interroger du regard avec tristesse. Je
n'eus pas de mal à la comprendre.

La tournure de mon esprit est loin d'être romanesque, et, au rebours de ma mère, je n'aime que médio-
crement les surprises. Je jugeai donc à propos de pré-

parer Louise au surcroît de bonheur qui l'attendait. Je
lui dis que j'avais enfin des nouvelles de Moser.

«L'avez-vous vu?s'écria-t-elle. —Oui. » Elle m'envi-
sagea avec anxiété. « Eh bien? fit-elle. — Il a été ma-
« lade aussi, répondis-je laconiquement ; je suis par-
« venu à lui faire entendre raison : vous le verrez sans
« doute bientôt, pénétré de repentir et plus épris de
« vous que jamais. »

« En signe de remercîment, Louise s'empara de ma
main et la pressa sur son cœur ; de nouvelles larmes affluèrent à ses yeux et mouillèrent ses joues pâles. Nous
arrivâmes.

« Mon père accueillit la pauvre fille avec une bonté
toute paternelle et lui dit obligeamment qu'elle avait
passé le temps des épreuves, qu'elle n'avait plus que
d'heureux jours à espérer. Elle fut fêtée, choyée, ca-
ressée autant qu'un malade chéri qui, contre toute
espérance, reparaît plein de santé. Des personnes qui
l'avaient jadis connue voulurent la voir, l'embrasser,
la complimenter. Bien que profondément touchée de
ces marques d'affection, un souvenir pénible allait et
venait dans son cœur et y modérait le ravissement.
L'*exeat* de Moser avait été signé en même temps que
celui de sa femme. Je lui avais donné rendez-vous à
la maison, et je m'impatientais déjà de ne pas le voir
arriver. Sur ces entrefaites, ma mère dit à Louise :

« Maintenant, ma fille, montons chez toi. »

« Louise, et moi tout le premier, la regardâmes d'un
air profondément surpris. Tout en m'arrachant mes

intentions à l'égard du mari et de la femme, ma mère avait constamment refusé de me dire les siennes. Parvenus au troisième, nous nous arrêtâmes en face d'une porte dont la clef était à la serrure. Ma mère, pour ménager les forces de Louise, avait pris le petit Moser dans ses bras.

« Sonne, ma fille, » lui dit-elle.

« Des pas se firent entendre : Louise les reconnut ; sans plus attendre, elle tourna la clef, poussa la porte et tomba évanouie dans les bras de Moser.

« Je renonce, faute de temps, à décrire cette scène : je vous abandonne volontiers ce soin. Avec mon secours, Moser transporta sa femme dans un fauteuil et s'agenouilla devant elle. Il pleurait, embrassait ses mains et la surveillait avec tendresse en attendant qu'elle revînt à elle. A peine rouvrit-elle les yeux, qu'elle se pencha passionnément sur lui et mêla ses larmes aux siennes. Longtemps les sanglots étouffèrent les paroles dans leur gorge. Ma mère et moi regardions ce spectacle en silence, transportés l'un et l'autre d'un contentement sans bornes. Pour ma part, je crois bien avoir éprouvé, dans cette occasion, la plus pure et la plus vive jouissance que j'aie ressentie et ressentirai sans doute en toute ma vie. Je ne saurais vous dire combien j'étais heureux d'avoir contribué à une scène qui, *dans l'espèce,* comme dirait un homme de loi, est bien l'une des plus touchantes qu'on puisse imaginer.

« Toutefois, les transports de leur ravissement se

calmèrent par degrés, un peu d'ordre s'introduisit dans
le chaos de leurs sensations, ils retrouvèrent enfin la
voix et la parole pour s'accabler de questions récipro-
ques. Au milieu de leurs récits entre-croisés, ils ne
cessaient de s'interrompre pour caresser leur enfant et
tourner vers nous leurs yeux pleins de larmes. On eût
dit qu'ils se réveillaient d'un long rêve et jouissaient
d'une nouvelle union dans un monde meilleur que le
nôtre.

« La pièce où nous nous trouvions était la principale
d'un petit logement d'une propreté exquise et de l'apparence la plus gaie. Sans me prévenir, ma mère l'avait
arrêté et l'avait fait meubler d'une manière tout à fait
confortable. Des rideaux en perse joyeuse garnissaient
les fenêtres ; une glace et une pendule en albâtre or-
naient la cheminée ; les tiroirs d'une commode et les
rayons d'une grande armoire avaient été comblés de
linge et d'objets de toilette ; une étincelante gamme
de casseroles en cuivre, une collection de plats et de
pots en faïence illustraient les murs et le dressoir
d'une petite cuisine bien propre et bien claire. Dans
sa prévoyance généreuse, ma mère avait été jusqu'à
égayer le logement d'une série de jolies estampes colo-
riées, et la margelle des fenêtres des plus belles fleurs
de la saison. C'était bien plutôt l'intérieur d'une petite
rentière que celui d'ouvriers pauvres.

« Ma mère le parcourut avec le mari et la femme et
leur en fit apprécier tous les agréments. Bien que l'esprit de prévoyance d'une ménagère fût visible jusque

dans les moindres détails, ma mère dit à Louise :

« Vois si tu as ce qu'il te faut : je pourrais avoir ou-
« blié bien des choses. Au surplus, je crois avoir mis
« dans le tiroir du milieu de ta commode un peu d'ar-
« gent pour pourvoir au plus pressé. D'ailleurs, d'ici
« à ce que ton mari ait trouvé de l'ouvrage, il y a en
« bas un petit fonds de réserve à votre disposition. »

« Tant de libéralités, tant d'attentions délicates, rem-
plissaient Louise et son mari de reconnaissance ; ils
cherchaient au fond de leur cœur, pour l'exprimer,
des mots qui ne venaient point à leurs lèvres. J'avoue
que je n'étais pas moins content qu'eux.

« Que vous dirai-je de plus ? Moser est redevenu,
comme devant, le plus laborieux et le plus économe
des ouvriers, en même temps que le plus tendre des
maris et le meilleur des pères. Il a rendu à sa femme
une confiance exclusive que les apparences même les
plus compromettantes ne seraient pas capables d'alté-
rer. Son amitié pour moi rend Louise presque jalouse.
Je les vois au moins une fois chaque semaine à la maison, où ils dînent avec nous en famille. Ils ont, à l'heure
où je vous parle, deux enfants qu'ils élèvent fort bien
et au sujet desquels ils font les plus beaux rêves. Vous
ne serez peut-être pas fâché non plus d'apprendre que
leur présence a décidément mis en fuite mon cousin
Jacques. On ne le voit plus. Je suis privé du plaisir
de contempler sa face sournoise et de l'entendre me
rappeler le canard de Vaucanson. Voilà mon histoire, faites-en ce que vous voudrez. C'est au moins

un canevas facile à étendre, à broder, à embellir.

— Dieu m'en garde! s'écria Jean en serrant la main de son ami Philippe. La chose est complète ainsi. J'ajouterai même que, sans vous en douter, vous m'avez conté une histoire qui est l'image des trois phases ordinaires de la vie: au début, l'amour ; au milieu, la lutte ; au déclin, le repos. Je me bornerai à reproduire votre récit aussi fidèlement que possible, et je m'estimerai heureux si je parviens à causer à autrui le plaisir que j'ai éprouvé en vous écoutant. »

HELOISE

Ceux qui restent font l'histoire de ceux qui s'en vont : c'est dans l'ordre. Ils ont la mémoire pour perpétuer les souvenirs funèbres, des yeux pour traduire en larmes les douleurs des existences éteintes. Vainement ils essayent d'éloigner d'eux la tristesse de cette tâche : la pensée les y ramène par un chemin que jalonnent des tombes. La part des absents n'est-elle pas préférable? Est-il donc si doux de voir agoniser ceux qu'on aime et le vide se faire autour de soi?...

Je trouve sur un cahier de notes, tout jaune à force d'être vieux, cette pensée que j'ai recueillie, à cause de l'approbation que j'y donnais il y a déjà bien du temps : « Pour moi, j'en fais le serment, Dieu me donnerait le pouvoir de retourner dans le sein de ma mère et de revenir sur cette terre pour y jouir de ce qu'on appelle un sort heureux, que je ne le voudrais pas. »

L'épitaphe de Yorick me conviendrait assez ; vous vous en souvenez : *Hélas ! pauvre Yorick !*

J'ai été souvent taxé de dureté faute d'un peu d'hypocrisie. Je n'ai jamais su m'apitoyer sur des douleurs imaginaires ou factices. En tout, mais notamment en fait de sentiment, le conventionnel et le faux m'ont toujours été odieux. Qu'un homme gesticule, jette les hauts cris, se proclame le plus malheureux d'entre ceux qui souffrent, s'il arrive que la blanchisseuse oublie de lui apporter un faux col ou que le fer trop chaud imprime un mauvais pli à son gilet, j'avoue que cela ne m'émeut guère, sinon de pitié. Je sais que cet homme me trouvera sans entrailles...

En butte aux caprices du hasard, contre lequel échouent si fréquemment même les efforts d'une volonté puissante, j'avais dû quitter Paris pour séjourner provisoirement ailleurs. L'incident est vulgaire. Je n'en parlerais pas, à peine m'en souviendrais-je, sans un épisode touchant dont l'impression a laissé en moi un durable souvenir.

De mon logement, à travers les géraniums et les longs cinéraires qui masquaient en partie ma fenêtre, j'apercevais, se développant sur un plan oblique, les façades pauvres et irrégulières de tout un côté de rue. J'avais un épicier pour vis-à-vis, à l'angle d'une rue latérale. On voit d'ici la décoration de sa devanture couleur chocolat. Ce n'était que girandoles d'éponges, de bottes de ficelles, que grappes de plumeaux, de brosses en chiendent, de raquettes, de volants, que faisceaux de balais en jonc, que paniers pleins de liége, que barils comblés de pruneaux ou de colle de pâte, véritables *water closets* des chiens du quartier. Derrière les vitres, sur des rayons en verre, étaient entassées des

marchandises dont les enveloppes aux couleurs crues
semblaient découpées dans un habit d'arlequin. Dès le
matin, devant la porte, un garçon, mal éveillé encore,
brûlait la graine de café dans le cylindre noirci qu'il
faisait tourner indolemment sur la flamme des copeaux.
Les environs s'emplissaient d'une fumée odorante dont
personne ne songeait à se plaindre.

A côté, il y avait une mercière. Le colombage zé-
brait la façade étroite de la maison. Au rez-de-chaussée,
à la montre de la boutique verte, se voyaient de la me-
nue mercerie et des bonnets en tulle, dont les rubans
roses ou bleus attiraient l'œil des jeunes filles en passant.

Venaient ensuite un doreur avec son attirail de chan-
deliers et d'encensoirs en cuivre suant le vert-de-gris;
puis un serrurier, dont l'intérieur, le soir, retentissait
des bruits rhythmiques de l'enclume et resplendissait
des éclairs de la forge; puis un boucher, puis un cho-
colatier, puis un brocanteur, marchand de vieux meubles. J'avouerai combien l'étal du boucher m'était
agréable à voir. Les files de gigots, de quartiers de
moutons suspendus et alignés à la façon des soldats,
les veaux éventrés avec leur tablier de graisse, les cu-
lottes et autres pièces de bœufs parées comme pour un
sacrifice, toutes ces nuances de rose et de rouge si
fraîches et si vives ne réjouissaient pas moins mon œil
que les grosses joues de la bouchère, qui à peine trouvait de la place dans son comptoir pour ses formes
exubérantes, et semblait, avec l'odeur des viandes, respirer la santé.

De l'endroit où j'étais accoutumé de m'asseoir, je n'en voyais pas plus.

Il y avait un marché au bout de la rue, et, par suite, dans la matinée, il s'y faisait une procession de ménagères qui passaient à vide et s'en revenaient le corps plié en deux pour faire équilibre à leurs paniers pleins jusque par-dessus les bords de légumes, de fruits, de beurre, de fromage, d'œufs, de viande ou de poisson.

Aux nombreuses fenêtres du pan de rue qui faisait ma perspective, je voyais en outre bien souvent des têtes de femmes et de jeunes filles.

Tout cela était très-vivant et très-gai.

Un dimanche de février, en ouvrant ma fenêtre pour me chauffer au soleil, j'aperçus, au second de la maison occupée par la mercière, une jeune fille, ou plutôt une jeune femme, car j'ignorais alors si elle était mariée ou non, et de ma place je jugeais seulement qu'elle avait une jolie expression de tête. Je vis des cheveux bruns, un œil très-doux, un visage pâle et un peu allongé, un ensemble mélancolique. Elle me parut assez grande et bien faite. Elle regardait à droite et à gauche, et semblait se reposer des fatigues de la semaine.

Je m'y intéressai tout de suite. Si je ne sais pas précisément pourquoi, je sais au moins que ce n'était par aucun sentiment de convoitise. Tous les cœurs ne prennent pas feu comme la poudre sous le simple regard d'une femme. Mon isolement, après cela, entrait peut-être pour beaucoup dans l'intérêt que me causait cette jeune fille. Je présumai qu'elle tenait le magasin

14

du bas. J'aurais bien voulu savoir si elle était mariée...

Je voyais souvent aller et venir une vieille petite femme, toute contrefaite, dans laquelle je reconnus bientôt la mère. Ses façons d'agir, une vague ressemblance, ce qu'on appelle l'air de famille, ne me laissèrent aucun doute là-dessus. Des observations analogues me firent deviner le père dans un homme en blouse bleue d'une cinquantaine d'années. Il fumait sa pipe avec un grand flegme et avait l'air d'un homme qui s'ennuie de ne rien faire, et qui cependant n'a pas hâte de se procurer du travail. Des jeunes gens, qui, je pense, étaient ouvriers, fréquentaient dans la maison. Il y en avait un parmi eux qui venait plus régulièrement et qui passait des heures entières à la fenêtre où j'avais vu la jeune femme pour la première fois. Je ne doutai pas d'abord que ce ne fût son mari.

Après des observations moins superficielles, je n'en fus rien moins que certain. Les manières du jeune homme étaient réservées, même un peu froides. J'expliquai cela en supposant qu'ils n'étaient pas mariés, mais qu'ils le seraient un jour, quoiqu'ils ne s'aimassent que modérément. Je laissai bientôt cette opinion pour revenir à la première, puis celle-ci pour revenir à la seconde, et passai ainsi quelque temps de l'une à l'autre sans réussir à garder vingt-quatre heures la même. Il est malaisé de comprendre comment je souffris d'être ballotté des semaines entières entre ces deux alternatives, quand il m'eût été si facile de sortir d'incertitude.

J'avais pour hôtelière la plus excellente femme du
monde, pas trop intéressée, ce qui est rare, et qui
avait pour moi des attentions maternelles. Elle avait
toujours un prétexte pour venir dans ma chambre
quand j'y étais. Elle ne demandait qu'à causer. Par
malheur je n'osais l'interroger sur le sujet en question,
et je manquais du talent de l'amener à en parler d'elle-
même. C'est ici qu'il faudrait m'analyser, si je n'étais
pour moi-même une énigme. Je lisais l'autre jour dans
un écrivain très-sérieux : « Qu'une personne soit bien
connue pour être timide, on peut dire qu'elle a une
inclination naturelle à l'avarice, à la mesquinerie;
qu'elle est artificieuse, dissimulée; que la crainte la
fait parler avec douceur et soumission; qu'elle est
soupçonneuse, défiante, incrédule, mauvaise amie, etc.,
parce que tous ces vices (1) sont des effets de la timidité,
qui est elle-même un effet de la faiblesse. » Il y a bien
un peu de mon fait là dedans. Je dis *un peu,* car ceux
qui ont rajeuni cette opinion, aussi vieille que la première observation physiognomonique, ne se sont pas
aperçus qu'il y a deux sortes de timidités, l'une innée,
invincible, d'où résulte bien ce qui est précité plus
haut, l'autre accidentelle, qui tient uniquement à l'éducation et qui n'occasionne qu'une profonde défiance
de soi-même. Ayez le malheur d'avoir un père despote
et brutal, qui ne souffre pas que vous ouvriez la bou-

(1) C'est bien mal s'exprimer. Je ne sais jusqu'à quel point la défiance, l'incrédulité sont des vices. Bentham a dit déjà que l'envie
et la jalousie ne sont pas des vices, mais des peines.

che devant lui, qui ne cesse de vous traiter en idiot
et vous incruste dans l'esprit, par l'autorité, ses opinions, vraies ou fausses, et vous finirez par avoir peur
du son de votre voix, par vous faire une idée prodi-
gieuse des autres hommes, et vous serez humble et timide devant eux, et vous aurez du bonheur si, plus
tard, l'expérience et l'observation vous aidant à les
apprécier ce qu'ils valent, vous parvenez à vaincre
cette infirmité d'esprit et à retrouver votre aplomb.
J'avoue que de ce côté, quoi que j'aie pu faire, je n'ai
jamais obtenu une guérison radicale. J'ajouterai qu'en
ce qui concerne les femmes *et les sentiments* qu'elles
causent, j'étais, par le fait de mon humeur, d'une réserve qui, bien sûr, eût fait sourire la plus gauche pen-
sionnaire. C'eût été une chose bien simple de questionner ma maîtresse d'hôtel : « Quelle est cette jeune
femme? est-elle mariée ? » Ou bien : « Le jeune homme
que je vois entrer dans la maison doit-il être son
mari ? etc. » Mais, bon Dieu, comment eût-elle traduit
ma curiosité? « Ah ! il s'y intéresse donc. Ah ! elle
lui plait sans doute. Il en veut peut-être faire sa maîtresse. Vraiment, ce monsieur n'est pas gêné... » Et
l'idée seule de ces hypothèses effarouchait mon esprit
et y étouffait toute velléité d'épanchement. Qu'elle eût
seulement soupçonné mes préoccupations , et je
n'eusse plus osé la regarder en face.

Je n'étais pas dans ma nouvelle position depuis trois
semaines que je m'en plaignais déjà vivement. Mon
histoire est celle de bien d'autres. Une moitié du jour

et une partie des nuits, j'étais rivé à un travail qui ne me convenait point. Toutes mes pensées tournaient à l'amertume ; l'hypocondrie m'envahissait comme une gangrène. Je ne savais plus ce qu'était une nuit calme, sans cauchemar. Je me réveillais en sursaut, le cœur gonflé, les pleurs aux yeux, étouffant. Mon esprit avait, dans ces moments, une lucidité merveilleuse. Je n'entrevoyais dans l'avenir que des choses navrantes. Le matin, quand j'ouvrais les yeux, il était bien rare que cette boutade, moitié comique, moitié funèbre, ne me vînt pas à l'esprit : « Lève-toi, misérable, et rabote une planche de ton cercueil... »

Dans cette situation d'esprit, il n'était pas étonnant que je m'occupasse tant de ma voisine. L'épier, l'apercevoir, étudier son entourage et, au moyen de cela, savoir sa vie et surprendre des détails que je n'osais demander, était toute ma joie. Sans le secours de personne, j'étais devenu certain que le jeune homme qui m'avait tant inquiété était son frère. Cette certitude m'avait causé un grand bonheur, bien que je n'aimasse pas cette jeune fille, et que je n'eusse aucun projet sur elle. A dater de ce jour, l'intérêt que je lui portais avait gagné sensiblement en vivacité et en profondeur. La vie qu'elle menait, dans l'ensemble, ressemblait beaucoup à la mienne. Elle ne bougeait pas de son comptoir du jour entier, et y passait en outre très-souvent une partie des nuits. Je ne rentrais jamais avant trois ou quatre heures du matin, et il était bien rare que je n'apercusse pas de la lumière au travers des croissants dé-

14.

coupés dans les volets du magasin. Elle ne se reposait
guère que le dimanche, dans l'après-midi. Si elle se
promenait, c'était un hasard : elle le devait à un sacrifice de son frère. La plupart du temps, elle s'accou-
dait sur sa fenêtre ou causait sur le pas de porte avec
les gens du voisinage qui semblaient l'aimer beaucoup
et avoir pour elle une considération particulière.

Ce que j'aurais souhaité, c'eût été chez elle moins
d'indifférence ; à mon gré, elle ne regardait dans ma
direction que d'une manière trop vague et trop dis-
traite. On ne désire pas toujours d'être aimé d'une
femme, mais ce qu'on ne supporte pas volontiers, ce
qui chagrine toujours, c'est son indifférence. A vrai
dire, l'indifférence a des degrés. Entre regarder une
personne même machinalement et n'en tenir pas plus
compte que si elle n'existait pas, il y a des nuances à
l'infini. J'en étais réduit à peser ces délicatesses. Ses
yeux me mesuraient la joie ou la peine selon qu'ils
étaient ou non chargés d'un peu de sympathie.

Le bonheur se manifeste en moi par des envies
étranges. J'aspire à me plonger dans la musique et les
couleurs, c'est-à-dire à rassasier de leur nourriture
passionnément aimée mes oreilles et mes yeux. Soit
abus de ces deux organes, soit organisation vicieuse,
une chose bizarre, c'est que mon oreille *perçoit* des
couleurs et que mon œil *entend* des sons. Telles symphonies sont pour moi des peintures éblouissantes et
tels tableaux d'admirables symphonies. Jusque dans
les lignes d'une statue et d'une église je *vois* de la

musique, et je me suis persuadé parfois que certaine
cathédrale est l'hymne figée d'un grand orgue souter-
rain. Je ne peux pas m'en guérir. Tout chante pour
moi, et le bleu de l'air, et le vert des arbres, et les
reflets changeants de l'eau, et les fleurs, et les contours d'une femme...

En revanche, quelles pensées sépulcrales, quel goût
pour le cercueil, quand je ne surprenais dans ses yeux
que le vague du désœuvrement sans la plus légère teinte
d'intérêt !

J'eus un beau jour. Il existe, non loin de la ville,
une petite rivière, d'un cours très-limité, qui donne son
nom au département. Les bords, sans être pittoresques, sont jolis et gais. Dans les eaux profondes, bleues
comme le ciel, se reflètent les grands arbres, les se-
pées, les massifs, les jardins et les constructions de
toutes sortes, plus ou moins bourgeoises, qui sont sur
la pente des rives. En été, le dimanche surtout, l'eau
est labourée par une multitude de barques qui vont,
viennent et se croisent, jasant, riant ou chantant.

Un dimanche matin, on vint me chercher pour aller
me promener en cet endroit. Le ciel était d'une pureté
parfaite; l'air très-vif était adouci par le soleil déjà
chaud; tout présageait une belle journée, rare surtout
dans le mois où l'on était. Cette invitation contrecar-
rait mes arrangements. Je fus quelques instants indécis. Je craignais d'échanger le plaisir de voir ma voisine contre une promenade ennuyeuse. Toutefois,
l'idée d'échapper à l'étreinte énervante des murs d'une

ville, de respirer le grand air, de voir des horizons, et puis je ne sais quelle annihilation de ma volonté devant l'insistance sincère de mon ami, me décidèrent à accepter.

Contre mes prévisions, je trouvai à la campagne le bonheur que j'eusse vainement attendu en restant chez moi. Je fus à peine dans les champs, que je ressentis un bien-être inexprimable. Quand je glissai sur l'eau, ce bien-être ne fit que s'accroître. Le paysage avait un charme tout particulier. Les arbres, bien que sans feuilles encore, n'étaient déjà plus tristes comme en hiver ; les troncs noirs prenaient par endroit des teintes vertes.Une multitude de bourgeons,dégouttants de séve, déjà énormes, prêts à crever sous le développement des nouvelles feuilles, brillaient au soleil. Les haies d'épines verdissaient à certaines places à cause des ar-bustes précoces qui y étaient mêlés. Les prés, d'un vert pâle, trempés par un brouillard que le soleil avait bu en se levant, développaient à droite et à gauche des perspectives éblouissantes de fraîcheur et de lumière. La végétation était déjà à ce point active qu'on pouvait, pour ainsi parler, suivre des yeux le travail qui s'y fait au printemps. Par-dessus cela, un ciel tout bleu, un air à la fois vif et doux, un calme pénétrant, ce calme qui est des choses qu'on sent, mais qu'on n'exprime pas. Enfin, j'avais pour guide un homme silencieux, qui ramait doucement et semblait sous l'influence des mêmes impressions.

Une partie de notre journée se passa sur la rivière.

Nous allions au hasard, ramant à tour de rôle, parlant peu, mais en revanche rêvant tout notre saoul. Nous nous étions éloignés le plus possible, afin d'éviter les barques bruyantes qui affluaient toujours quand il faisait soleil. En effet, à notre retour, au fur et à mesure que nous approchions du point de départ, nous étions croisés par des barques dont le nombre augmentait à chaque coup de rames. Presque toutes prenaient pied à un cabaret qu'un pêcheur tient sur le bord. La terrasse de cette guinguette, qui baigne d'un côté dans la rivière, et s'appuie de l'autre sur la colline, était couverte de promeneurs, les uns assis et buvant, les autres debout et regardant le mouvement qui se faisait sur l'eau. Nous passions au pied de cette terrasse sans prendre garde aux gens qui s'y pressaient, quand je m'entendis appeler.

J'aperçus dans la foule mon hôtelière, en société de son mari, de son petit enfant et de ma voisine.

Ma stupéfaction occasionna une assez longue pause.

« Je ne m'attendais pas, dis-je, à vous rencontrer ici, Madame.

— Ma foi, ce matin, me répondit l'excellente femme, nous ne pensions guère non plus à venir.

— Le soleil vous aura sans doute décidée.

— Et puis, il y a longtemps que nous ne sommes sortis !

— Cette promenade vous fera du bien. Quant à moi, je ne me sens pas d'aise.

— Vous vivez si renfermé... »

Nous ne pouvions causer plus longtemps. Bien que le mouvement de la barque eût été ralenti, les rames n'avaient cependant pas cessé de marcher. Nous étions déjà assez loin de la terrasse. J'envoyai à mon hôtelière un adieu qui s'adressait également à la jeune fille. Mon contentement était profond. Il faudrait soi-même avoir de ces mélancolies funèbres qui coulent dans la chair comme le sang, et enveloppent les idées d'un crêpe, pour apprécier mon bonheur. Persuadé que je ne verrais pas ma jeune voisine, je l'avais aperçue au moment même où j'étais le plus attristé par cette certitude. J'en tirai le meilleur augure. Pour comble de joie, j'avais cru lire dans ses yeux moins d'indifférence que je ne lui en supposais. Elle m'avait regardé aussi curieusement que moi-même je l'avais examinée. J'avais eu le temps nécessaire pour bien étudier son extérieur. Elle était jolie; ses traits gagnaient à être vus de près. Je doute qu'un visage régulier ait jamais eu plus de physionomie. Ses yeux noirs, voilés à demi par de longs cils, ses joues pâles, ses lèvres qui souriaient tristement, n'indiquaient pas seulement de la fatigue, mais encore une habitude souffrante.

Elle était bien faite, quoique légèrement courbée. Elle était vêtue d'une robe de mérinos brun, d'un châle vert, et coiffée d'un bonnet à rubans violets. Ces couleurs lui allaient à merveille. On ne voyait pas en elle la trace d'une recherche. Ce qu'on appelle coquetterie chez les femmes, ne doit pas plus s'apercevoir que l'art dans un livre bien fait.

Sa pensée, à dater de cette rencontre, devait me laisser moins tranquille que jamais.

Je souhaitais vivement de connaître la cause de ses douleurs, et cependant, toujours le même avec ma maîtresse d'hôtel, je me contentais d'interroger mes seules observations. Dans les dehors de la mère, je finis par démêler l'absence de cœur et l'avarice ; dans les traits ennuyés du père, une apathie incurable ; dans les habitudes du frère, cette amitié banale qui s'arrête juste en deçà du sacrifice. Je fus certain que la pauvre fille qui versait des flots de tendresse par les yeux, étouffait entre cette trinité d'égoïstes, et se laissait gagner par cette tristesse maladive que cause le manque d'affection. Et je me disais : « Qu'a-t-elle fait pour être cloîtrée dans ce milieu mortel ? A quoi bon lui avoir donné une sensibilité qui, faute d'avoir sur quoi se répandre, se concentre en elle et la tue ? » Et je sentais chaque jour ma sympathie s'accroître pour elle ; et je lui reconnaissais insensiblement tant de charmes, tant de qualités, que j'estimais fort heureux celui qui l'aurait pour femme. Je me faisais d'ailleurs à part moi une théorie particulière sur le mariage. Je pensais qu'il n'était pas mal que la passion en fût exclue ; que la soumission d'un côté, la justice de l'autre, une certaine conformité dans les goûts, suffisaient à faire un ménage heureux. C'est ainsi que, sans ressentir d'amour pour ma voisine, je venais à rêver complaisamment au mariage, quand jusqu'alors je n'y avais jamais songé qu'avec répugnance. Mais je me bornais à la spéculation. Mon peu d'audace, ma défiance de moi-même, m'interdisaient de faire un pas, ou de prononcer une parole pour amener un dénoûment qui, dans ma conviction, eût fait mon bonheur.

J'étais fort satisfait de ne lui voir, dans son infortune, ni chien ni moineau. Je ne vois rien que de naturel dans l'attachement qu'on peut avoir pour un chat ou un perroquet. Mais que cet attachement prenne les proportions d'une passion véritable, mais qu'on y trouve des consolations à une grande douleur, c'est ce que je ne m'explique plus.

Le sentiment est une chose trop précieuse pour l'éparpiller sur des êtres incapables d'en sentir le prix.

Mes heures de liberté étaient tout entières à ma voisine, et cela, je le répète, sans que j'eusse ce qu'on appelle de l'amour. Je saisissais de sa vie ce qu'il m'était possible d'en saisir. Depuis quelque temps, je la voyais beaucoup moins. Il se faisait chaque jour quelque changement dans ses habitudes. Elle ne veillait plus guère qu'une nuit par semaine, celle du samedi au dimanche. Une veilleuse ne discontinuait pas de brûler la nuit, derrière le rideau de la fenêtre du second. Puis une autre jeune fille, que je n'avais pas encore vue, venait dès le matin dans la maison et ne s'en allait que le soir fort tard. La jeune mercière me sembla ne plus quitter sa chambre que rarement. Je la surpris deux ou trois fois, vers le milieu de la journée, accoudée sur la margelle de sa fenêtre. Elle était entortillée dans un grand châle. Ses joues me parurent avoir beaucoup

pâli et ses yeux être devenus plus brillants. Je notais
ces détails avec un soin scrupuleux. Un autre s'en fût
alarmé. Malgré ma défiance, je recueillais tranquillement ces symptômes. Je pensais : « Elle est momenta-
nément indisposée. Le travail des nuits l'épuise. L'ennui y est peut-être aussi pour quelque chose. Il n'est
pas rare non plus d'être malade au printemps. Il est
probable qu'avant peu elle sera rétablie. » Et l'idée
d'un mariage me trottait de nouveau, mais plus sérieusement, dans la cervelle. J'étais convaincu de ne pouvoir trouver une meilleure femme. Je m'inquiétais des
voies à suivre ; j'allais jusqu'à préciser l'époque. Ma timidité habituelle faisait place à une hardiesse peu ordinaire ; je ne me reconnaissais plus. Mais, hélas ! ce
n'était toujours qu'une pure fiction que je laissais se
développer dans mon esprit et dont je me faisais volontiers la dupe, parce que j'y trouvais un vif plaisir.

Ce n'était rien encore. Je ne vis plus ma voisine. Les
médecins ne cessèrent plus d'aller et de venir dans la
maison. Il se fit dans cette maison un mouvement
inusité de voisines qui entraient et sortaient d'un air
soucieux. Il était impossible aux faits de parler un
langage plus clair. Cependant, je ne m'alarmais pas ;
j'étais persuadé que je reverrais prochainement la jeune
mercière mieux portante et plus belle que jamais. J'attendais ce jour avec impatience, mais sans inquiétude.
Je m'étais si bellement épris de mon rêve, je l'avais
si bien logé dans tous les coins de mon esprit, je me
voyais si complétement privé d'autre joie, que je ne

15

254 HISTOIRES ÉMOUVANTES.

doutais pas même un instant que la réalité, pour ainsi dire, ne se moulât exactement dessus.

Et vraiment j'eusse eu tort de me désespérer. Un jour ma voisine, que je n'avais pas vue depuis trois semaines au moins, reparut dans le cadre de sa fenêtre. La résurrection d'un absent adoré ne m'eût pas causé un saisissement de joie aussi énergique. « Je savais bien qu'elle reviendrait à la santé ! Une fille chaste, qui a cet œil limpide, ces épaules larges, cette apparence de force, ne languit pas dans les maladies longues. La jeunesse, remplie de séve, a aisément raison, même d'un mal cruel. Les souffrances sans doute avaient dû être vives, car elles avaient laissé des traces profondes sur le visage et le corps de cette belle enfant, que j'avais peine à reconnaître, tant elle avait pâli encore et était devenue maigre. Mais enfin elle allait mieux, puisqu'elle se levait ; elle entrait évidemment en convalescence. Les beaux jours aideraient encore à sa guérison. Comme il arrive à cet âge, où les maladies ne sont souvent que des transformations, elle allait revivre plus jolie, plus séduisante qu'elle ne l'avait jamais été. »

Ce procès-verbal de mon âme, exact comme un calque, je l'écris sous l'influence des plus vivants souvenirs. A cette heure, je me demande comment j'ai pu à ce point manquer de sagacité. J'avais donc bien besoin de me mentir à moi-même ! Il a fallu que le fait brutal s'en vienne me lever la paupière et se fourrer de force dans ma tête. Mes observations contenaient des avertissements qui ne réussissaient même pas à entamer

ma confiance. On ne voyait plus la jeune fille qui semblait à jamais clouée dans son lit, et je me disais
qu'une convalescence a besoin de ménagements exces-
sifs, et qu'une rechute est plus dangereuse qu'une maladie. Mon hôtelière passait les nuits auprès d'elle, et
c'était à mes yeux uniquement pour lui faire paraître
le rétablissement moins long. Si le médecin ne revenait plus qu'à de rares intervalles, je ne voyais rien là
que de rassurant : sa présence devenait de moins en
moins nécessaire. Et, chose étrange, cette idée de
mariage que je caressais chaque jour avec plus de
passion ! Je cherchais déjà des yeux l'ami qui recevrait
mes confidences et m'épargnerait l'ennui des prélimi-
naires. Mon cœur se serrait aussi parfois, car je songeais à la possibilité d'un refus. Je me demandais ce
que je ferais une fois marié. Je laisserais là tout le
clinquant des rêves de jeunesse pour vivre enfin de la
vie positive. A l'existence en quelque sorte arithmé-
tique que je m'arrangeais, je ne pouvais m'empêcher
de dire : « On prétend que le mariage met du plomb
dans la tête. Il me semble que, plus vraiment, il en
met dans les pieds. »

Sous l'influence de ces idées, qui, malgré la préci-
sion avec laquelle je les ajustais, n'étaient que de pures
rêveries, je lisais les *Lieds* de Wolfgang Gœthe, le
colosse allemand, qui toujours conservait un œil libre
pour s'observer jusque dans les accès frénétiques de la
passion. Je me rappelle, — et c'est ce qui prouve
combien mon positivisme était peu solide, — jusqu'à

quel point j'étais choqué de ce passage : « Je ne puis l'oublier, et pourtant *je puis dîner tranquillement.* » En revanche, je n'en admirais que plus la chute de la dernière strophe : « Libre de toute crainte, trop grand pour être jaloux, je l'aime et je l'aime éternellement. »

Il résulte de la sympathie un fluide dont les effets miraculeux ont été bien des fois constatés. Deux personnes s'aimant, qui habitent à cent lieues ou plus l'une de l'autre, seront affectées, au même moment, de la même douleur ou de la même joie.

Un étranger atteint de nostalgie me contait :

« J'ai un frère loin duquel je suis contraint de vivre. Notre amitié mutuelle ne s'est jamais démentie. Des étouffements me tirèrent une fois brusquement du sommeil. J'étais en larmes. Je m'aperçus avec stupeur que ce qui les faisait couler était précisément le souvenir de ce frère. Inquiet, je lui écrivis sur-le-champ ce qui m'était arrivé. Je lui marquai la nuit, l'heure et les autres détails. Il me répondit : « Dans la même « nuit, à la même heure, dans les mêmes circon- « stances, j'ai éprouvé exactement les mêmes impres- « sions. »

Or, la nuit du jour où je lisais les *Lieds* de Goethe, mon sommeil fut troublé par de douloureux pressentiments. Je me réveillai plusieurs fois en pleurs. Dès que j'ouvrais les yeux, le souvenir de ce qui m'avait effrayé s'en allait, mais non pas l'effroi. Je me rappelle confusément que j'entendis des cris, des déchirements, des sanglots. Au jour, je me rendormis de lassitude, et je ne me réveillai plus qu'à dix heures du matin.

J'ouvris ma fenêtre, et je fus très-étonné de voir la boutique de la mercière fermée comme si c'eût été un dimanche. A chaque instant, des personnes du voisinage entraient ou sortaient de la maison. J'en suis encore à concevoir comment je n'en déduisis rien d'inquiétant. J'étais si plein de mon roman, il me tenait si fort au cœur, que mon entendement en était bouché et que la vérité ne s'y pouvait faire jour, faute de la plus étroite fissure. Mais ce qui est plus étrange, c'est la manière dont j'expliquai la fermeture du magasin. Je pensai qu'elle était complétement rétablie et qu'elle fêtait son rétablissement par une promenade à la campagne. « Qui sait même, ajoutai-je, si elle n'est pas allée à quelque noce? » Et je sortis dans un état de calme parfait.

De retour vers quatre heures du soir, je vis entrer chez la mercière le médecin commis par la municipalité au soin de constater le décès des pauvres. Ne semble-t-il pas que l'odeur répandue autour de ce personnage mortuaire eût dû dissoudre l'écaille de mes yeux et la réalité m'étreindre de ses tenailles cruelles ? Il n'en fut rien. Un conte ridicule me poussa dans l'esprit avec la rapidité de l'étincelle électrique. Sans éléments probables, je me persuadai qu'une vieille femme — je ne l'avais jamais vue — qui habitait le premier — ce premier paraissait vacant — s'était éteinte la nuit dernière, et que le médecin qui s'en allait était venu constater sa mort. Je n'avancerais pas un fait pareil, si, d'ailleurs, il n'avait sa source dans un sentiment très-commun. Bien des hommes se ressemblent quant à ceci. Ils s'accrochent à des rêves avec un désespoir de noyé et arrivent si bien à se convaincre de leur réalisation prochaine, que leurs facultés et leurs sens en sont troublés accidentellement, et qu'ils n'ont pas dans l'imagination d'hypothèses assez folles pour arrondir cette conviction qu'ils poussent parfois bien au delà de l'absurde, et qu'ils jouent enfin le rôle que je joue ici bien plus souvent qu'ils ne le pensent.

Le lendemain, je commençai à m'émouvoir. Il se passait à la fenêtre de la jeune mercière une chose très-simple et aussi très-sinistre. A cette fenêtre, une femme, dont je ne voyais que les bras nus, étendait au soleil des matelas, des draps, des couvertures, enfin tout un lit. Je regardai cela avec stupéfaction. Cette fois, je me prêtai aux hypothèses les plus cruelles. « Serait-ce possible ? J'aurais été dupe au point... Non, non ! Cependant.... Ah ! j'y suis... on profite de son absence pour mettre ses matelas à l'air. » Je cherchais encore à me mentir ! Mais je ne parvins pas à me rassurer ; un levain d'inquiétude gonflait, gonflait dans mon esprit. J'eus un sommeil pénible, durant lequel je fus poursuivi de craintes analogues à celles qui me tourmentaient éveillé. Je me levai bien avant l'heure habituelle, tant j'étais impatient...

Je n'y pouvais plus tenir. Des pressentiments funèbres rongeaient en moi les espérances au fur et à mesure que ma volonté les y faisait naître. Je commençais à entrevoir comme possible ce que jusqu'à présent j'avais relégué dans les conjectures les plus invraisemblables et les plus ridicules. Mon imagination, épuisée de mensonges, me livrait pieds et poings liés à d'atroces inquiétudes. Il me fallait sortir de cette anxiété et connaître la vérité entière. Je savais l'heure à laquelle ma maîtresse d'hôtel montait dans ma chambre. Je l'attendis. Dès qu'elle parut :

« Madame, dis-je en m'efforçant d'être calme, et je lui désignais la boutique de la mercière, pourriez-vous me dire ce qui se passe là ? Cette jeune fille ?...

— Ah ! monsieur, fit la bonne femme en levant les yeux au ciel, elle est morte !...

— Morte !!! » et je baissai la tête, et j'ouvris les yeux démesurément, et je cherchai ce que ce mot voulait dire.

Une personne, même une personne qui nous est indifférente, ne passe pas subitement de vie à trépas sans que nous soyons remués au moins par un étonnement profond. Pour que la mort ne surprenne pas, il faut en quelque sorte suivre les progrès du mal, assister au dépérissement du malade et à son agonie.

« Morte !!! » dis-je encore, et je sentis comme une main qui se faufilait vers mon cœur et le broyait dans une crispation toute-puissante ; et ce qui centupla ma torture, ce fut l'effort que je fis pour ne pas la laisser voir. Une pudeur farouche empêchait les larmes de me monter aux yeux.

« Oui, monsieur, morte, » dit mon hôtelière, qui essuya une larme.

Il y eut une pause assez longue. Elle ajouta :

« On l'a enterrée hier matin. Il est probable que vous dormiez encore.

— Mais, repris-je, après une nouvelle pause, il n'y a pas trois jours que je l'ai vue !

— Ah ! monsieur, elle s'est débattue assez longtemps ; ce n'est pas faute d'avoir eu envie de vivre.

— Morte !!! disais-je toujours, tant il m'était difficile de me faire à cette idée. Mais comment ? de quoi ?

— Est-ce qu'on sait, monsieur ?

— On ne meurt pourtant pas de rien...

— Oh ! fit la bonne femme en secouant la tête, on ne m'ôtera pas de l'esprit qu'avec des soins et de l'affection on l'aurait sauvée.

— Et sa mère !

— Peuh ! je ne connais pas de femme plus avaricieuse. Il fallait que sa fille lui rapportât...

— Son père ?

— Il ne lui disait jamais un mot. Il fume sa pipe toute la sainte journée.

— Mais son frère, enfin...

— Dame ! c'est un bon garçon. Mais, vous savez, un frère, ça aime mieux être avec ses amis qu'avec sa sœur.

— Ainsi, elle était malheureuse...

— Oh ! c'est comme je vous le dis, monsieur. Cette fille-là se faisait un chagrin qu'il l'a tuée. Si ç'avait été ma fille, je vous jure qu'elle ne serait pas morte..... »

Nous gardâmes quelque temps le silence. Mon hôtelière, supposant que cette conversation m'intéressait
peu, se disposa à faire mon lit.

« Pauvre enfant ! » fis-je à mi-voix.

L'excellente femme s'arrêta.

« Oui, monsieur, vous avez raison, dit-elle, pauvre
enfant ! » Elle écarta les rideaux, embrassa les matelas ; puis, tournant la tête de mon côté : « Eh bien ! je
vous assure, dit-elle, que je ne sais pas s'il ne vaut pas
mieux qu'elle soit morte..... »

Je regardai la bonne femme d'un œil qui lui demandait l'explication de sa pensée. Elle se redressa et s'ac-
couda sur le bois de lit. De mon côté, je m'appuyai
les reins contre un meuble. Elle parla je ne sais plus
combien de temps. Si je ne me rappelle pas exactement
toutes ses expressions, au moins ai-je conservé la mémoire du sentiment qu'elle y mettait. Il me semble encore assister à sa douleur sincère et entendre sa voix
pleine de larmes.

« Elle abattait, disait-elle, de l'ouvrage comme deux
ouvrières. A la voir, vous auriez dit que ses minutes
lui étaient comptées; ça l'abîmait; elle changeait à vue
d'œil, et sa mère, qui le voyait bien, n'avait pas le
cœur d'empêcher qu'elle ne passât les nuits. « Vous avez
« tort, madame, lui ai-je dit vingt fois, de laisser votre
« fille travailler autant ; vous verrez qu'il lui arrivera
« malheur. » Ah bien ! oui ; elle grognait et me tournait le dos d'un air qui voulait dire que ça ne me re-

15.

gardait pas. Nous allons voir maintenant ce qu'elle va faire sans sa fille ; elle n'y pense seulement pas à cette heure... »

Mon hôtelière consulta mon visage pour voir si je l'écoutais ; elle rencontra mes yeux qui la suppliaient de continuer.

« Moi je faisais ce que je pouvais pour distraire cette chère enfant ; mais je ne pouvais pas être toujours là ; j'ai ma maison... L'été nous l'emmenions le dimanche à la campagne. Oh ! monsieur, quelle bonne fille ! comme elle était gaie ! et aimante donc ! Je puis vous dire ça, moi, qui l'ai connue *toute petite, et qui ne l'ai pas perdue des yeux* seulement une heure. Il est vrai aussi qu'elle m'aimait plus que sa mère... Jamais une plainte. Que de peine pour lui faire avouer les chagrins qui la minaient ! Voyez-vous, ce qui la tracassait le plus, c'était de gagner de l'âge et de ne pas se marier. J'avais beau lui dire : « Mais, ma chère fille, vous n'y « pensez pas : vous n'avez pas encore vingt ans. Quand « on a votre âge et votre tournure, on n'a que l'em- « barras du choix. » Rien n'y faisait ; elle était per- suadée qu'un homme ne voudrait pas d'elle, parce qu'elle n'avait rien. Ah ! monsieur, c'est celle-là qui au- rait rendu un homme heureux ! Dieu ! que les hommes sont bêtes ! sans vous compter, monsieur. En place de prendre des, des... »

Je fis un hélas ! qui interrompit quelques instants la bonne femme.

« Ce qu'il y a de sûr, continua-t-elle, c'est que c'est

cette maladie-là qui l'a emportée. Ça la préoccupait
toujours, quoiqu'elle n'en parlât jamais. Et je m'en suis
encore aperçue le jour où vous nous avez rencontrés.
La joie des autres, en lui rappelant sa triste vie, ajoutait à son mal. Et puis, comme je vous le disais, elle
passait trop de nuits. Une fille même plus forte n'y
aurait pas résisté. Croyez-vous qu'il n'y a pas encore
quinze jours, bien qu'elle ne pût déjà presque plus se
soutenir, elle a voulu absolument passer la nuit du
samedi pour que ses pratiques ne crient pas après elle ?
Et dire que cette mère ne s'y est pas opposée ! Oh !...
Mais qu'est-ce que c'est que le courage, quand il n'y a
plus de forces? Elle dépérissait à vue d'œil et devenait
maigre à faire peur. Quand je la changeais, elle me
montrait ses côtes qui allaient lui percer la peau. Ses
reins n'étaient plus qu'une plaie à force de rester couchée. Je ne savais que lui dire. J'avais bien de la peine
à ne pas pleurer...

« Dans ces derniers temps, je n'ai pas cessé de veiller près d'elle, car je savais que ça lui faisait plaisir.
Elle n'a pas perdu un instant la tête. Nous causions,
ou plutôt je parlais et elle m'écoutait. Comme elle ne
pensait pas du tout à la mort, et qu'elle avait toujours
le mariage en tête, je faisais mon possible pour la
bercer dans ces idées-là et lui éviter de se voir mourir. Je lui disais : « Un peu de patience, ma chère
« Héloïse, les beaux jours viennent, vous allez re-
« prendre vos forces et nous irons à la campagne. Et
« puis, je ne sais ce qui me dit que vous trouverez un

« brave ouvrier qui vous épousera et vous aimera
« bien. Allez, croyez-moi, ne vous désespérez pas. »
Elle hochait la tête. « Ça n'est pas bien sûr, allez, »
répondait-elle. « Vous savez, je n'ai rien. Ah ! tout de
« même, comme je l'aimerai !... »

« Il y avait tant de passion dans sa voix que ça me
faisait un mal horrible. Mais elle s'endormait là-dessus
et mourait sans trop souffrir. Je pleurais pendant ce
temps-là...

« Mercredi dernier, le médecin m'a prise à part et
m'a dit qu'il n'était pas nécessaire qu'il revînt, attendu
qu'elle ne passerait pas *la nuit*. Ah ! monsieur, je savais bien qu'elle n'en reviendrait pas, et pourtant!.....
J'ai voulu la veiller jusqu'au bout. Un prêtre est venu
le soir. Elle ne savait déjà plus où elle était. Elle n'a rien
vu ni rien entendu. Elle se remuait à faire croire que
l'agonie commençait déjà. Au matin, elle redevint tout
à fait calme. Elle m'appela pour m'embrasser. Elle parut ensuite vouloir dormir. Moi, de mon côté, je tombais
de fatigue et de sommeil. Je m'assis dans un fauteuil.
Au même instant, j'entendis un *glou-glou-glou*, je
tournai la tête, je m'approchai, elle était morte !..... »

La bonne femme suffoquait. Elle se reposa un moment ; après quoi elle termina ainsi l'histoire de la
jeune fille :

« Ah ! monsieur, il faut bien qu'il y ait un paradis.
Où donc cette chère enfant serait-elle payée de ses
peines ? »

Cette croyance naïve qui ne permet pas de concevoir un crime sans châtiment et une douleur imméritée sans rémunération, n'était pas pour moi, comme elle semblait l'être pour la bonne femme, une source de consolations efficaces.

Je sanglotais en dedans. Tout mon corps pleurait. Mon sang devenu goutte d'eau, ainsi me semblait-il, s'acheminait vers mon cœur trop petit pour contenir tant de larmes. Ce que je souffrais, je ne puis le dire. Eh bien! je me reprochais encore de n'avoir pas une assez large capacité pour la souffrance, et j'aurais voulu agrandir mon individu pour souffrir davantage. Je ne pensais pas pouvoir jamais expier assez cruellement le crime d'avoir joué avec cette jeune fille et d'en avoir fait l'héroïne d'une fantaisie que je n'eusse sans doute jamais osé réaliser. J'aurais dû percer ces murs, deviner le drame qui se passait dans cette chambre et sauver cette enfant de la mort. Ne le venais-je pas d'entendre? « Avec des soins et de l'affection, on l'aurait sauvée. » J'avais préféré m'endormir dans une nonchalance égoïste, me perdre dans les détours d'un rêve où je cherchais bien plus mon bonheur que le sien. Et peut-être, à cette heure, pleuré-je plutôt ma jouissance évanouie que sa mort, et trouvé-je en outre un amer plaisir à raconter mes tortures. Oh! que du moins je ne profane pas sa tombe de mes déclamations. Je l'ai à peine entrevue. Je ne l'ai jamais aimée d'amour. J'ignore même jusqu'à quel point j'ai jamais éveillé sa sympathie. Cependant, que cette enfant abîmée sous le poids de douleurs dont le sens échappe,

prenne place dans mon souvenir à côté de ceux que
j'aime et respecte le plus. Jusqu'à l'heure où je ne res-
pirerai plus à mon tour, mes regrets les plus tendres
ne cesseront pas de faire cortége autour de son ombre.

LES DOULEURS D'UN NOM

A tout dire en une fois, l'héroïne de ces quelques pages était une jeune et belle personne, pleine de grâce et pleine de goût, et d'une modestie fort rare. Elle n'avait qu'un défaut, si toutefois, l'on peut qualifier de tel, par exemple, le souffle qui ternit le coin d'un miroir splendide ; c'était plutôt un malheur, et, en ce sens, un tort grave pour le commun des hommes, celui de s'appeler... Mais comment faire ? au moment de l'écrire, les doigts s'y refusent. Jamais nom en effet ne sonna plus mal. Il ne paraît pas même, au souvenir de l'injure grossière qu'il éveille dans l'esprit, qu'on puisse en articuler les deux syllabes, sans blesser les oreilles les moins délicates. Que de douleurs et de larmes lui coûta cette impertinence maligne du destin !

Elle était fille d'un honnête homme qui régissait les biens de la comtesse de Gournay. Cette femme excellente, à la mort de son régisseur, se chargeait volontiers des intérêts de l'orpheline. Élevée avec soin, la jeune fille, à peine âgée de dix-huit ans, sortait de pension

pour devenir gouvernante des enfants du baron Anatole, fils de la comtesse. Quatre ou cinq personnes tout
au plus étaient dans le secret de son nom ; on ne l'appelait que *mademoiselle Hélène,* comme jadis, en parlant de son père, on disait *monsieur François.* La jalousie d'une femme vindicative ne devait pas la laisser
longtemps dans une position où elle n'eût rien tant
souhaité que de vieillir.

Il prit tout à coup fantaisie au baron, dégoûté de son
intérieur par l'humeur tracassière et les emportements
de sa femme, de tirer d'un étui un violon qui y dormait depuis son mariage, et de jouer des sonates avec
la gouvernante de ses filles. Ces relations musicales décidèrent d'un goût très-vif du baron pour Hélène. Mais
la baronne Stéphanie, à qui la découverte de cette passion, inspira une haine implacable pour sa rivale, devint graduellement d'une exigence outrée avec celle-ci,
saisit passionnément les occasions de la blesser, et cela
jusqu'au jour où, d'épigrammes en épigrammes, elle
en vint à l'insulte. Hélène, dans l'ignorance du motif
de ces persécutions, ne savait que s'étonner et pleurer
en secret. Madame de Gournay, aussi peu perspicace
que sa pupille, perdait son temps à essayer des récon-
ciliations entre le mari et la femme, dont les rapports
devenaient chaque jour de plus en plus aigres. La catastrophe qu'il était aisé de prévoir eut lieu à l'issue
d'un dîner de famille, en présence de vingt personnes
au moins, et tomba sur la jeune fille comme un coup
de foudre. Affectant subitement des airs de tendresse,

la baronne exprima le désir d'aller se promener en voiture avec son mari. M. Anatole regarda sa femme avec surprise et refusa net. Madame Stéphanie insista avec d'autant plus d'âpreté qu'elle connaissait les mesures prises par son mari pour passer la soirée auprès d'Hélène. Parvenue peu à peu au comble de l'exaspération, par suite des refus opiniâtres qu'elle essuyait, elle perdit la force de se contenir.

Son visage était d'une pâleur extrême ; une hauteur dédaigneuse en crispait les muscles ; son corps tremblait. L'accent amer et contenu dont cette phrase s'échappa de ses lèvres trahit enfin toute sa colère :

« Ah ! sans doute, monsieur le baron aime mieux faire de la musique avec mademoiselle... ! »

Aux prises avec un emportement irrésistible, elle ne balança point à prononcer énergiquement un nom qui, même parmi des gens d'un rang bien inférieur, eût produit l'effet d'une incongruité. Le silence funèbre qui suivit cette sortie étrange fut instantanément troublé par le bruit d'un soufflet. Le baron, jeté hors de lui par cette indiscrétion injurieuse de sa femme, venait de commettre, pour la première fois de sa vie, un acte de violence. Il s'ensuivit une scène très-pénible. Madame Stéphanie se trouva mal. Elle ne revint de son évanouissement que pour déclarer son intention de former, dès le lendemain, une demande en séparation. Durant plusieurs jours, le souvenir de l'injure la maintint dans un état de surexcitation indicible et la rendit inabordable. Ni le repentir de son mari, ni les

pleurs de sa belle-mère, ni la vue de ses filles ne suf-
firent à l'apaiser.

On ne parvint finalement à vaincre son ressentiment
qu'à la condition de congédier la jeune gouvernante
et de lui interdire l'entrée de l'hôtel...

Hélène ne se doutait pas encore que son nom pût
lui être jeté au visage à l'égal d'une flétrissure. Cette
disgrâce, au reste, la trouva pleine de résignation.
L'héritage paternel, grossi des libéralités de la comtesse, lui constituait ce qu'on appelle une honnête aisance. A s'en tenir aux apparences, quelle heureuse
vie que la sienne ! Une servante dévouée l'avait suivie
dans sa retraite et prenait soin de son petit intérieur,
commode et élégant. Libre d'étudier selon ses goûts,
estimée de tous ceux qui la connaissaient, ayant la
tendresse exclusive d'une jeune héritière qu'elle avait
connue au couvent et qui ne pouvait passer un seul
jour sans la voir ou sans lui écrire, accueillie avec faveur partout où elle daignait se montrer, il ne semblait
pas que le chagrin pût l'atteindre. Mais qui n'a pas sa
source cachée d'amertume ?

Il ne lui en eût pas plus coûté pour se faire une réputation de beauté et d'esprit, qu'il n'en coûte au dia-
mant pour absorber la lumière et éblouir les yeux, et
précisément elle dépensait toute sa prudence à passer
inaperçue, à n'être pour tout le monde que l'insigni-
fiance même ; car, pour peu que les yeux se fussent
ouverts sur ses mérites, on n'eût pas manqué de dire
aussitôt : « D'où vient cette jeune fille ? quel est son

nom?» Et la curiosité n'eût point été lasse avant d'avoir
une réponse précise. Ce passage d'une lettre à son
amie, Estelle Locar, alors en province, chez une
grand'mère qui, incapable de remuer, exigeait que sa
petite-fille vînt chaque année passer plusieurs mois
auprès d'elle, donne le secret de ses préoccupations :
« J'ai composé une valse dans le goût allemand, et j'ai
« fait des vers que je crois bons, parce que je ne les ai
« point cherchés et qu'ils sont venus tout seuls dans
« ma tête. Mais supposons ma valse un *chef-d'œuvre*
« *et mes vers autant de perles : écris mon nom des-*
« *sous, et juge de l'effet !* Des amis sincères me con-
« seillent d'user de la tolérance qui existe à l'égard des
« noms, de modifier le mien, d'en supprimer, par
« exemple, la première syllabe et de signer hardiment
« *H. S. Lope.* Je trouve cela d'une petitesse indigne.
« Je répugne à une supercherie qui pourrait se décou-
« vrir et me valoir un ridicule mérité. D'ailleurs, fran-
« chement, je ne suis pas fâchée de sentir un frein à
« ma vanité de poëte. Les femmes auteurs, sauf de
« rares exceptions, m'ont toujours semblé de fort vi-
« laines choses, et je sens que, si j'étais homme, je ne
« les aimerais pas. Je ne puis oublier ce qu'en pen-
« saient Jean-Paul et Hoffmann. L'un, tu dois te le
« rappeler, les appelait des *chardons flamboyants,* et
« l'autre, dès qu'il en savait une à côté de lui, prenait
« sa serviette et son couvert, et courait chercher une
« autre place. »

Hors ce cercle, dans les circonstances les plus ordi-

naires de la vie, Hélène était chaque jour en butte à
de nouvelles épreuves, et sa bonne grâce, ses manières
distinguées ne la garantissaient pas toujours des plus
dures humiliations. Elle alla, un matin, avec sa servante, dans le bureau d'un journal de théâtre pour y
prendre un abonnement. La même salle, large et profonde, servait à l'administration de plusieurs entre-
prises. A son entrée, quinze ou vingt commis la re-
gardèrent comme des écoliers qui verraient apparaître
dans une classe la sœur d'un de leurs camarades. Cette
sorte d'inquisition insolente intimida beaucoup la jeune
fille. Le caissier, enfermé dans son *treillis en fil* de fer
comme dans une cage, prit un registre, et lui dit d'une
grosse voix :

« Votre nom, madame? »

Au profond silence qui s'établit, Hélène fut persuadée que toutes les oreilles étaient attentives, et cette
persuasion accrut son malaise. Elle balbutia son nom.
Le caissier n'en entendit que la moitié.

« Hélène ?... » dit-il en faisant rouler sa plume
entre ses doigts.

Les commis pour mieux entendre, ne respiraient
plus. La jeune fille, secouant sa pusillanimité, pro-
nonça clairement son nom. L'effet en fut triste, comme
de coutume. Il sembla que tous ces commis, rivés à
une même chaîne, eussent reçu simultanément une
forte commotion électrique. Leurs visages exprimèrent
la même stupéfaction. Ils s'entre-regardèrent, puis baissèrent la tête avec un ensemble machinal, et le bruisse-

ment d'un rire comprimé circula dans la pièce. Hélène, dont tout le sang affluait au cœur, s'exagéra peut-être ces détails. Toujours est-il qu'elle en ressentit une douleur à se trouver mal. L'air impassible et sarcastique du caissier acheva de la déconcerter. S'imaginant voir sur les lèvres de celui-ci le commencement d'un sourire, elle s'en alla persuadée qu'il n'attendait que son départ pour partager la gaieté malséante des autres.

Cependant, Hélène, en dépit de son ferme vouloir, ne réussissait qu'imparfaitement à éteindre l'éclat de ses yeux, à effacer de son visage le charme de la jeunesse, et surtout à se délivrer de cette grâce native que révélait chacun de ses gestes. Le nombre croissant de ceux qui lui marquaient de la sympathie et de l'attachement commençait à l'effrayer.

Dans les lettres à son amie, à qui elle confiait ses alarmes, il était plus particulièrement fait mention de deux personnes dont les prévenances intéressées n'avaient pas à ses yeux, ce semble, un prix égal.

« Je suis, » écrivait-elle, « à la tête de deux adora-
« teurs effectifs. Figure-toi, d'une part, un monsieur
« d'une longueur qui n'en finit point, très-aimable
« quoique d'une galanterie surannée, ce qu'explique
« son âge, il a quarante ans révolus, madré comme un
« juge d'instruction qu'il est, toujours mis avec négli-
« gence, peu soigneux de sa personne, ne discontinuant
« pas de puiser, dans une tabatière en or, d'énormes
« prises de tabac dont il se barbouille le nez et souille
« son gilet blanc, et, par-dessus cela, veuf avec deux

« filles qu'on dit fort jolies. D'autre part, un docteur
« en droit, un tout jeune homme, d'un extérieur char-
« mant, d'une tenue où il n'y a rien à reprendre, ayant
« de beaux yeux, de l'âme dans la voix, et s'exprimant
« avec une réserve qui annonce du mérite. Les com-
« pliments du premier glissent sur mon âme comme
« des gouttes d'eau le long d'une glace ; quant à l'autre,
« il m'intéresse, il m'entraîne, je ne puis me lasser de
« l'entendre, et je crois m'apercevoir que je ne lui
« cause pas une moins vive impression. En le suppo-
« sant tel que je le vois, et aussi sincèrement épris que
« cela me semble, il passerait certainement par-dessus
« les considérations qui me font si malheureuse. Chère,
« chère amie, la Providence prendrait-elle enfin mes
« misères en pitié ! »

A part ce que sa sagacité lui permettait de saisir,
Hélène ne savait rien du jeune docteur, sinon qu'il
était docteur en droit, qu'il postulait la place de juge,
qu'il avait quelque fortune, et qu'il s'appelait Arthur.
Arthur comment ? Au moment de le lui demander, la
crainte de s'entendre faire une question semblable, paralysait sa langue. Elle écrivait encore :

« Arthur, je n'aime pas ce prénom, mais je remé-
« dierai à cela en ne l'appelant que par son nom de fa-
« mille. Je voudrais bien savoir ce nom. Tu compren-
« dras pourquoi je ne le questionne pas à ce sujet.
« Qu'importe ! Mais ce qui m'étonne, c'est qu'il ait là-
« dessus l'indifférence que j'affecte d'avoir, et qu'il se
« contente de savoir que je m'appelle Hélène. Après

« cela, qui sait? peut-être me connaît-il mieux que je
« ne m'en doute. »

Les préférences d'Hélène pour le jeune docteur n'é-
chappaient pas à M. le juge d'instruction, qui, soit fatuité, soit tout autre motif, ne semblait en ressentir ni
peur ni peine. Attentif à ne point troubler les longues
causeries des deux amoureux, il laissait aux conve-
nances le soin d'y mettre un terme. Son heure sonnait
alors de venir discrètement s'asseoir auprès de la jeune
fille et de lui réciter son chapelet de galanteries. On ne
voyait trace ni d'humeur ni de jalousie dans son air;
loin de là, il était d'un enjouement extrême, et trouvait le moyen, malgré son âge, de ne pas être un ga-
lant trop ridicule. Prétendre à de l'amour n'était plus
de son âge; un peu d'amitié suffirait à son ambition.
Il poussait la mansuétude et l'oubli de lui-même jusqu'à rechercher l'amitié de son rival et à faire son
éloge. A cause de cela surtout, Hélène ne laissait pas
que de trouver quelque plaisir en sa compagnie.

Les salons de madame Locar étaient ouverts à une
foule mêlée où se glissaient des originaux de toutes
sortes. Un médecin encore jeune, qu'on appelait le
docteur Bidault, n'en était certes pas le moins curieux.
La convenance parfaite de ses préoccupations d'alors
avec le sujet du présent récit, le fera croire une figure
imaginée à plaisir ou du moins placée de parti pris dans
ce cadre, tandis que son existence n'est pas moins réelle
que celle du milieu où il a brillé. Ce docteur, avec sa
longue tête chauve, sa face pleine et blême, encadrée

de favoris plats roux-tendre, et coupée transversale-
ment par des besicles en or, avec son front lisse, ses
lèvres satisfaites, son maintien austère, s'était tour à
tour appliqué à la phrénologie, au magnétisme, à tous
ces systèmes qui touchent plus ou moins à la médecine, et plaisent d'autant mieux à certaines gens, qu'ils
sont plus mal connus et plus mystérieux. Récemment,
entraîné par son penchant à tout systématiser, il avait
imaginé, après vingt autres, mais d'une manière plus
absolue, une théorie fondée sur les rapports des noms
propres et de l'extérieur uni au moral des individus.
Ses prétentions n'allaient à rien moins qu'à deviner en
certains cas, le nom d'une personne à première vue.
On parlait diversement d'une brochure de lui sur ce
sujet. Le ton dogmatique et pédantesque, l'air de conviction sereine dont il développait et défendait de pué-
riles idées, les analogies étranges qu'on l'entendait appeler à son aide, faisaient qu'aux yeux des uns il
passait pour un esprit profond, et à ceux des autres
pour un simple charlatan.

Une des soirées que donnait madame Locar se trouva
être, par exception, musicale et dansante. Le docteur,
dont la gravité ne s'accommodait ni du bruit ni de l'a-
gitation, alla saluer la marquise de Couvry, jeune
femme d'un caractère peu bienveillant qui ne venait
guère chez la veuve de son ex-banquier qu'afin d'ali-
menter son humeur critique et railleuse. Ne voyant
dans le médecin qu'une divertissante caricature, elle
s'amusait de ses travers et ne se faisait pas faute, à

l'occasion, de le mystifier. Il s'assit à ses côtés, dans
un endroit d'où l'œil pouvait embrasser toute la compagnie, et se mit à lui expliquer son système d'un air
empesé et magistral. Ses développements à perte de
vue, dans un pathos dont la trivialité le disputait à
l'emphase, pouvaient se réduire à ceci :

« Les noms, quels qu'ils soient, ne furent dans le
principe que des sobriquets. Ces sobriquets peignaient
d'une façon brutale ou fine un côté saillant, moral ou
matériel de l'individu. Or, on ne s'étonne point, tant
la chose est commune, de voir les membres d'une famille perpétuer, en se multipliant, quelques-uns des
traits de leurs aïeux. Donc, par cela même, rien ne
doit être moins rare que de rencontrer des hommes
qui, même après un long espace de temps, justifient
par quelque côté le nom sous lequel fut baptisée la
souche de leur arbre généalogique. »

La marquise, d'un ton moitié sérieux, moitié ironique, objecta avec réserve que les physionomies, les
tempéraments, les caractères, devaient vraisemblable-
ment, dans l'espace de deux siècles, subir des modifi-
cations radicales par suite des mariages, des maladies,
des accidents, des mœurs, des occupations, du développement intellectuel, de la réaction du moral sur le
physique, etc., etc. ; mais s'apercevant que l'esprit du
docteur, à ces objections, de trouble qu'il était devenait bourbeux, elle feignit, par pitié, et aussi pour s'en
débarrasser, de lui donner raison. Le médecin n'eut
pas la discrétion de s'en tenir là. Il fallait vraiment le

bien connaître pour voir autre chose qu'un badinage
dans les rapprochements que lui suggéra sa théorie.
Rajustant ses besicles, et, du même geste, indiquant
une personne de haute taille qui, non loin d'eux, parlait avec volubilité et gesticulait beaucoup, il dit à mi-
voix, d'un air fin :

« Je vous ferai observer, madame la marquise, que
ce monsieur, non content de s'appeler Moulin, est procureur général, et bien le plus verbeux des procureurs
généraux. »

La question, envisagée sous cette face, parut plaire
davantage à la marquise... *Elle sourit.*

« Ce n'est rien encore, continua le docteur. Rappe-
lez-vous M. Génie, un des familiers de cette maison ;
vous ne savez peut-être pas, madame, que ce M. Génie
est un ingénieur remarquable, et, en outre, l'inventeur
des plus ingénieuses machines.

— C'est prodigieux, fit hypocritement madame de
Couvry.

— Et M. Rétif ! s'écria le médecin, d'un air *inspiré* ;
vous connaissez son goût pour le paradoxe, son penchant à la contradiction, ses emportements contre le
sens commun. »

Le docteur prit le nouveau sourire de la marquise
pour une approbation décisive.

« Je multiplierais les preuves, ajouta-t-il superbe-
ment, si je ne vous voyais enfin convaincue. Toutefois,
j'y songe, encore un exemple. Je suis persuadé, madame, que, comme moi, vous tenez M. de Beaufort,

ce chanteur que jalouse plus d'un artiste, pour un homme *fort beau.* »

La marquise, dont la liaison avec M. de Beaufort n'était ignorée de personne, hormis peut-être du médecin, prit le jeu de mots pour une épigramme, et voulut s'en venger par une mystification immédiate.

« Vous êtes un terrible logicien, docteur, dit-elle avec l'accent de la raillerie ; il n'y a pas moyen de vous résister. Décidément, je suis des vôtres, et je prétends vous prouver mon zèle, en vous fournissant, sans différer, des armes contre vos adversaires. »

Ni madame de Couvry ni le médecin n'avaient remarqué qu'un tout jeune homme était venu s'asseoir derrière leurs siéges et écoutait leur conversation comme s'il eût fait la chose du monde la plus naturelle.

« Tenez, docteur, continua madame de Couvry, auprès de la cheminée, deux hommes debout causent amicalement ; savez-vous qui ils sont ?

— Non, madame.

— Je vais vous le dire. Vous conviendrez avec moi que le plus jeune a une physionomie heureuse ; je lui trouve même un certain air de distinction. Il est docteur je ne sais plus en quelle chose. On ne lui reproche que d'être un peu triste. L'autre, au contraire, qui a vieilli dans le métier de juge d'instruction, a le tort d'être d'une insouciance déplorable à l'endroit de la toilette. Il aspire à convoler en secondes noces pour n'avoir plus le souci de deux petites filles dont il ne sait pas plus prendre soin que de lui-même.

— J'ignorais ces détails, dit le médecin en forme de parenthèse.

— Eh bien! docteur, reprit la marquise d'un air à tromper même le plus fin diplomate, l'un se nomme M. Marie, et l'autre, qu'on jugerait avoir été baptisé par quelque vaudevilliste, s'appelle très-réellement du nom absurde d'Arthur Cochonnet. »

Le candide médecin ne soupçonna pas même le piége ; il y donna tête baissée avec l'irréflexion d'un enfant, tant le triomphe de ses idées lui tenait au cœur. Il se hâta d'appliquer le nom de Cochonnet au juge d'instruction et celui de Marie au jeune docteur en droit, ce qui manqua d'arracher un éclat de rire à madame de Couvry. Par malheur, la marquise, curieuse d'étendre et de compléter sa vengeance, réprima un accès d'hilarité qui eût peut-être donné l'éveil au médecin. Elle lui indiqua deux autres personnes, deux femmes, dont l'une était Hélène et l'autre une fille laide et contrefaite qu'on appelait mademoiselle Gabrielle de l'Ange.

« Commençons par celle qui joue au whist, dit madame de Couvry. Sans parler de sa gaucherie, voyez ses cheveux roux, son teint jaune, son œil éteint, son nez aplati, sa bouche de travers, ses épaules difformes. Il faut encore que sa physionomie désagréable soit l'image parfaite de son caractère. Sa fortune en fait un brillant parti, et son envie de se marier ne la rendrait rien moins que difficile sur le choix d'un époux. Il ne

s'est pourtant pas encore rencontré un homme assez
brave pour entreprendre sa conquête. Comparez maintenant le petit monstre à cette jeune personne belle
et bien faite qui là-bas fait tapisserie. Jamais apparences ne furent moins trompeuses. C'est une fille simple, pleine de sens et du naturel le meilleur. L'existence de ce résumé des perfections est à peine com-
préhensible. Je suis certaine, docteur, ajouta la marquise
après une pause, de ne pas vous proposer une énigme
en vous disant que l'une se nomme Gabrielle de l'Ange
et l'autre Hélène... »

Madame de Couvry, que la soif de vengeance rendait peu scrupuleuse, ne craignit pas d'articuler nettement le nom de la pauvre fille.

« Ou mon système est profondément absurde, et,
dans ce cas, je le serai encore plus que mon système,
répliqua le médecin avec l'accent de la certitude, ou
voici Gabrielle de l'Ange, et il indiquait Hélène, et
voilà Hélène, et il indiquait la jeune fille rousse.

— Vous êtes sorcier, docteur ! s'écria madame de
Couvry, joyeuse autant qu'une petite fille coupable
d'une malice cruelle. C'est à ne pas y croire. Réellement, je veux aider de toutes mes forces à la propaga-
tion de votre admirable théorie... »

En ce moment, le jeune homme, qui n'avait pas
cessé de prêter l'oreille à ce qu'avaient dit la marquise
et le médecin, se leva et se plongea dans la foule.
Collégien à peine émancipé, il débutait dans le monde
et brûlait d'y jouer un rôle. Son moindre défaut était

l'indiscrétion : la présomption, la fatuité, la vanité, se
disputaient sa mignarde personne. Non content d'avoir
fait preuve d'un manque absolu de savoir-vivre, il essaya de se faire valoir à l'aide des détails que son indé-
licatesse lui avait permis de surprendre. Il tourna quelque temps autour d'Hélène, et se décida enfin à la
prier pour un quadrille. Voici ce qui arriva d'après
le récit même de la jeune fille. A peine debout auprès
d'elle :

« Ne pourriez-vous, mademoiselle, lui dit-il, m'aider à retrouver le nom du docteur qui cause dans ce
coin du salon avec madame la marquise ?

— Vous voulez sans doute parler du docteur Bidault,
répondit Hélène.

— Ah ! oui, oui, fit le jeune homme de l'air d'une
personne qui retrouve un souvenir ; une des lumières
de la science, un esprit universel, un homme qu'on
eût brûlé vif du temps où l'on croyait aux sorciers !

— J'avoue, monsieur, répliqua la jeune fille, que,
pour la première fois, j'en entends parler avec cet enthousiasme.

— Ah ! ah ! si vous le connaissiez, mademoiselle !
s'écria le fat, dont le corps ne remuait pas moins que
la langue. Je m'entretenais tout à l'heure avec lui et la
marquise. Oh ! quel homme ! il nous a développé un
système, ah ! ah ! qui fera certainement du bruit. »

Hélène, qui craignait instinctivement le bavardage
de ce monsieur, ne répondit pas. Sans s'inquiéter de
ce silence, l'impertinent continua :

« Imaginez-vous, mademoiselle, que ce docteur singulier, sans autre indice que l'extérieur d'une personne, devine comment s'appelle cette personne. »

On ne pouvait entamer le chapitre des noms devant la jeune fille sans la faire tressaillir. Elle tourna brusquement la tête vers son cavalier, et le regarda avec stupeur. Celui-ci, croyant de bonne foi l'intéresser, poursuivit :

« Je comprends votre surprise, mademoiselle ; je ne dis rien que de vrai, cependant. Le docteur, je viens d'être témoin du prodige, bien que votre nom lui fût inconnu, n'a pas hésité une seconde à dire comment vous vous appeliez. Je vous fais mon compliment, mademoiselle, ajouta-t-il en s'inclinant, un nom adorable, et qui vous peint tout entière... »

Hélène porta la main à sa poitrine pour en comprimer la douleur et l'indignation. A voir ses yeux démesurément ouverts et fixes, vous l'eussiez crue anéantie. L'imperturbable fat parlait toujours.

« En revanche, mademoiselle, vous ne vous douteriez jamais comment se nomme cette vilaine fille rousse que vous voyez à cette table de whist. Ah ! ah ! on trouverait difficilement un nom qui lui convînt mieux. M'autorisez-vous à le dire ? sans quoi je n'en ferai rien ; j'aurais peur de vous déplaire. Je vous préviens qu'on ne s'est jamais appelé ainsi. Un nom, mademoiselle, à se faire refuser toutes les portes... »

Le misérable jeune homme ne cessa pas durant quelques instants de parler sur ce ton, sans se douter de ce que souffrait la jeune fille. Celle-ci le regardait d'un air hébété, et semblait toujours chercher le mot de ce qui était pour son âme une atroce énigme. A la fin, importunée et poussée à bout par le verbiage, les circonlocutions, les réticences de son bourreau, elle le regarda en face, et lui dit sèchement :

« Mais enfin, monsieur, daignez donc me donner la clef de vos phrases, car je vous avoue n'en comprendre absolument rien. »

Le jeune homme que tourmentait l'envie d'être plus clair, repartit :

« Ah ! ah ! mademoiselle, je n'ai plus rien à objecter, je suis tout entier à votre service... » Et, indiquant Gabrielle de l'Ange, il lui appliqua le nom d'Hélène.

La pauvre fille recula d'un pas, et parut sur le point de succomber sous le poids de cet affront gratuit. La vérité éclata tout à coup à ses yeux. On ne pouvait supposer chez un aussi jeune homme tant de méchanceté et d'audace. Lui-même sans doute était dupe d'une mystification. Le toisant avec hauteur et dédain.

« Vous vous méprenez, monsieur, lui dit la jeune fille ; car le nom dont vous appelez mademoiselle Gabrielle de l'Ange, est précisément le mien. »

Hélène, là-dessus, lui tourna le dos et retourna à sa place. Le maladroit jeune homme fut atterré. Il disparut comme fait l'ombre à l'apparition subite du soleil. A dater de ce jour, on ne le revit plus chez madame Locar. Mais, à sa maladresse, il ajouta l'impudence de colporter l'aventure, en ayant soin, toutefois, de la mettre sur le compte du meilleur de ses amis.

Dans ses lettres, Hélène, après avoir conté cette scène et avoué de poignantes douleurs, s'estimait encore heureuse d'avoir un préservatif contre le désespoir; ce qui était une allusion à son mariage prochain.

Elle en parlait avec ce calme heureux dont souvent les malades, la veille même de leur mort, parlent des jours à venir. La fièvre ne la quittait plus ; une sorte de désordre plein de délices se substituait dans ses veines aux mouvements réguliers de la vie. Elle était toute de feu, toute de passion, toute d'enthousiasme. Le jeune Arthur n'était pas seulement un mari selon ses rêves les plus chers, c'était encore un libérateur, celui qui devait, pour ainsi parler, la tirer des limbes, et lui faire une vie nouvelle et éclatante : aussi ne s'en cachait-elle point, elle l'avouait en termes gonflés de tendresse, elle l'aimait, ah ! saintes voluptés ! comme on n'aime plus guère aujourd'hui.

Un point à bien établir est que le docteur en droit ne savait point encore le nom de famille d'Hélène. Cela est étrange, sans doute, mais c'est un fait, un fait authentique. La jeune fille, par exemple, le supposait à tort indifférent. Loin de là, le désir de connaître le nom de sa femme future était sa préoccupation incessante. Seulement, parce que tout contribuait à l'endormir, l'opiniâtreté de ses recherches avait des bornes. Si madame Locar et sa fille n'étaient pas seules à savoir le nom d'Hélène, comme le croyait celle-ci, le nombre

de ceux qui le connaissaient était réellement fort
restreint. Comment s'étonner, après cela, si les gens à
qui M. Arthur s'était adressé, non sans précautions délicates, n'avaient pu lui répondre d'une manière satisfaisante? Le juge d'instruction, son rival avoué, ne s'était pas départi, en cette occasion, de son amabilité
habituelle. « Je sais peu de chose, avait-il dit. Son père
était intendant de la comtesse de Gournay. C'était un
honnête homme, la perle des intendants, fort estimé
de la comtesse. Je n'ai pas besoin de vous dire qu'Hélène a reçu une brillante éducation. Vous parler de ses
connaissances serait chose superflue : vous savez qu'elle
est excellente musicienne, joue admirablement du
piano et parle plusieurs langues. Quant à sa beauté, à
son esprit, à son caractère, à sa sensibilité, vous êtes
juge plus compétent que moi en pareilles matières.
Pour me résumer, je ne connais pas de femme à qui
je la préférerais. » Le rusé et prudent magistrat, qui,
en toute cette aventure, donna des preuves d'une profonde habileté, ne fut discret que relativement au nom
de famille d'Hélène. Il noya adroitement ce détail dans
le clair-obscur des ambages. *Le nom de la jeune fille
lui échappait.* Quoi de plus rassurant pour le jeune docteur? Son rival ne se souvenait plus du nom d'Hélène,
après l'avoir entendu prononcer ! Évidemment, ce
nom n'avait rien de bizarre, rien de choquant, c'était un
nom qui, à *tout prendre*, serait encore mille fois préférable au sien. Le fait est que la première syllabe de
ce nom ne lui était pas connue, quand, après avoir re-

culé jusqu'à ce jour devant un entretien décisif avec
Hélène, à cause de scrupules analogues à ceux qui
tourmentaient celle-ci, il se décida enfin à lui parler de
la grave et importante question du mariage.

Son visage avait une nuance de mélancolie plus foncée que de coutume, le soir où, s'asseyant à côté
d'Hélène, il souhaitait *qu'il lui plût entendre des
choses de la plus haute gravité.* Cela fit tressaillir d'aise
la jeune fille, qui devina tout de suite à quoi.tendait ce
début.

« Oh ! mon Dieu, vous m'effrayez ! dit-elle d'un ton
qui la contredisait.

— La faiblesse que j'ai eue de reculer jusqu'à ce
jour cette confidence fait qu'il me faut aujourd'hui un
grand courage...

— On dirait, à votre air, que vous allez prononcer un
réquisitoire, dit Hélène, se raillant d'un préambule
qu'elle trouvait au moins inutile.

— Voulez-vous donc que je sois d'une gaieté folle,
répliqua le docteur, au moment où vous allez décider
si je dois vivre ou mourir ?

— Alors, me voilà jury et vous êtes tribunal, y compris l'inculpé ? » dit Hélène, qui avait peine à contenir
sa joie.

La conversation alla de ce train jusqu'au moment où
le jeune homme, d'autant plus triste qu'Hélène devenait d'une.humeur plus enjouée, dit :

« Votre disposition à rire me convainc que vous ne
vous doutez pas même de ce qui me préoccupe...

Quant à moi, au moment d'en parler, la sueur me vient au front et les forces me manquent... »

Hélène devint tout à coup sérieuse.

« Je me perds, dit-elle, dans les détours du chemin que vous prenez. »

Le docteur continua, en baissant tristement la tête :

« Je vous ai dit, Hélène, que je sollicitais une place de juge... j'aurais dû ajouter que je savais prendre une peine inutile.

— Le grand mal ! N'y a-t-il rien au-dessus du bonheur de dormir sa vie dans un fauteuil de tribunal ? Que n'essayez-vous de vous faire une *clientèle au palais*, comme vous dites !

— Les mêmes raisons s'y opposent. D'ailleurs, l'obstacle qui me barre le chemin peut être tourné... Cela dépend entièrement de vous, Hélène.

— Pourquoi donc hésiter ainsi ? s'écria la jeune fille avec vivacité.

— Depuis notre liaison, continua le docteur d'une voix tremblante, je ne sache pas que vous ayez songé à me demander comment je m'appelle... Quelqu'un vous l'aurait-il appris ? »

Hélène ressentit la secousse qui ne manquait jamais de l'ébranler chaque fois qu'on touchait devant *elle* à cette malencontreuse question des noms propres. Mais son esprit était trop loin de la vérité pour la pressentir. Elle répondit négativement par un signe de tête.

« Oh ! seulement à cette heure, dit le jeune homme, je sens profondément mon tort... J'aurais dû vous

avertir plus tôt. Mais je n'ai pas cessé d'être, près de
vous, dans un enivrement qui m'a fermé les yeux sur
l'avenir...

— Par grâce, monsieur, expliquez-vous ! » fit d'une
voix éteinte la pauvre Hélène, dont le visage exprima à
la fois de la surprise et de vives inquiétudes.

Le docteur répondit, mais d'un ton si bas, si bas, que
la jeune fille eut besoin de se pencher vers lui pour
l'entendre :

« Hélas ! j'ai le malheur d'avoir un nom qui équi-
vaut à la négation de ma personnalité, de mon travail,
de mon mérite... »

Toutes les images, comparaisons et analogies, con-
nues et imaginables, seraient impuissantes pour exprimer la douleur du coup que la jeune fille reçut au
cœur. Elle s'étonnait, depuis, d'avoir survécu à un tel
ébranlement. Il est vrai qu'une lueur d'espoir en avait
tout à coup modéré la violence. L'idée que le docteur
s'abusait ou du moins s'exagérait le mal avait traversé
son esprit.

« Mais encore, monsieur, dit-elle avec l'accent saccadé, fébrile d'une personne qui étouffe, ce nom ?... »

Le jeune homme, dans un état à faire pitié, plongea
machinalement la main dans sa poche et en tira une
carte de visite qu'il remit à Hélène d'un air honteux.
Celle-ci prit la carte avec vivacité et la déchiffra avi-
dement. Quelques instants, ses yeux restèrent fixés sur
le NOM !... Puis, ses nerfs, tendus par une curiosité
excessive, se détendirent sous l'influence de la douleur

17

qui l'envahit jusqu'à la moelle des os; ses bras tombèrent sur ses genoux, sa tête pencha en avant, et tout le corps sembla prêt à s'affaisser comme un mur sans fondation. L'affluence impétueuse du sang à ses tempes emplissait sa tête d'un bourdonnement à travers lequel lui arrivait, comme un bruit lointain, la voix de M. Arthur, qui disait :

« Le malheur que me présage votre accablement ne me prendra pas au dépourvu... Je ne puis pas dire ce que j'ai déjà souffert à cause de ce nom, ce qu'il m'a valu de mécomptes, d'avanies cruelles, et jusqu'à quel point mes jours en ont été assombris et empoisonnés... Je vous affirme qu'il est des douleurs qui, pour être singulières, n'en sont ni moins sérieuses ni moins poignantes... Dans un milieu plus humble, peut-être m'eût-on moins cruellement persécuté... Je vis précisément parmi des gens qui se piquent bien moins au fond de valoir quelque chose que de paraître et de parler d'or. »

Hélène essayait de se raidir contre le mal cruel qui la déchirait, et, par instants, de se redresser et de parler; mais ses membres avaient perdu tout ressort, et ses lèvres semblaient paralysées. Elle luttait contre une inertie plus forte que sa volonté, comme dans le cauchemar.

M. Arthur, toujours plus triste, lui laissa entendre que la situation, en apparence inextricable, pouvait se dénouer à la satisfaction de chacun... Elle releva lentement son visage pâle, contracté par les angoisses du doute, et attacha sur le jeune homme des yeux ardents de fièvre.

Le docteur baissa les siens et reprit :

« En m'épousant, vous devriez abandonner votre nom pour prendre le mien, et je comprends votre répugnance. Mais qui empêche, à moins que ce ne soit vous, que le contraire n'ait lieu, et qu'en vous épousant je n'abandonne mon nom pour prendre le vôtre? »

Hélène laissa retomber lourdement sa tête.

« Si vous m'aimez, ajouta le jeune homme, où est l'obstacle? Un homme qui a du crédit, m'a promis formellement de me faire obtenir la faculté de prendre le nom de ma femme aussitôt après mon mariage... »

De grosses larmes jaillirent tout à coup des yeux d'Hélène et glissèrent sur ses genoux.

« Je vous jure que je ne songeais pas à cela quand je vous ai connue.

— Je le crois, balbutia la jeune fille d'une voix étouffée par les sanglots.

— Il n'a rien moins fallu que mon amour profond, et la certitude de ne pas vous être indifférent, pour me faire concevoir le plan dont je parle. Du reste, ne craignez pas que je me plaigne au cas où vous refuseriez de lier votre sort au mien... J'ai mesuré la profondeur et l'étendue du sacrifice que je vous demande. Je conçois qu'il soit au-dessus de vos forces... »

Hélène continuait de pleurer.

« Ne vous affligez pas ainsi, chère Hélène, reprit le docteur. Je ne puis pas croire que mon souvenir ait en vous des racines bien profondes encore... Vous m'oublierez... Quant à moi, je me suis fait à ce triste dénouement... » Ici le jeune homme se leva. « Si ma destinée voulait devenir moins dure, continua-t-il, et permettre que vous vous rendissiez à mes raisons, daignez me le faire connaître par un mot de votre main... Je désire au moins vous savoir convaincue qu'il n'est pas au monde d'homme qui vous comprenne mieux que moi, vous aime davantage et souhaite plus ardemment votre bonheur. »

M. Marie, qui n'avait pas quitté les deux jeunes gens des yeux, et semblait épier le départ de son rival, ne vit pas plutôt celui-ci hors du salon qu'il s'approcha. Se composant un air de circonstance, c'est-à-dire, fort triste, il dit à Hélène :

« Qu'avez-vous donc, ma chère enfant? vous avez vos jolis yeux tout rouges, et vous paraissez affectée bien douloureusement. »

Hélène ne répondit pas.

« Le moment serait mal choisi, continua le juge d'instruction, pour vous parler de mes sentiments. N'oubliez pas toutefois, cher ange, que je suis tout entier à votre service, et que je ne serai jamais aussi heureux que le jour où vous mettrez mon dévouement à l'épreuve. »

M. Marie savait apparemment que, quand on souffre, rien n'irrite autant que les phrases banales et les condoléances non senties. Il s'en tint là.

Hélène passa une partie de la nuit à sangloter et à se désespérer. L'amertume, en gonflant son âme, y faisait naître cette conviction qu'aucune puissance humaine ne pouvait réduire le mal d'un fétu, que le désastre était irréparable. Les lentes tortures de la résignation seules lui restaient.

« O mon cœur! mon cœur! s'écriait-elle indignée de souffrir si inutilement ; que ne puis-je te réduire au silence ! »

⸱ Ce qui centuplait son chagrin et achevait de l'accabler était le ridicule amoncelé en toute cette affaire. Pouvait-on imaginer rien de plus burlesque que la scène qui avait clos ses amours avec le jeune docteur? N'était-ce pas à devenir la fable du monde entier?

Le sommeil ne ferma que peu d'instants ses yeux. Au matin, un serrement de cœur l'éveilla. Ses larmes coulèrent de nouveau et de nouvelles plaintes errèrent sur ses lèvres. L'intensité de son chagrin ne lui faisait trouver du charme que dans les partis violents. Le cloître lui apparut enfin, comme le seul refuge qui lui restât désormais. Un besoin impérieux d'épanchement lui inspira l'obligation d'écrire à son amie et de lui conter en détail la scène de la veille. Sa lettre respirait d'un bout à l'autre la résolution d'en finir avec des douleurs stériles et de quitter le monde. M. Arthur occupa ensuite sa pensée. Après avoir mûrement réfléchi, elle crut ne pouvoir mieux faire que de lui adresser ce billet laconique, signé de ses *nom et prénoms écrits en toutes lettres, en caractères nettement tracés :*

« Monsieur, vous ne serez pas surpris si, en ré-
« ponse à votre déclaration d'hier soir, je me borne à
« vous envoyer la signature de votre très-humble ser-
« vante, etc. »

Mais les choses ne devaient pas en rester là. Estelle Locar qui, vers cette époque, revint de province, s'empressa d'aller embrasser sa chère Hélène. Il sembla, dans le principe, que celle-ci resterait insensible à toutes les consolations. Peu à peu, cependant, elle renonça à ses projets de retraite et se décida même à reparaître dans le monde. Ses absences aux soirées de madame Locar avaient été remarquées; on l'y revit avec plaisir. Bien que son visage fût calme, un œil exercé n'eût pas manqué d'y apercevoir des traces de fatigue et de larmes.

En apprenant le nom de la jeune fille, M. Arthur avait été surpris, mais non désolé. Il ne voyait point là d'obstacle sérieux à son mariage, et il pensait en outre avec satisfaction qu'Hélène n'aurait pas de sacrifice à lui faire.

Le jeune docteur vint à sa rencontre d'un air délibéré et presque joyeux qui la surprit. M. Arthur, en l'extérieur duquel tout autrefois respirait la mélancolie et la gêne, avait maintenant la mine alerte d'un homme débarrassé d'un joug pesant. Hélène, faute d'être prévenue, tomba dans une étrange méprise. « Il m'aimait donc bien peu, pensa-t-elle avec amertume, que le voilà déjà consolé. » Cette réflexion pénible lui inspira sur-le-champ l'envie de paraître tranquille. Son air réservé, ses manières froides, son accent ironique, frappèrent douloureusement le jeune docteur. Il l'interrogea. Non contente d'éluder ses questions, Hélène parut jalouse de lui fermer la bouche. Cette conduite singulière eut pour effet final d'exaspérer M. Arthur qui, à son tour, se piqua de jouer la froideur et l'indifférence. La jeune fille, de colère, outra encore l'expression de ses dédains. Ils se quittèrent fort mécontents l'un de l'autre. Les jours qui suivirent, Estelle Locar, devenue leur amie commune, essaya vainement à diverses reprises de les réconcilier. Leur ressentiment mutuel persévéra, et cela au point qu'un moment on put croire qu'ils étaient sérieusement brouillés et que tout était rompu entre eux.

A part soi, le rusé juge d'instruction se réjouissait de la querelle et se flattait de la voir s'envenimer. M. Marie n'était pas seulement un homme fin, c'était encore un homme froid, méthodique, sans faux orgueil, qui alignait les raisonnements comme un comptable fait de ses chiffres. Un coup d'œil lui avait suffi pour comprendre qu'Hélène serait un vrai trésor dans un ménage, et il s'était résolu à tenter le possible pour qu'elle enrichît le sien. Le hasard le servit autant et plus que son habileté. Hélène se lia précisément avec un homme qui ne pouvait pas devenir son mari, un homme qui avait des préoccupations identiques aux siennes, et qui, par cela même, devait inévitablement rompre avec elle un jour ou l'autre. Plus l'amour de la jeune fille serait profond, plus M. Marie se croyait sûr du succès; puisque sans doute son besoin d'être consolée serait en raison directe de la vivacité de son chagrin. Il espérait simplement que la douleur, la solitude, le désespoir, jetteraient Hélène dans ses bras.

Sa tactique jusqu'à ce jour avait consisté à être patient, discret, complaisant, toujours prêt à sourire ou à
s'affliger selon l'occurrence, à tâcher enfin de ne pas
déplaire. Son œil pénétrant n'avait perdu aucun détail de ce petit drame intime dont le dénoûment prochain, par suite de péripéties prévues, semblait devoir
répondre à son ambition. Hélène le traitait bien et
l'écoutait volontiers. M. Marie croyait le moment venu
de la raisonner, en attendant que vînt celui de la guérir radicalement. Son humeur le portait à procéder par
insinuations. « Nos douleurs, lui disait-il d'un ton pa-
telin, prennent leur source, la plupart du temps, dans
des idées, et notre esprit, pour peu qu'il le veuille, a
la propriété merveilleuse de guérir ses propres blessures. Mais défions-nous de l'imagination, chère Hélène,
l'imagination est notre plus grande ennemie. » Le jour
suivant le trouvait plus hardi. « A quoi bon se désoler ?
Les efforts sont pour nous : les résultats sont dans les
mains d'un autre. Une heureuse quiétude ne tarde pas
à récompenser la résignation. D'ailleurs, tout passe, la
jeunesse et la beauté, et l'amour encore plus vite que
le reste. Les ressources de l'esprit sont seules inépui-
sables, etc. » A l'air dont Hélène écoutait ces prédica-
tions, M. Marie s'imaginait de bonne foi la convaincre
et la gagner, et l'espérance de l'avoir bientôt pour
femme prenait chaque jour plus de place en son esprit.

L'événement vint brutalement dissiper ce beau rêve.
Grâce aux soins infatigables d'Estelle et peut-être aussi

à quelque autre cause, un rapprochement eut lieu tout
à coup entre Hélène et le jeune docteur. Les deux
amants reprirent insensiblement leurs longs entretiens.
M. Marie remarqua bientôt avec inquiétude que jamais
leur intimité n'avait été ni plus franche, ni plus vive.
A mesure que les jours passèrent, le tendre spectacle
dont il fut l'infortuné témoin multiplia ses perplexités.
Cette réconciliation cachait évidemment un secret. Le
Moniteur lui en donna un matin la clef. Jetant par hasard un coup d'œil sur la quatrième page, il lut ce petit paragraphe plus redoutable à ses yeux que le *Mané,
Thécel, Pharès* aux yeux de Balthazar :

« M. Arthur Cochonnet, docteur en droit, en in-
« stance auprès de M. le ministre de la justice, pour
« changer de nom, vient d'être autorisé à s'appeler do-
« rénavant Arthur Verneuil. »

Le désappointement et la confusion de M. Marie ne
peuvent pas se peindre. Un prétexte quelconque lui
servit à ne pas montrer son visage durant quelque temps.
De nouveaux projets l'arrachèrent de sa retraite. Dans
sa résolution de mettre quand même un terme à son
veuvage, il puisa le courage de s'afficher auprès de mademoiselle de l'Ange. Cette demoiselle ne pensait guère
au mariage que comme on songe à gagner le gros lot
d'une loterie. Elle faillit perdre connaissance aux premières ouvertures du juge d'instruction. Dans l'ivresse
où la jeta l'espérance de ce mariage et par peur de le
voir manquer, elle prit à peine le temps de réfléchir.
Malgré une parole échangée et les conventions les plus

17.

positives, la pauvre fille avait vécu jusqu'alors dans une telle incrédulité au sujet d'un mari, qu'elle ne crut réellement ne pas faire un rêve que le jour de la signature du contrat.

Au nombre des personnes qui assistaient au mariage d'Hélène, on remarquait, outre madame Locar et sa fille, M. Génie, M. Moulin, M. Rétif, M. de Beaufort, la marquise de Couvry, et enfin le docteur Bidault. Celui-ci, au nom d'Hélène, se pencha à l'oreille de la marquise et lui dit à voix basse :

« Qu'entends-je, madame? Cette demoiselle ne serait pas *Gabrielle de l'Ange* !

— Non, docteur.

— Mais alors, madame, vous vous êtes donc moquée de moi ! »

La marquise, à cette naïveté, ne put s'empêcher de sourire. Le docteur parut frappé de la foudre. Il devint de la couleur des branches de ses lunettes et resta plongé dans un morne abattement.

A partir de cette époque, on ne l'entendit plus parler de son système du *Rapport des noms propres et du physique uni au moral des individus ;* mais il ne tarda pas à en embrasser un autre, qui ne valait, sans doute, guère mieux; car, qu'est-ce qu'un système? sinon, la plupart du temps, pour parler par figure, une grande cuve imaginaire où quelque esprit ingénieux ou absurde brasse studieusement une petite vérité avec cent mille erreurs ?

BILLET DE MILLE FRANCS

La nuit était fort avancée, plus de voitures et plus de
passants, tout dormait. Je montais lentement mon
quartier, abîmé dans les réflexions les plus tristes.
J'étais à bout de ressources, j'avais lassé la bonne volonté de mes amis, j'en étais à ce degré de misère
qu'on cache comme une honte ou qu'on n'avoue qu'à
force d'humilité, à moins que ce ne soit à force d'orgueil, et je rentrais désespéré après une journée de démarches vaines. Je n'espérais plus qu'en un miracle.
J'avais la tête penchée, mes yeux ne se fixaient sur
rien... Ils furent attirés dans l'enfoncement de deux
devantures par un petit objet noir. Je me baissai.
C'était un portefeuille, à peu près de la grandeur d'un
porte-monnaie. Il n'y a qu'un instant, je m'étais dit :
« Si je pouvais trouver un billet de banque ! » et j'avais,
pendant quelques minutes, cherché minutieusement
sur le trottoir, ramassant tous les chiffons de papier
que j'apercevais. J'avais bientôt rougi de ma sottise et

délaissé cette besogne pour revenir à des idées qui
cadrassent mieux avec le sens commun. Or, c'était précisément à l'instant où je songeais d'autant moins à
trouver quelque chose que tout à l'heure l'idée m'en
avait paru plus absurde, que je touchais un portefeuille
de la main. Ce que j'éprouvai est impossible à dire.

Bien des fois j'avais réfléchi à une situation analogue, mais je ne m'étais fait qu'une idée très-incom-
plète de l'émotion que je ressentais alors. J'eus une
faiblesse qui se traduisit en froid dans la moelle, en
sueur sur le front, en tremblement nerveux, en tour-
billons dans la tête et en battements de cœur à m'é-
touffer.

La réflexion me rendit subitement calme. J'avais si
peu foi en un hasard heureux, que je fus convaincu
de ne trouver que des papiers insignifiants dans le portefeuille. Je le mis dans ma poche et continuai mon
chemin, fort préoccupé du reste.

Je n'eus pas fait quelques pas, que je vis au loin, à
la lumière du gaz, un homme venir de mon côté. L'a-
gitation me troublait les yeux. Il me sembla que cet
homme se baissait et cherchait quelque chose. Je suis
persuadé actuellement que cela n'était pas. Mais alors
l'illusion fut telle que j'en eus une peur excessive. Je
m'imaginai tout d'un coup et que j'avais affaire au
maître du portefeuille, et que ce portefeuille contenait
des valeurs importantes. Je veux être sincère : un sentiment très-malhonnête me poussa spontanément dans
l'esprit. Je fis volte-face et me mis à courir de toutes

mes jambes sans savoir où j'allais. Dans mon vertige, les oreilles me tintaient, ma respiration faisait un bruit analogue à celui d'un soufflet de forge, ce qui me fit penser un moment qu'on me poursuivait, et je faillis me trouver mal. Ces cauchemars où l'on essaye de se sauver malgré l'inertie des membres, ne font certes pas tant souffrir. Après une course folle à travers vingt rues, j'arrivai enfin à ma maison, dont j'arrachai la sonnette. Je me jetai dans la porte et la fermai derrière moi avec une violence fébrile; là, je m'arrêtai un peu pour respirer.

Mes jambes pliaient sous moi. Je m'accrochai à la rampe et montai les marches une à une. Le sang de mon cœur sautait comme une chèvre et semblait me faire sur la poitrine de grosses cloques, analogues à celles d'une pâte qui bout. La même réflexion qui m'avait déjà calmé me calma une seconde fois. « Je suis fou, il n'y a rien dedans, » me dis-je. J'entrai chez moi plus tranquille. Je m'assis devant une table et tirai le portefeuille de ma poche. Je remarquai que, quoi que j'en eusse, mes mains tremblaient comme attaquées subitement de paralysie...

C'était un petit portefeuille en peau chagrinée, couleur vert de bouteille, sans ferrure. Jamais lecture du meilleur roman ne me causa un intérêt plus vif. Il y avait quatre poches, dont une fermée par une languette. Je ne respirais qu'avec peine. Je vidai les trois poches ouvertes, qui contenaient simplement : 1° une quittance de loyer; 2° deux lettres; 3° la reconnaissance d'une

somme de trois cents francs prêtée ; 4° un bout de taffetas pour les coupures ; 5° un doigt de très-vieille dentelle ; 6° la recette d'une tisane rafraîchissante ; 7° le
mémoire d'un artiste en cheveux. Restait la poche fermée. Je l'ouvris, singulièrement refroidi par la trou-
vaille des pièces ci-jointes. J'avais tort, car j'en tirai,
et une émotion puissante traversa ma chair comme un
courant d'électricité, un billet de mille francs plié en
quatre.

Oh! quelle sensation! Je ne sais plus combien de
temps je restai en extase devant ce petit papier soyeux,
veiné, satiné, dont *les lettres M,I,L,L,E, F,R,A,N,C,S,*
m'entraient par les yeux comme des lames de rasoir.
Une joie immense m'envahit. C'est à peine si d'abord
il me vint à l'esprit que ce billet pût ne pas m'appar-
tenir. Je délirai. « Mille francs! mais c'est la fortune !
O Providence ! c'est incroyable! mille francs ! Comment, j'ai mille francs ! Oh! là là. » Ces élans surpren-
nent. Mais sait-on ce que la possession imprévue d'une
somme d'argent peut souffler de plat et de dégoûtant à
un malheureux dont la misère a rétréci le cerveau et
gâté le moral? Je ne puis me rappeler tous les calculs,
toutes les combinaisons auxquelles je me livrai, tous
les rêves et les vingt romans que je fis alors d'une
traite. Ce dont je me souviens bien, c'est que ma joie,
si vive que j'en avais la fièvre, ne tarda pas à être traver-
sée par des sensations atroces. Un homme aime une
femme à la folie. Qu'il la tienne dans ses bras, qu'il
soit certain d'en être aimé, et il meurt de bonheur;

mais qu'il doute d'elle, qu'il la suppose sur le cœur
d'un autre, et aucun supplice n'est comparable à sa
torture. J'étais en butte aux mêmes épreuves. « Cela
m'appartient ! » me disais-je, et c'étaient des émotions
d'un charme indicible. L'instant d'après, je doutais de
la légitimité de mon droit, et je souffrais plus qu'un
damné. Quelle veille ! Il n'en faudrait pas beaucoup de
semblables pour tuer un homme. Je ne dormis qu'au
jour, à la force du besoin.

Au réveil, j'avais l'esprit plus lucide; j'envisageai la
chose d'un point de vue qui diminua de beaucoup
mon contentement. *Je n'étais pas mort à toute honnêteté* et, en dépit de moi-même, il fallait écouter ce que
me disait la conscience. Parmi les pauvres d'argent, il
en est bien peu qui n'aient songé à trouver quelque
chose et qui ne se soient dit également le soir, en rentrant chez eux, fatigués et désespérés : — *Si je pouvais
trouver un billet de banque !* Rien de commun comme
les discussions sur ce sujet. Les gens qui n'ont pas une
probité primesautière, spontanée, mais qui n'ont au
contraire qu'une probité relative, calculée, de circonstance, raisonnent tous à peu près de la même manière. On a vingt fois entendu dire, aux termes près :
« Si je trouvais un billet de banque, que ferais-je ? Je
le mettrais en sûreté, puis j'attendrais. Je prendrais
des renseignements exacts sur la personne qui l'a perdu
et la position sociale de cette personne. Si j'avais affaire à un pauvre diable, à un homme comme moi, à
un commis ou à un garçon de recettes qui devraient en

supporter la perte, à un petit commerçant que cette
perte ruinerait, à un rentier ou à une rentière dont
cette somme représente l'existence, etc., JE LE REN-
DRAIS ; mais s'il s'agissait d'un banquier, d'un Roths-
child, d'un de ces hommes qui allument leurs cigares
avec des bank-notes, — c'est une manière de parler,
— qui gagnent d'un coup de filet des deux et trois
cent mille francs, oh! alors, JE LE GARDERAIS. Plutôt
que de le rendre à un tel personnage, je préférerais le
brûler. En le gardant, quel tort lui ferais-je ? en serait-
il plus ou moins riche? ses affaires en iraient-elles
moins bien? l'économie de sa vie en serait-elle déran-
gée seulement d'un fétu ? *Oui, certes, je le garderais.* »

Je n'apprécie pas la moralité de ce raisonnement. Ce
que je constate, c'est que sur cent personnes qui s'aban-
donnent à ces rêves, quatre-vingt-dix-neuf au moins
professent cette théorie ; car ce n'est pas précisément
pour rendre qu'on souhaite de trouver quelque chose.
Par la force d'une impulsion irrésistible, je pouvais
être au moins classé dans cette catégorie de trouveurs.
J'avais donc à m'enquérir de la personne qui avait
perdu le portefeuille, et cette obligation m'affligeait
fort. Je craignais que mes recherches n'aboutissent qu'à
me découvrir quelque malheureux ruiné et peut-être
déshonoré par cette perte.

Je pensai, avec un intérêt entremêlé de beaucoup
d'inquiétudes, aux moyens que j'avais d'arriver sûrement à la vérité. Je voulais la tenir le plus promptement
possible et savoir tout de suite si j'avais lieu de me ré-

jouir ou de maudire le hasard, en d'autres termes, si ce hasard ne m'avait souri qu'à seule fin de me rappeler au sentiment de ma condition, et d'ajouter à l'impatience que me causait mon dénûment.

Les papiers qui étaient dans le portefeuille, et que j'avais à peine regardés, me mettraient sans doute sur les traces du propriétaire. Je pris donc le portefeuille et fis de nouveau l'inventaire du contenu. La première chose qui me tomba sous la main fut l'une des lettres. Elle portait le timbre de Rouen et était adressée à *mademoiselle Turpin, passage Verdeau,* n° 4. L'écriture en était mal formée et l'orthographe étrange. Je la donne telle quelle :

« Ma bonne turpin

« comme je suis tourmenté de ne pas resevoire de
« tes nouvelle je te prie si tu nest pas malade de
« mecrire de suite jai tent de chose a te conté mon
« povre cœur est si plins quil deborde si tu voigues
« comme je suis chenge tu ne poures plus reconaitre
« la louise dautre foi
        « adieu bonne turpin je tent brasse de tous mon
cœur ta vielle amie
                        « LOUISE. »

« madame Louise che monsieur Dubois depoteie pre
« le cour la rene Rouen.
« je te donne mon adres je cren que tu est perdu lautre »

C'était vraiment trop surprenant. Jugez de ma stu-

péfaction ! Je connaissais cette Louise pour l'avoir vue
à Rouen et lui avoir parlé précisément chez ce dépoteyer où j'avais été manger quelquefois. Elle approchait
de la cinquantaine. Son mari, colporteur et ivrogne,
qu'elle avait épousé jadis malgré sa famille, la laissait
des semaines entières sans un sou et la battait quand il
revenait de tournée. Elle logeait dans un galetas de la
maison du dépoteyer et faisait des ménages pour vivre.
Je devais à sa confiance en moi de connaître sa misère
et l'abandon où la laissaient des parents pour la plupart
riches ou *du moins dans l'aisance*. Son fils lui-même
quoique bien établi et gagnant beaucoup d'argent,
n'était pas celui qui peut-être se montrât le moins dur
envers elle. La pauvre femme ne parlait pas de sa situation misérable, où elle jurait n'être tombée que par
son trop grand dévouement, sans avoir les larmes aux
yeux. Cette rencontre n'était-elle pas extraordinaire? Je
trouve un portefeuille et dedans une lettre de cette
Louise ! Le hasard est coutumier de faits analogues,
et cependant je ne puis jamais assez m'étonner de ces
conjonctures bizarres.

Mais quelle était cette Turpin à qui la bonne femme
écrivait une lettre si tendre et si pressante? Je repris le
portefeuille et en tirai une autre pièce. C'était la quittance de loyer.

« Je soussigné, propriétaire d'une maison sise à Paris,
passage Verdeau, n° 4, reconnais avoir reçu de mademoiselle Turpin la somme de cent cinquante francs pour

un terme de loyer des lieux qu'elle occupe dans ladite maison, échu le premier avril mil huit cent cinquante.

« Dont quittance, sans préjudice du terme courant, et sous réserve de tous mes droits.

« Paris, ce 8 avril 1850.

« E. RENAUDOT. »

Cette quittance me mit un peu de baume dans les veines. Le portefeuille appartenait bien évidemment à mademoiselle Turpin. Cette demoiselle occupait un appartement de six cents francs. J'en conclus qu'elle était dans l'aisance, peut-être riche, que ce billet de banque ne lui était pas indispensable, qu'en me l'appropriant, je ne lui causerais qu'un tort médiocre. Je regardai de nouveau le billet avec amour, et recommençai à énumérer tous les bonheurs attachés à sa possession. L'examen des autres papiers me prouva que mes présomptions sur la fortune de mademoiselle Turpin étaient justes. La teneur de la reconnaissance et de la seconde lettre attestait que cette demoiselle était même dans une situation à prêter de l'argent aux gens dont elle avait été jadis la servante.

« Je reconnais avoir reçu de mademoiselle Turpin la somme de trois cents francs que je m'engage à lui rendre le cinq avril mil huit cent cinquante.

« Paris, 4 janvier 1850.

« LAURE DE G...... »

La lettre, signée du même nom et relative à ce billet, témoignait d'un fait grave et tout à fait décisif. A ce

qu'il semble, mademoiselle Turpin pratiquait le chan-
tage et l'usure dans des proportions peu communes.
Ainsi du moins le pensait madame Laure de G....,
puisqu'elle n'usait même pas d'un semblant de détour
pour lui écrire :

« Vos menaces de parler à mon mari m'affligent
« beaucoup, ma chère Turpin, et me sont incom-
« préhensibles de votre part. Vous avez trop de bon
« sens pour ne pas comprendre que vous me feriez
« un tort irréparable et cela sans profit pour vous.
« Rapportez-moi mon billet, je vous en donnerai un
« autre de 350 payable le 8 du mois prochain. Je ne
« puis pas mieux parler. Au cas où cela ne vous suffi-
« rait pas, je vous nantirai d'assez de bijoux pour cou-
« vrir deux fois la somme. Mais, pour l'amour de
« Dieu, ne prenez plus ces airs de croquemitaine et ne
« me menacez pas pour de pareilles misères. Vous
« n'avez pas oublié combien je vous affectionnais au
« temps où vous étiez femme de charge dans ma fa-
« mille. Soyez sûre que je vous aime encore beau-
« coup.

« LAURE DE G.....

« 10 avril 1850. »

Qu'avais-je besoin de savoir autre chose ? D'après
mon système, je devais me croire bien et dûment propriétaire du billet. Et pourtant la conviction n'emplissait pas mon esprit au point de n'y plus laisser de
place pour le doute. C'était une lutte et des tiraille-

ments qui me causaient par éclairs des serrements de cœur très-pénibles. L'instant d'après, c'était une joie extravagante, ineffable, qui ne sera bien comprise que de celui qui n'a rien et qui connaît le prix de l'argent. Mille francs! pour l'ouvrier qui a une famille et qui chôme un quart de l'année; mille francs! pour le rêveur qui se contente de pain et d'eau et qui en est arrivé à son dernier sou; mille francs! pour le bohême à bout d'amis et d'expédients; mille francs, quelle fortune! Mille francs, cela veut dire : plus de froid, plus de faim, plus de honte; mais, au contraire, aisance, bien-aise, travail, dignité, dessouci de l'avenir. Mille francs! c'est à en perdre la tête. Avec quelle passion je partageais cette somme, comme j'en distribuais savamment l'emploi! « Je payerai ici, je payerai là, j'achèterai ceci et cela, ce meuble, ces livres dont j'ai tant besoin, etc. Comme je vais être tranquille, comme je vais travailler! Ah! c'est trop de bonheur en une fois. » Cela est assurément fort misérable; mais je répète qu'on ne sait pas assez combien la gêne perpétuelle, la misère et même souvent l'éducation, rapetissent l'esprit et dérangent le moral d'un individu.

Pour jouir en paix de ma fortune, j'avais à combiner l'intrigue de toute une longue comédie. Je pouvais éveiller des soupçons par un surcroît de dépenses, puisqu'on me savait pauvre. Il fallait qu'aux yeux de mes amis je vécusse comme par le passé avec les apparences de la misère.

Le change du billet n'était pas ce qui m'embarras-
sait le moins. Il était possible que la Turpin eût été
faire sa déclaration à la préfecture de police, et que
de là fût parti un avertissement à tous les changeurs.
Mon extérieur était loin d'annoncer la richesse. Celui
auquel j'offrirais de changer mon billet ne me deman-
derait-il pas mon nom? ne me ferait-il pas suivre? ne
donnerait-il pas l'éveil sur moi? Je n'étais qu'un piètre
légiste, mais je me doutais bien que le Code avait prévu
les délits de ce genre. Comment donc faire? Je résolus de cacher le billet pendant quelque temps et d'agir
avec une *discrétion et une prudence consommées.*

Je fréquentais depuis peu chez des commerçants
qui demeuraient dans une des rues latérales de la rue
Saint-Denis. Le hasard avait amené parmi ces gens,
qui tenaient tous de près ou de loin au commerce,
quelques artistes et gens de lettres, si bien que, sous le
rapport des professions, se trouvait là une société fort
mêlée. Je voulus y aller le soir même, en vue de m'y
procurer quelques détails sur la manière de changer un
billet.

Il était encore jour. Je m'étais promis de ne pas
m'arrêter aux affiches. J'eus beau faire, un papier
jaune m'entra obliquement dans l'œil et me fit tourner
la tête. IL A ÉTÉ PERDU..... Je frémis de la tête aux
pieds et je lus l'affiche avec fièvre. Il ne s'agissait que
d'une perruche en échange de laquelle on offrait
quinze francs de récompense. Plus loin, cette locution
funeste *il a été perdu...* m'accrocha encore les yeux.

Cette fois, il était question d'une levrette. L'émotion n'en avait pas été moins désagréable. Je jurai de ne plus tourner la tête pour quoi que ce fût.

Mais voici qu'une voix que je ne pus faire taire fit dans mon cerveau un bruit de tous les diables, absolument comme si j'eusse été céphaliloque, — le dictionnaire me pardonne cet enfant hybride, — et dit : « Quelle différence y a-t-il entre ce que tu médites et un vol? En style algébrique, trouver et ne pas rendre est égal à voler. *Le trouver* ne constitue pas plus un droit que *le prendre*. Si j'avais une distinction à établir entre *toi et le voleur, elle ne serait* certes pas à ton avantage. Le voleur use, à l'occasion, de ruse, d'adresse, d'audace ; il sait qu'il joue sa liberté, quelquefois sa vie ; mais toi, tu t'appropries le bien des autres bassement, sans risque et sans péril, n'ayant pas même à craindre l'injure d'un soupçon. Cela est à ce point vrai, que, si tu n'étais sûr de l'impunité, si tu ne comptais par centaines les moyens d'échapper à la cour d'assises, si tu pensais qu'un seul instant le regard d'un juge dût fouiller dans tes yeux et te faire trembler, tu ne balancerais pas un moment à restituer le billet. Or, vu que le crime est crime indépendamment de la peine, pour te soustraire au châtiment, tu n'en es pas moins un vrai criminel. » Je répondais timidement : « Cette vieille fille *est* riche et avare, elle a dix fois plus qu'il ne lui en faut pour vivre. Tout me porte à croire qu'elle a mal gagné cet argent, qu'elle en a volé une partie. Ne serait-ce pas le comble de l'absurde que de me parer d'un désintéressement si inutile à elle, si préjudiciable à moi, malheureux, qui ne sais pas même quel sera mon lendemain? — Pitoyables raisons! le vol est vol, qu'il soit fait à un pauvre où à un riche. Puis, le mal n'excuse pas le mal. Que cette fille soit une voleuse, ce n'est pas un motif pour que tu sois voleur. Puis, en face des juges, il peut y avoir des degrés dans le crime, la misère peut atténuer à leurs yeux bien des fautes; mais, devant la conscience, ces distinctions s'évanouissent : on est voleur, qu'on prenne une épingle ou un billet de mille francs. Tu rendras le billet, ou tu seras toute ta vie un misérable vis-à-vis de toi-même, et tu ne te relèveras jamais de ton propre mépris, plus à craindre mille fois que celui des autres. »

J'arrivai à temps où j'allais, car je souffrais beaucoup. Je parlais tout à l'heure des rencontres du hasard et de la stupéfaction où elles me plongent toujours. J'allais en constater une nouvelle qui me sembla miraculeuse. Je venais avec l'intention de mettre sur le tapis la question du change des billets. Il y avait là un monsieur, cousin de la femme du maître de la maison, qu'on appelait Ernest tout court. J'y avais à peine pris garde jusqu'alors. Tout à coup son nom, rapproché d'une observation qu'il fit sur la coiffure de sa cousine, me causa une sensation étrange. Voici pourquoi. Dans le portefeuille, on se le rappelle, se trouvait entre autres choses un mémoire de coiffeur; je l'avais parcouru à la hâte. C'était la facture acquittée d'un tour de cheveux du prix de quinze francs, fourni par un monsieur Ernest, artiste en cheveux, rue Saint-Denis, je ne sais plus quel numéro. La figure, les cheveux, les manières, le langage de l'Ernest présent, me convainquirent sur-le-champ que c'était un coiffeur. Il devait demeurer non loin de là. Évidemment, j'étais dans la société du fournisseur de mademoiselle Turpin et du signataire de la facture. Cette découverte me donna une secousse profonde; j'en fus quelques instants complétement hébété. Je songeai combien j'étais heureux de n'avoir pas encore parlé billet de banque, car on ne sait pas quelle conséquence cela aurait pu avoir. Avec toute la circonspection possible et un calme de glace, je dis à M. Ernest : « Est-ce que vous ne connaîtriez pas une demoiselle Turpin ? — Si fait, me dit-il; c'est moi qui lui fournis ses cheveux. — Qu'est-ce que c'est que cette demoiselle ? — En apparence, c'est une sorte de revendeuse à la toilette qui spécule sur les vieilles dentelles; mais en réalité c'est une usurière qui prête à la petite semaine. Sa femme de ménage, car elle n'a pas de domestique, m'a conté sur son avarice des choses vraiment fabuleuses. Elle ne mange pas certainement le vingtième de son revenu. On ne sait ce qu'elle fait de son argent... »

Dans ma conversation avec M. Ernest, je fis ample provision d'arguments propres à me résoudre de garder le billet, et j'en avais besoin, car la voix dont j'ai parlé n'avait pas laissé que de faire impression sur

18

mon esprit. « Cette vieille misérable, me disais-je en
revenant, a au moins vingt mille francs de rente qu'elle
a gagnés par des moyens illicites. Elle en dépense à
peine deux mille chaque année. Couchée sur un tas
d'or stérile, elle laisse dans une horrible misère sa
vieille parente Louise, et poursuit de menaces humi-
liantes une femme peut-être jeune, belle et bonne,
dont elle a autrefois lavé les langes. Et je ferais la sottise de lui rendre un billet qu'elle cachera stupidement
avec d'autres, dans quelque coin, quand moi je puis
tirer un si grand parti de cette somme ! Allons donc ! »
Mais la voix recommença son vacarme dans ma tête :
« Autant de raisons subtiles et insidieuses, s'écria-
t-elle avec véhémence. Prends garde à ce que tu vas
faire. Tu es en train de creuser une fosse où tu t'ense-
veliras vivant. Le crime appelle le crime. Tu ne songes
à rien moins qu'à exterminer ta conscience, à commettre un suicide moral. C'est la mort de ta liberté
que tu conjures. Tu vas te marier à la fatalité qui te
jettera d'échelon en échelon jusqu'au dernier degré de
la honte. Il n'est que juste temps de te repentir. » J'é-
tais importuné et ébranlé. J'essayai de me roidir. Je
jurai que je m'en tiendrais à cette faute, que je vivrais
à l'avenir en honnête homme. La voix était inexorable : « Je suppose que tu aies assez d'énergie ou de
bonheur pour te borner à ce crime. Je le veux, tu cal-
queras ta vie sur le puritanisme le plus rigide, tu de-
viendras un modèle de probité. Mais le souvenir de
ton crime unique empoisonnera ta vie entière. Plus tu

seras pur, plus tu seras saint, plus ta mauvaise action
te sera odieuse, haïssable, et te fera souffrir. Une
bonne vie a des exigences aussi impérieuses qu'une
vie criminelle. »

Ce que je souffrais, je ne connais aucune image qui
puisse en donner une idée. J'aurais préféré n'avoir jamais trouvé de billet. Depuis qu'il était en mes mains,
par combien de doutes, de transes, d'inquiétudes, de
sensations cruelles, n'avais-je pas passé! Avant, j'étais
en quelque sorte résigné à ma misère. C'était sans
doute pour que je la comprisse et sentisse mieux que
je ressuscitais un moment à la joie, que je me repre-
nais d'une belle passion pour la vie. J'étais abîmé dans
la douleur; que faire? Ma conscience troublée me suggéra une foule de tempéraments. Je m'attachai particulièrement à celui de garder le billet avec l'intention
formelle de rendre plus tard à qui de droit capital et
intérêts. Des objections tyranniques se jouèrent impitoyablement de la subtilité du piége. Que savais-je de
l'avenir? Ne pouvais-je pas rester perpétuellement hors
d'état de restituer cette somme? Je livrais donc le soin
de mon honneur aux chances du hasard. En réalité,
était-il possible de commettre une action plus malhonnête? D'ailleurs, sur ces entrefaites, la vieille pouvait
mourir. Il faudrait donc me mettre en quête du nom
et de la demeure de ses héritiers. Or, me charger
d'une telle responsabilité, me vouer à de telles inquiétudes, compromettre mon repos pour si peu, n'était-ce
pas de la folie?

J'eus encore la pensée d'envoyer les mille francs à la vieille Louise, d'adresser la reconnaissance des trois cents francs à madame Laure de G... et de brûler le reste. Mais en avais-je le droit ? Je n'avais pas mission pour faire de la justice distributive. Savais-je seulement si le résultat répondrait à mes prévisions? Puis, celle-là seule à qui appartenait le billet pouvait en disposer. De quoi me mêlais-je? J'imagine un homme qui prendrait des billets de banque dans la caisse d'un banquier pour les distribuer aux pauvres.....

Je passai une horrible nuit. Je ne sais que la jalousie qui puisse en occasionner une *pareille*. J'étais, en me levant, d'une humeur affreuse, et j'avais l'esprit plein d'indécision. Je regardais d'un air triste du côté où gisait le portefeuille. J'allais, je venais, je ne savais quel parti prendre. Oh! que cette seule hésitation dont je rougis actuellement était coupable! Par quelles tortures ne l'ai-je pas expiée! J'étais convaincu à cette heure qu'à moins de compromettre ma tranquillité pour toujours je ne pouvais pas garder le billet, mais je ne me sentais pas encore la force de m'en déposséder. Je voulais essayer de la temporisation et voir si mes scrupules n'étaient pas chimériques. Pour soustraire mon cerveau aux idées turbulentes qui le fatiguaient depuis deux jours, je m'en allai parcourir les journaux. Je pensais ainsi me procurer quelque distraction. Le premier article que le hasard amena sous mes yeux fut celui-ci :

« Hier, dans l'après-midi, le nommé François, co-

« cher de fiacre, a trouvé dans sa voiture un portefeuille
« contenant des valeurs assez importantes. Il s'est em-
« pressé de le porter à la préfecture de police. »

Quelle leçon ! Je jetai le journal avec colère ; j'en
pris un autre. Mais j'avais vraiment la main malheureuse. Le hasard y mettait de la persécution. Je fis tout
ce que je pus pour ne pas lire cet autre article ; mais
vainement : les caractères me tiraient les yeux à me les
arracher :

« Un brave ouvrier, dont nous nous empressons de
« publier le nom, Joseph Pidoux, demeurant rue Bourg-
« l'Abbé, n° 6, a trouvé mercredi soir, en rentrant chez
« lui, un portefeuille qui, outre des papiers insigni-
« fiants, renfermait deux billets de banque, un de cent
« et l'autre de deux cents francs. Pidoux l'a été reporter
« le lendemain matin à la personne qui l'avait perdu.
« Cette action est d'autant plus louable que Pidoux a
« une nombreuse famille et qu'il manque d'ouvrage en
« ce moment. Des faits de ce genre ne sont pas si rares
« qu'il y ait lieu de s'en étonner. Mais on est bien aise
« d'avoir à les enregistrer, ne serait-ce que pour ré-
« pondre aux calomnies qu'on ne manque pas de lancer
« contre notre honnête et laborieuse population ou-
« vrière. »

« Mais j'ai lu cent fois des récits analogues dans les
journaux ! » me dis-je. Et je me ressouvins d'un autre
fait qu'on m'avait raconté il n'y avait pas une semaine,
concernant une pauvre fille qui, comme moi, à minuit,
non loin de sa maison, avait trouvé sur la chaussée un

portefeuille où il y avait mille francs et qui l'avait rendu sans hésitation à celui auquel il appartenait, refusant même la récompense qui lui était offerte. Tous ces exemples fermentaient dans ma tête et me donnaient un profond mépris de moi-même. Je n'aurais pas dû attendre une seconde de plus, j'aurais dû me lever, prendre le portefeuille, et courir le restituer. Je résolus d'attendre encore jusqu'au lendemain. Décidément, oui, j'étais un misérable.

Je payai par de cruelles insomnies ce dernier effort de mon *côté vicieux. Mais il fallait en finir, j'en avais* assez. Je mis le portefeuille dans ma poche, après avoir pris note des papiers qu'il contenait et copié les deux lettres, car je voulais pour me châtier en dire un jour publiquement ma coulpe, et j'allai passage Verdeau où je trouvai facilement mademoiselle Turpin. Cette vieille fille m'examina avec défiance. Je lui dis pourquoi je venais. Elle sauta brutalement sur le portefeuille et l'ouvrit avec une vivacité fébrile. Une fois certaine que rien n'en avait été distrait, elle me regarda insolemment et me dit : « Vous avez mis bien du temps à me le rapporter. » Le reproche tombait tellement d'aplomb que j'en rougis jusque dans le blanc des yeux. Ma confusion et ma contenance embarrassée lui firent croire que j'attendais la récompense qu'elle avait promise par affiches. « Hein! grogna-t-elle, cinquante francs pour la peine de se baisser. » Je revins à moi sur-le-champ. J'écrasai de mon mépris cette vieille coquine, et je lui tournai le dos, et je sortis sans même la saluer. Je suis persuadé au fond qu'elle ne m'en voulut pas de mon manque d'usage.

Qu'on me pardonne la vulgarité du rapprochement. On recule devant un acte de probité, par peur de la souffrance, à peu près comme on hésite à se faire extraire une dent; mais, dans l'un et dans l'autre cas, dès que la chose est faite, on ressent un contentement profond, ineffable. J'en étais là. En sortant, malgré un reste de tristesse amère, je ne me sentais pas d'aise et je me louais fort de mon action. Je n'ose affirmer, par exemple, qu'il y eût réellement de quoi. Effectivement, en tout cela, à quoi donc m'avaient servi ma raison, mon intelligence, l'éducation qu'on m'avait donnée, les livres dont je m'étais nourri? Le résultat le plus clair de ce développement intellectuel était de m'avoir réduit à une honnêteté problématique, bien au-dessous incontestablement de celle d'un cocher de fiacre et d'une fille entretenue.

Au moins dois-je me féliciter de cette aventure, puisque aussi bien, à dater de ce jour, je fus radicalement guéri de cette affection déplorable, commune à beaucoup de malheureux, qui consiste à souhaiter passionnément de trouver quelque chose. Ce que j'ai enduré, pendant les trois jours de possession, si je pouvais en donner le sens cruel, suffirait et au delà à cautionner ma vertu à venir.

FIN.

TABLE DES MATIÈRES

CONTENUES DANS CE VOLUME.

———